U0536794

当代诗词名家作品精选

中华诗词研究院 编

小　引

收入本书作品的作者，是四位老人，"霍松林、贺敬之、丁芒、刘征"。

霍老来不及看到此书的出版，溘然仙逝了。其诗为黄钟大吕，雅有唐音。霍老同他的诗永存。

贺老是诗坛巨匠。远在延安时期创作的《南泥湾》《白毛女》，已成为红色经典。新中国成立以来，他逸兴遄飞，写了很多优秀作品，《雷锋之歌》是他的力作，产生了并还在产生巨大影响。近一段时间读到他的诗较少，我曾赠诗：

> 诗到延安豪兴多，新妆神女唱黄河。
> 万山草树千江水，待向今朝听放歌。
> 　　　　　　　　1988年4月于桂林

原来他在默默耕耘，致力于新古诗的创作，蔚然有成，为当代诗词的创新，开辟了新境。

丁老，也是我的老朋友，他曾来北京，我们谈诗竟日。他致力于诗体的创新，自由曲已经取得很大的成就，为世所重。我曾有诗赞之。《赠丁芒兄》：

    自古诗人多坎坷，而今大夜正天明[①]。
    自由花开自由曲，一笑横云唱大江。
            2009年10月

  我这回选入的诗是古风。古风在传统诗歌中允许写来有最大的自由。

  时至清明，花开花落，总是诗人写不完的主题。写落花诗大都愁眉苦脸，泪流满面，那极致当推曹雪芹先生代林姑娘写的落花诗。然而也有反其道而行之的，如定庵先生写的《西郊落花歌》，你看那落花的几个"如"，"如钱唐潮夜澎湃，如昆阳战晨披靡，如八万四千天女洗脸罢，齐向此地倾胭脂……"壮哉落花也。

  老年正到落花时节，然而他们的诗，应当为定庵笔下的落花。

                  刘征 识 时年九十有一

[①] "天明"古音丁芒。

目录

霍松林自选诗词曲…… 1

    一、霍松林自选诗…… 3
    二、霍松林自选词…… 58
    三、霍松林自选曲…… 70

霍松林自选诗论…… 73

    论诗的设色…… 75
    略论中国古代诗学的优良传统…… 82
    漫谈绝句与绝句鉴赏
        ——《历代绝句精华鉴赏辞典》前言…… 93
    人生与诗…… 106
    诗用数词的艺术特点…… 108
    新声韵组诗《金婚谢妻》"附注"及与《中华诗词》主编的通信…… 111

贺敬之自选诗词…… 115

贺敬之自选诗论…… 157

  贺中华诗词学会成立…… 159
  《贺敬之诗书集》自序…… 160
  《贺敬之诗书二集》自序…… 163
  《新船歌集》自序…… 166

丁芒自选诗词曲…… 167

  一、绝句…… 169
  二、律诗…… 174
  三、古风…… 188
  四、词…… 191
  五、曲…… 195
  六、自由曲…… 200

丁芒自选诗论…… 205

  汉语诗歌发展的"哥德巴赫猜想"
    ——在一次纪念"五四"新文化运动会议上的发言…… 207
  丁芒诗歌改革言萃…… 211
  诗歌的继承、借鉴与创新…… 213
  诗歌改革中解构思维的运用…… 220

刘征自选古风…… 225

刘征自选诗论…… 265

  大气磅礴的战歌
    ——读毛泽东同志《渔家傲·反第一次大"围剿"》…… 267
  形象·意境·韵味
    ——毛泽东诗词与当代诗词的革新…… 270
  诗词要把表达的需要放在第一位
    ——在中华诗词发展与创新暨《心声集》出版座谈会上的发言…… 274
  当代诗词的生命在革新…… 279
  我和民族传统诗歌…… 282

霍松林自选诗词曲

一、霍松林自选诗

卢沟桥战歌

侵华日寇愈骄矜，救亡大计误和亲。东北已陷热河失，倭骑三面围平津。燕台西南三十里，宛平城外起妖氛。卢沟桥上石狮子，饱阅兴亡又惊心。"七七"深宵巨炮吼，永定河畔贪狼奔。攻城夺桥势何猛，欲将城桥一口吞。阴谋控制平汉路，南北从此断车轮。伟哉我守军，爱国不顾身。寸土不让寸土争，直冲弹雨摧枪林。守桥健儿力战死，守城壮士分兵出西门。挥刀横扫犬羊群，左砍右杀血染襟。以一当十十当百，有我无敌志凌云。征尘暗，晓月昏。屡仆屡起战方殷。天已亮，炮声暗。城未毁，桥尚存。守军有多少？区区只一营。竟使强虏心胆裂，一夕丢尽大和魂。朝阳仍照汉乾坤，谁谓堂堂华夏真无人。

（一九三七年七月）

哀平津，哭佟赵二将军①

失桥夺桥战正酣，撤军军令重如山。妄说和平未绝望，欲将仁义化凶顽。元戎已订约，将士仍喋血。敌酋暗指挥，贼兵大集结。一夜鼙鼓渔阳震，虏骑长驱风雷迅。疲兵再战勇绝伦，十荡十决挥白刃。滚滚贼头落如驶，纷纷贼众来不止。孤军力尽可奈何，白虹贯日将军死！将军战死举国哭，平津沦陷何时复？玉池金水汙虾腥，琼殿瑶宫变贼窟！将军者谁赵与佟，名悬日月警愚蒙。呜呼！安得军民四亿尽学将军勇，一举歼敌清亚东！

注：①佟赵二将军，指二十九路军副军长佟麟阁和师长赵登禹。

（一九三七年七月）

闻平型关大捷，喜赋

平津既陷寇氛张，欲使中国三月亡。速战速决纵侵略，虏骑所至烧杀奸淫抢掠何疯狂！夺我南口复夺张家口，长城防线大半落敌手。板垣率兵掠晋北，千村万落无鸡狗。直闯横冲扑太原，中途入我伏击圈。平型关上军号响，健儿突起搏魑魅。机关枪扫炸弹飞，杀声震天地摇晃。人仰车翻敌阵乱，我军乃作白刃战。追奔逐北若迅风，刀起刀落如闪电。一举歼敌过一千，捷报传来万众欢。转败为胜时已到，地无南北人无老幼奋起杀敌还我好河山！

（一九三七年九月）

八百壮士颂

"中国不会亡",歌声传四方。八百壮士守沪渎,七层楼上布严防①。倭贼冲锋怒潮涌,壮士杀贼如杀羊。倭贼轰楼开万炮,壮士凭窗发神枪。倭贼凌空掷巨弹,壮士穿云射天狼。倭贼围困断给养,市民隔岸投干粮②。倭贼纵火火焰张,壮士举旗旗飘扬③。激战四昼夜,愈战愈坚强。热血洒尽不投降,以身许国何慨慷④!堂堂壮士,壮士堂堂。四夷望汝正冠裳,中华赖汝扬国光。士气为之振,民气为之张。"八百壮士做榜样",一曲颂歌传四方。颂歌传四方:"中国不会亡"⑤。

注:①日寇自"八·一三"进犯上海,我军顽强抵抗,激战近三月。为掩护大部队撤退,谢晋元将军率领四百一十名官兵进驻苏州河北岸的一栋七层大楼,布防坚守。上海市民不知实际人数,呼为"八百壮士"。

②大楼对岸就是公共租界,谢晋元将军呼吁接济粮食,住在租界的上海市民便隔岸投掷面包、罐头。

③上海市商会为了表达市民的敬意,派出一位女童子军从一家杂货店后壁潜入大楼,献上一面国旗。

④壮士们初入大楼布防,公共租界的记者闻讯采访,谢晋元坚决表示:"以身许国是我军人的天职。"

⑤正当壮士们与敌人激战之时,租界里的上海市人民已经谱出歌颂壮士的歌曲,很快在全市的大街小巷里传唱,不久传遍四方:"中国不会亡,中国不会亡,你看那民族英雄谢团长!……宁愿死,不退让,宁愿死,不投降!……同胞们起来,快快赶上战场,拿八百壮士做榜样。"

(一九三七年十二月)

移 竹

曾无千章万章松,摩空拏日判鸿蒙。
安得千竿万竿竹,拂云浮天接地轴。
我家门迎渭川开,畴昔千亩安在哉?①
化龙之笋没榛莽,栖凤之条埋苍苔。
那有劲簳射豺狼,更无长枝扫旗枪。
愁雾漫漫塞四极,碧血浩浩染八荒。
我今移得两瘦根,霜枝欹斜护儿孙。
星寒月苦凄迷夜,为报平安②到柴门。

注:①旧有"渭川千亩竹"之说。
②《酉阳杂俎》有"竹报平安"故事。

(一九三八年三月)

惊闻南京沦陷,日寇屠城(二首)

虎踞龙盘地①,仓皇竟撤兵。
元戎方媚敌,狂寇已屠城。
血染长江赤,尸填南堞平②。
此仇如不报,公理更难明。

嘉定三回戮③,扬州十日屠④。
暴行污汗简,公论谴狂胡。
忍见人文薮,又成地狱图!
死伤千百万,挥泪望南都。

注:①诸葛亮论金陵形势,有"钟山龙盘,石城虎踞"语。

②南埭：即南京鸡鸣埭。埭，水坝，水闸。李商隐《咏史》云，"北湖南埭水漫漫"，北湖、南埭连用，均指玄武湖。

③顺治二年（1645）清军南下江南，在嘉定（今属上海市）进行三次大屠杀，史称"嘉定三屠"。

④顺治二年清军南下，明将史可法坚守扬州，城破后清军进行十日大屠杀，惨绝人寰，史称"扬州十日"，详见王秀楚《扬州十日记》。

（一九三八年四月）

喜闻台儿庄大捷

大明湖畔角声死，千佛山上佛亦耻。"长腿将军"丢济南①，望风逃窜急如驶。倭贼乘虚南下夺徐州，烧杀掳掠鬼神愁。岂料未到徐州先遇阻，中华健儿誓死守国土。倭贼咆哮驱三军，天上地下齐动武。台儿庄上阵云黄，贼机结队如飞蝗。台儿庄前尘土扬，百门贼炮巨口张。更驰坦克作掩护，贼众狼奔豕突冲进庄。守庄将士目炯炯，满腔热血怒潮涌。再接再厉胆更豪，屡仆屡起气愈勇。白日巷战短兵接，黑夜奇袭捣贼穴。粮将尽兮弹将绝，伤亡过半不退却。觥觥李将军②，指挥何英明！十万火急调援兵，违令者斩不留情。守军忽闻友军到，震天吹响冲锋号，内外夹击山海摇，蠢尔倭贼何处逃？弃甲遗尸抛辎重。嚣张气焰一时消。举国闻捷齐欢忭，海外纷纷来贺电③，稍洗南京屠城冤，喜作台庄歼敌赞。

注：① 1937 年冬，日军攻济南，国民党第三集团军司令兼山东省主席韩复榘不战而逃，被讥为"长腿将军"。

②指第三战区司令长官李宗仁。

③台儿庄大捷，海外华侨和国际友人纷纷来电祝贺。

（一九三八年四月）

惊闻花园口决堤

闻道花园口，决堤雪浪高。
千秋夸沃野，一夜卷狂涛。
日寇宁能拒？吾民底处逃？
田园尽沉没，无地艺良苗！

（一九三八年七月）

哀溺民

田园起大波，邱陇翻巨浪。汪洋混穹窿，势压洪河壮。荒鸡饿树巅，瘦犬溺深巷。鼋鼍喜出没，蛟螭森相向。天意果何居，小民固无状！可怜四壁屋，乃作千年圹！江山信清美，干戈争揖让。一死等长眠①，无因观霸王。

注：①等，等同，等于。

②霸，古代指以暴力取得并统治天下；王（音"旺"），古代指以仁义取得并统治天下。

（一九三八年八月）

洛阳、长沙先后陷落，感赋

湖湘添贼垒，伊洛遍狼烽。
南犯贪无已，西侵欲岂穷？
秦兵须秣马，陇士要弯弓。
莫恃函关险。丸泥那可封①？

注：①东汉初，隗嚣据天水自立，他的将领王元对他说："今天水完美，

士马最强，元请一丸泥为大王东封函谷关。"事见《后汉书·隗嚣传》。丸泥封关，意谓函谷关十分险要，只用极少兵力，就可防守，东方之敌，无法西进。

（一九四四年七月）

风起云涌，电闪雷鸣，而雨泽不至

风伯驱云阵，阴阴掩碧穹。
电鞭抽百嶂，雷鼓震千峰。
尘压山村暗，雾迷野树浓。
苍生待霖雨，天上斗群龙！

（一九四五年五月）

荡寇书感（二首）

三岛肆长鲸，奔腾混八瀛。
神州持正义，天下结同盟。
东海一朝靖，黄河万里清。
建功岂徒武，殷鉴在秦嬴。

炎日落天外，凉风浴九州。
烟笼千岭树，月满万家楼。
制梃能摧锐，投鞭岂断流？
民心即天意，妙悟静中求。

（一九四五年八月）

读《十八家诗抄》，因怀强华

日夜苦相思，相思安所之。
感君高士义，贻我古人诗。
皓月明东岭，清光照北池。
狂歌谁与和，掩卷立多时。

（一九四五年九月）

梦中得"已挟泰山超北海，还携明月跨南箕"之句，足成一律

梦魂扶我欲安之，地远情多不自知。
已挟泰山超北海，还携明月跨南箕。
此怀浩渺须谁尽，彼美娇娆倘可期。
惆怅人天无处觅，却抛心力夜敲诗。

（一九四五年十一月）

乘慢车过关中

百感中来不可宣，凭窗日夜望秦川。
五陵佳气诚何似？三辅繁华已渺然。
零落秦宫馀断瓦，萧疏灞柳剩孤蝉。
怀人吊古瞻前路，海日初明远树边。

（一九四六年七月）

开封旅夜暴雨

颓云压屋屋欲坠，崩雷碾城城欲碎。骤雨泼地地为渠，吁嗟微禹吾其鱼！斯须风起云根灭，青天皎皎挂新月。振衣纳履踏长街，溢浍盈沟水已竭。呜呼溢浍盈沟水已竭！

（一九四六年八月）

八月初抵南京，入中央大学

六代繁华地，八年沦陷悲。
劫收忙大吏，供给苦遗黎。
南雍复开讲，多士又盈墀。
致富图强路，抠衣问导师。

（一九四六年八月）

丁亥九日于右任先生简召登紫金山天文台，得六十韵

钟阜压江浒，势与泰华埒。陡起插天关，穴此日与月。烟岚相颒洞，云霞忽变灭。积想通山灵，约我黄花节。驱车何太驶，倏入虚皇阙。枫柟吟断涧，松栝啸深樾。石廪与天厨，神物司扃鐍。百怪眩左右，一道通箭筈。着我天吴宫，侍坐文章伯。堂堂三原公，勋名光史册。馀事擅书法，挥毫当座客。龙蛇入金石，鳞甲动碑碣。诗亦如其书，威棱不可遏。掣鲸碧海中，浩气驾虹霓。沁水今礼部，量才衡玉尺。平生诗万首，传诵累重译。沧州领史局，雅有征南癖。陈范羞前辈，班马实联璧。三老气精爽，同据主人席①。以次置几椅，嘉宾森成列。商翁头已童，冒先鬓如雪。方湖吾本师，眉宇何朗彻。王陈称沉鸷，词坛两健鹘。卢师忽落帽，喧笑声稠叠②。济济七十人，鲰生亦忝窃。篱畔开高宴，肴饵纷

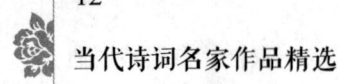

陈设。活脔庖丁解，霜脍昆吾切。风伯拭杯器，日车送曲蘖。酒酣斥八极，顾盼小吴越。万山斗姿媚，殊态争趋谒。或驰而甲胄，或拱而袍笏。或腰大羽箭，控鞍而振策。或手旄与旗，夹道而引喝。如狮或奔腾，如虎或咆勃。或如鹏摩空，或如鹰奋翮。或宛若鸥鹭，或翾若蜻蜓。或虫而蠕蠕，或马而鬣鬣。或鲸而欻𣨼，或鳄而饕餮。百谷栖平野，田田若补缀。此乃民之天，尔曹慎勿夺。大江泻千里，势欲吞溟渤。一气苍茫中，冯夷之所宅。蛎奴亲珠母，虾姑混鱼妾。硙磋打石城，沧桑几代阅。碎云泻日影，一望摇金碧。绿泛子胥涛，朱化湘娥血。造物闷灵异，不与世俗接。当其遇合时，玄机偶一泄。在昔天宝间，艺苑郁蓬勃。众贤登雁塔，俯仰宇宙阔。追逐鬼神愁，乃启委宛穴。大句照千古，灵变犹恍惚。奈何朝政昏，巨乱起胡羯。河岳遍腥膻，黎庶尽流血。李杜诸诗人，忧时徒哽咽。何如金风凉，盛会夸今日。登高豁远眺，述志舒健笔。同室忌阋墙，兆民贵团结。致富追西欧，图强继先烈。奚用观天文，岂徒理秋被？

注：①三原、沁水、沧州，分别指于右任、贾景德、张继三先生，为此次盛会东道主。

②商翁、冒先、方湖、王、陈、卢，分别指商衍鎏、冒鹤亭、汪辟疆、王新令、陈颂洛、卢冀野诸先生。

（一九四七年十二月）

守岁同强华，时自沪来京，共度春节

急景催人又岁除，休翻尔雅注虫鱼。
云连燕塞迷归路，雪暗江城似故居。
赌酒为欢良不恶，闻鸡起舞欲何如？
几年肝胆分胡越，此夜能同亦起予。

（一九四八年二月）

思亲二十韵

　　人生居家好，胡为浪出山。读书亦何用，煮字宁可餐？夜夜梦高堂，白发垂两肩。积雪迷天地，倚门眼欲穿。惊呼未出口，忽隔万里天。感叹还坐起，揽衣涕汍澜。趋庭思往日，明珠掌上圆。七岁卒四书，五经十二全。闲来骑竹马，登高放纸鸢。此外百无事，惟望过新年。新年有何乐？其乐不可言。拉母索新衣，看爷写春联。年集购所爱①，盈筐发笑颜。守岁常不睡，张灯满屋檐。爆竹随意放，声破远村寒。腾欢累半月，如今剧可怜！亲老家日落，一钱贷人难。犹自念痴儿，何以度年关！年关今已度，乡思日转添。愁看邻家子，各自媚膝前。归计倘能售，贵命宁弃捐。石田亦堪种，衣彩为亲欢。

　　注：①乡俗称年终集市为"年集"，即买卖"年货"（新年所用货物）的集市。

（一九四八年二月）

随于右任先生自沪飞穗，机中作

　　海运风旋事亦奇，图南何处是天池！
　　投怀星斗撩新梦，入望云山惹故悲。
　　有限乾坤仍逐鹿，无边烽火正燃萁！
　　凌霄欲洒银河水，遍洗疮痍待曙曦。

（一九四九年五月）

星期日陪于右任先生园中消暑

　　雨露难均造化私，何年始见太平时？
　　满腔愤世忧民意，闲坐榕阴说杜诗①。

注：①时久旱苦热，先生从天时谈起，转向人事，屡引杜诗而加以解释发挥。计所引杜诗有《北征》"雨露之所濡，甘苦齐结实"、《写怀》"无贵贱不悲，无富贫亦足"等等，其解释发挥之言，皆不同流俗，发人深省。

（一九四九年七月）

次韵奉酬匪石师见赠（二首）

有意随夫子，麻鞋万里来。
已知新弈局，休问旧楼台。
孤抱向谁尽，蓬门为我开。
灯前听夜雨，一笑散千哀。

天地悲歌里，光阴诗卷中。
重开樽酒绿，又见醉颜红。
吾道犹薪火①，浮生亦駏蛩②。
绛帷还自下，秋树起西风。

注：①《庄子·养生主》："指穷于为薪，火传也，不知其尽也。"意谓柴虽燃尽，火种仍在传播，比喻道术学业之师弟相传，连绵不绝。

②駏蛩，兽名。韩愈《醉留东野》诗："愿得始终如駏蛩。"以两种互相帮助始能生存的兽比喻朋友互相爱护。

（一九四九年八月）

将赴南林学院

又见蓬蒿作栋梁，忍随燕雀处华堂。
休将腐鼠来相嚇，自有高梧待凤凰。

（一九四九年九月）

游虎啸口同主佑

挂席君自三峡来，飞瀑惊湍战风雷。我亦驱车过剑阁，云里危峰扑人落。年少那知蜀道难，与君几度上青天。寻常山水蚁垤蹄涔耳，更欲东越大海西跨昆仑巅。安能局促守一廛！天公相慰意何厚，办此奇观付吾手。溅沫跳珠起白烟，九派喧豗争一口。双崖雾合昼冥冥，万马齐喑兽王吼。堕涧奔流去不还，何当随汝出深山。涓滴岂是无情物，化作时雨洗尘寰。

（一九四九年十月）

庚寅六月三十日寅时得子

己丑孟冬，余与主佑结婚于重庆迤南之小温泉，时同任教于南林学院中文系，住小泉行馆。婚后即孕，预名小泉，志地也，已而学院停办，生徒星散。门兰当除，盘蓿既竭，奔走衣食，遂无宁日。今夏附舟出峡，由汉口北上至郑州，转陇海路西归。露宿风餐，间关万里，极人世之苦。今者鹏翼犹垂，鹡枝安在，而小泉呱呱坠地矣！深宵不寐，记之以诗。

即是明珠亦暗投，年来苦为稻粱忧。
龙争虎斗真三国，凤泊鸾飘欲九州。
初惧啼声惊里巷，旋疑骨相类王侯。

黎民愿作升平犬，敢望生儿似仲谋！

（一九五〇年八月）

汪剑平先生以《书怀》诗见赠，次韵奉酬（二首）

留身劫罅俟河清，无意时名却有名。
许自书怀知阮籍，未须品藻待钟嵘。
何人能解纵横略，是处犹推月旦评。
往日铜驼今在否？可堪衰泪洒荒荆！

相从几日古城阴，一往深情似海深。
敢说文章通性命，肯怜尘垢满衣襟。
颓风浩浩谁能挽，坠绪茫茫讵可寻。
大瓠哼然宁自举，休讥惠子有蓬心。

（一九五〇年八月）

初登大雁塔

童年读唐诗，神驰慈恩寺。高标跨苍穹，题咏留佳制。今始到长安，此塔仍耸峙。奋足凌绝顶，三秦入俯视。终南青无极，洪河远奔逝。纵横十二街，矮屋若鳞次。汉殿委荒烟，唐宫何处是？缅怀古西都，繁华留文字！堪叹天宝末，君荒臣骄恣。高岑与老杜，登临殒涕泗。达夫思报国，末宦嗟壅滞。嘉州悟净理，挂冠欲逃世。伟哉杜少陵，忧时情如炽。痛惜瑶池饮，呼唤贞观治。大笔气淋漓，才思何雄鸷！独力难回天，皇州践胡骃。我来正芳春，江山初易帜。铁道驰飚轮，绿野见良耜。建设待英才，大庠招多士。作育献绵力，凭高抒素志。

（一九五一年三月）

雨廷先生出谜语"帽子"，余打"戴高乐"，因题一绝

怵目黄绢幼妇辞，个中深意又谁知？
高低大小关忧乐，误尽平生是帽儿！

（一九六四年五月）

"文革"中潜登大雁塔（二首）

打砸狂飚势日增，凌霄雁塔尚崚嶒。
幽囚未觉精神减，放眼须攀最上层。

盘空蹬道出尘嚣，四望三秦万卉凋。
奋臂倘能回斗柄，洪河清渭起春潮。

狗年（庚戌）除夕

牛棚除夜拨寒灰，五十年华唤不回。
囊内钱空辞狗去，肠中脂尽盼猪来。
恶攻罪大犹添谤，劳改期长未换胎。
明日饿羊何处放？谁施春雨润枯荄！

（一九七一年一月）

"文革"书感

熬过严寒待物华,狼奔豕突毁春芽。

凋零文化连年火,寥落人才到处枷。

吉网罗钳通地狱,蛇神牛鬼遍天涯。

"史无前例"夸新创,忍对神州看暮鸦!

(一九七二年五月)

丁巳元旦试笔

此心常似艳阳红,浮想联翩兴不穷。

赞枣讥桃宁有罪,驱蚊伏虎竟无功!

覆盆撞碎头虽白,插架焚残腹未空。

形象思维终解放,吟鞭欣指万花丛。

(一九七七年二月)

石林行

四月二日,中国古代文学理论讨论会结束,云南大学派专车送代表游大小石林,流连两日。钱仲联、程千帆、周振甫、王达津、顾学颉、马茂元诸先生皆有诗。余试作长歌以抒怀抱。其中问答辩难之辞,皆出想象,非纪实也。

盛会昆明兴未穷,神往石林少长同。东道主人亦好事,专车远送情何隆!相随步入石林丛,百态千姿玉玲珑。古藤垂枝发冷艳,时有幽鸟鸣苍松。左穿右绕忽迷路,细听涧水流淙淙。寻声攀援得曲径,拾级直欲扪苍穹。望峰亭上倚栏望[①],赞叹之声震耳聋。"人间安得此奇境?"驰骋想象劳诗翁:或云"李白斗酒难浇块垒平,一吐变作千奇峰";或云"范宽胸中多丘壑,挥毫落纸忽然飞向南陬养潜龙"。"李、范之前久已有石林,此说虽美吾不从。想是当年鲧治水,鸠集天下石族来堵壅。壅川之祸有似防民口,羽山一殛化黄熊。大禹聪明知水性,疏江导河弭巨洪。此辈流散徒作梗,挥鞭驱赶聚滇中。不见石林深处犹有石监狱②,狱中永囚石族之元凶。"辩口未合遭反问:"大禹岂有此神通?颂扬周孔且获罪,况乃'禹是一条虫'!我闻两亿八千万年以前海水涌,海底凸起露龙宫,瑶阙玉殿遽崩坼,琼花琪树失葱茏,有生之物亦化石,遂留石林万顷青蒙蒙。"同游闻此俱解颐,东指西点任遗踪:孰为云师孰风伯;孰为雷公孰雨工;鬼母兴妖献狐媚,夜叉丑态难形容;一峰之顶如花萎,应是当年御苑之芙蓉;彩凤高翔忽堕地,虽展双翅难腾空;长剑插天忽断折③,虾兵蟹将怎称雄?曼衍鱼龙演百戏,涛喧浪吼何汹汹!海桑巨变谁能料,人间正道愁天公。回想往日关牛棚,钳舌垂首腰似弓;岂意终能笑开口,八方冠盖此相逢。览胜小试谈天技,论文初奏雕龙功。莫叹明朝便分手,前程万里朝阳红。

注:①大石林一高峰之顶建"望峰亭",登亭四望,石林全景,尽收眼底。
②小石林中有"石监狱"。
③石林中有"莲花峰""凤凰展翅峰""剑峰"诸名胜,皆以形似得名。

(一九七九年四月)

成都谒武侯祠

劫后重寻蜀相祠,纶巾羽扇更生姿①。
治戎治国存公论,为法为儒岂自知!
后汉倾颓徒叹息②,益州疲敝赖扶持。
森森古柏添新绿,春雨春风又一时。

注:①"四人帮"封诸葛亮为法家人物,故武侯祠非惟未遭破坏,反而

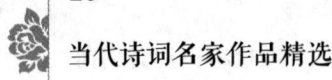

修缮粉刷，焕然一新。

②诸葛亮《出师表》云："亲贤臣，远小人，此先汉所以兴隆也；亲小人，远贤臣，此后汉所以倾颓也。先帝在时，每与臣论此事，未尝不叹息痛恨于桓灵也。"

（一九七九年四月）

全国红学会在哈尔滨友谊宫召开，口占一绝

名言伟论古无俦，友谊宫高集胜流。
快事平生夸第一，松花江畔话红楼。

（一九八〇年七月）

十八院校合编古文论教材审稿会在重庆召开，公推余任主编，因赋小诗赠与会诸同志

绿树繁花映，红岩一帜飘。
良朋来四海，盛会喜今朝。
文论追曹丕[①]，诗评逮慰高[②]。
众流融汇处，浩荡看江潮。

注：①《中国古代文论名篇详注》选曹丕《典论·论文》。
②《中国古代文论名篇详注》选柳亚子《胡寄尘诗序》，亚子原名慰高。

（一九八一年五月）

于济南参加全国第二次《红楼梦》学术讨论会，会间游泰山，欣赋两绝

红楼缥缈与天齐，珠箔银屏入梦迷。
历历谁知梦中事，来寻东鲁孔梅溪。

评红登岱力虽孱，重累惊心未肯还①。
历尽艰危凌绝顶，果然一览小群山。

注：①东汉马第伯《封禅仪记》写登泰山情状有云："后人见前人履底，前人见后人顶，如画重累人矣。"唐时升《游泰山记》中的"为十八盘，若阶而升天。……前行者当后人之顶上，后行者在前人之踵下。惴惴不暇四顾"；袁中道《登泰岱》中的"前人踏皂帽，后侣戴清鞋"；都是对"重累"的具体描绘。

（一九八一年八月）

访母校南京中央大学旧址

早岁弦歌地，情亲土亦馨。
徘徊晒布厂，眷恋曝书亭①。
北极阁仍在，南雍门未扃②。
六朝松更茂③，新叶又青青。

注：①业师汪辟疆先生住晒布厂五号，余与同学常至书房求教。师偶发问："晒布厂可有的对否？"余曰："可对以曝书亭。"师甚喜。此后，余等遂借曝书亭称汪师书斋。

②中央大学向称南雍，犹北京大学之称北雍也，在北极阁下。

③六朝松，在原中央大学校园内，今尚健旺。

（一九八一年九月）

唐诗讨论会杂咏，录呈与会诸公，兼以送别八首

李杜遗踪信可寻，胜流云集曲江浔。
论文今始窥三昧，管晏经纶稷契心。

登临高唱入云霄，岑杜而还久寂寥。
塔顶新吟晴翠句，连山天际涌波涛。

绣岭东西花欲燃，绿杨晴袅万丝烟。
温泉尽付游人浴，遗事休提天宝年。

嬴政雄图并八荒，畏儒如虎亦孱王。
神州此日夸多士，奋智输能日月光。

坑儒千古祸无穷，坑俑翻垂不朽功。
想见挥师壹华夏，弯弓列阵起雄风。

荒祠寂历鸟声哀，遗像凭谁洗劫灰？
万里桥西花似海，诗魂宁返杜陵来！

嗣响唐音我未能，多君大笔赐嘉名。
渭城欢聚才旬日，忍唱阳关第四声！

中华诗教赖吾侪，万里黄河竞上游。
惜别休折灞桥柳，明年高会在兰州。

（一九八二年三月）

棒棰岛宾馆楼顶闲眺

岛上雄楼压翠峦,偶来楼顶独凭栏。
宏开眼界天犹小,顿豁胸怀海自宽。
健羽联翩迎晓日,轻帆络绎逐晴澜。
会心不数濠梁乐,鲲化龙潜一例看。

(一九八二年七月)

少林寺立雪亭书感

菩提达摩方面壁①,神光侍立雪没膝②。
伊川先生偶瞑坐,龟山侍立寒雪堕③。
由来重道便尊师,中州故事令人思。
四凶已灭四化始,立雪亭上立多时。

注:①达摩于少林寺面壁九年,首传禅宗,为禅宗初祖。今寺内有面壁石,初祖庵北有面壁洞。

②神光,荥阳虎牢人,入少林寺投达摩为师。适逢降雪,达摩面壁不语,神光侍立,雪没双膝,犹不肯去。达摩见状,收为弟子,改名慧可,传以衣钵,为禅宗二世。此后连续单传,直至六祖。

③《宋史》卷四二八《杨时传》载:杨时潜心经史,中进士第,年已四十,犹赴洛阳拜程颐为师,"颐偶瞑坐,时与游酢不去。颐既觉,见门外雪深一尺矣"。程颐,学者称伊川先生。杨时,学者称龟山先生。

(一九八二年九月)

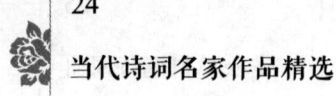

题汤阴岳飞纪念馆

河溃山崩地欲沉,大鹏高举出汤阴。
乾坤整顿终生志,日月光辉百战心。
武略文才陷冤狱,忠肝义胆付瑶琴。
擎天一岳谁能撼,爱国英风万古钦。

（一九八二年十月）

陪内子至澧县访旧居

岳麓谈诗笑语哗:"回门女婿过长沙!"
怜君卅载悲风木,白首同来访故家。

兰芷飘香澧水环,胡家楼子依青山。
儿时乐事休追忆,陵变谷移五十年。

（一九八四年一月）

题《黄河诗词》

嵩岳参天翠霭浮,八方文物萃中州。
新诗一卷闲批览,浩荡黄河掌上流。

（一九八四年一月）

寄叶嘉莹教授

白下悲摇落，登高忆旧词①。
漫嗟如隔世，终喜遇明时。
四海飘蓬久，三春会面迟。
曲江风日丽，题咏待新诗。

注：① 1948年秋，嘉莹先生与余同在南京。重九登高，卢冀野师作套曲，余二人各有和章，同在《泱泱》发表，其后卢师俱刻入《饮虹乐府》。

（一九八四年四月）

偕中国韵文学会诸公登岳阳楼

喜共无双士，来登第一楼。
余寒随雾散，初日际天浮。
碑献中兴颂，帆扬四化舟。
凭栏何限意，放眼看潮流。

（一九八四年十一月）

采石太白楼诗词学会成立感赋

谪仙虽谪终是仙，锦衣笑傲王侯前。沉香亭畔百花鲜，一枝红艳动吟笺。愿为辅弼清海县，已有乐章奏御筵。出游况有五花马，曲江两岸春风颠。饭颗独怜杜甫瘦，万卷读破犹辛酸。岂意文章同憎命，行路亦如上天难。世人欲杀魑魅喜，天上沦谪人间复播迁。风急滩险猿啼苦，夜郎西望迷瘴烟。冤魂频入少陵梦，同行携手复何年！采石矶边庆生还，江心捞月月在天。诗卷

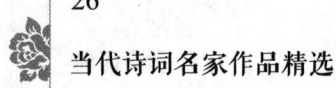

飘零人何在？千秋怅望意茫然。欣闻群彦结诗社，太白楼高摩星躔。楼上联吟吾有梦，斗酒未尽诗百篇。举头望明月，登月有飞船。瞑目想蜀道，飙轮飞跨峨眉巅。创作自由新天地，穷幽探胜各争先。敢向班门弄大斧，新秀岂宜逊前贤？

（一九八五年五月）

林则徐二百周年诞辰，有感于戍新疆事，偶吟八句

远戍犹能立异功，天留荒野试英雄。
桑麻人颂林公井，耕战家操后羿弓。
获罪仍谋驱海寇，筹边还为扫狼烽。
盱衡世界存华夏，立马昆仑第一峰。

（一九八五年六月）

山海关抒怀

天围碧海海连天，万里长城第一关。
徒令防胡祸黔首，漫将失险罪红颜。
欢腾内外车同轨，捷报东西国去奸。
千雉拂云烽燧静，永留奇绩壮人寰。

（一九八五年八月）

目复明，登岱放歌

元月十日抵泰安，住陆军八十八医院。院领导极重视，从济南军区总部

请来著名眼科专家宋振英主任会诊。并通过双人双目显微镜指导高如尧医师做摘除白内障手术。手术极成功。半月后验光,视力已基本恢复,遂动登岱之兴,真喜出望外矣!

泰山脚下兼旬住,却恨无由识泰山。
仰望几番迷浊雾,高攀何处越重关?
医师济困明双目,妻子扶危上极巅。
待看神州花满地,笑迎东海日升天。

（一九八六年一月）

霍去病墓

频仍外患乱如麻,奋起嫖姚奠众哗。
孙子多谋宁拟古,匈奴未灭不为家。
历摧战垒通西域,遍扫狼烟靖朔沙。
冢象祁连功盖世,陵园香溢四时花。

（一九八六年七月）

教师节书怀

坑余逢盛世,劫后庆佳辰。
绛帐弦歌美,杏坛雨露新。
树人师乃贵,强国教堪珍。
桃李芳菲遍,神州处处春。

（一九八六年九月）

应明治大学客座教授之聘，自上海飞抵东京

徜徉天外览寰球，鲲化鹏抟汗漫游。
眼底云涛方变灭，已随海客到瀛洲。

（一九八七年九月）

参观静嘉堂文库（二首）

曾上宁波天乙阁，又登蓬岛静嘉堂。
何当赁屋经年住，遍读奇书十万箱。

珍藏一夜付东流，太息江南皕宋楼。
库主连声夸"国宝"，几番回首望神州。

（一九八七年九月）

奈良中秋夜望月

蓬莱岛上中秋月，此月当年照鉴真[①]。
发愿传衣东渡海，依栏无奈又思亲。

注：①鉴真（688—763），唐代僧人，居扬州大元寺，开元年间于第六次渡海成功，在奈良建唐招提寺，为日本律宗初祖。

（一九八七年九月）

离日飞沪，恰遇重阳，机中口占一绝，落帽龙山旧典，不复可用也

瀛洲争赏菊花黄，把酒持螯忆故乡。
归路登高万余米，闲看云海过重阳。

（一九八七年十月）

于右任书法流派展览

推翻专制破群蒙，余事犹参造化功。
豪迈情思惊虎豹，神奇符号走蛟龙。
千秋书史开新派，一代骚坛唱大风。
春满乡邦桃李艳，争挥健笔颂髯翁。

（一九八八年四月）

贺陕西省诗词学会暨长安诗社成立

春满关中万卉繁，群贤云集古长安。
重光汉业心潮热，大振唐音视野宽。
华岳莲开添壮丽，黄河浪涌助波澜。
新人歌唱新时代，应有新诗胜杜韩。

（一九八八年四月）

偕唐代文学国际学术研讨会诸公游扬州，登平山堂

当年酬唱几人英，六一风神四座倾。
胜事宁随前哲尽？远山仍与此堂平。
绿杨城外枫林艳，红药桥边秋水清。
欲约群贤留半宿，共看淮月二分明。

（一九九〇年十月）

辛未人日国璘自台北来电话贺年，畅谈良久

万里呼名如晤面，欣逢人日贺羊年。
扑檐喜气随春至，溢户欢声隔海传。
一样须眉添福寿，两家骨肉庆团圆。
同心莫叹分襟久，霞蔚云蒸共一天。

（一九九一年二月）

翠亨村谒中山先生故居（二首）[①]

大同遗教少年魂，弹指光阴五十春。
雨过天晴风日丽，白头来访翠亨村。

自建层楼近海疆，登楼一望海汪洋。
楼前手种参天树，树树花开火凤凰。

注：①故居乃中山先生1892年亲自设计建造，其主体是一座融合中西建筑特点的两层楼房，为砖木结构。

（一九九一年五月）

游深圳"锦绣中华"

休疑禹鼎铸神州,浓缩翻惊胜迹稠。
孔庙西连秦俑馆,黄陵南对岳阳楼。
昆明西子湖争胜,大理慈恩塔比优。
锦绣中华无限好,更添锦绣待重游。

(一九九一年五月)

赠空军后勤某部

凌霄万里放歌喉,改革新潮一望收。
才见江村争办厂,旋知朔漠又输油。
双眸闪电观千变,大翼穿云护九州。
为有后勤劳绩著,喜看飞将展鸿猷。

(一九九二年三月)

纽约四海诗社社长李骏发先生惠寄该社名誉社长聘书,即赠一律

全球环顾救诗忙,结社联吟雅道昌。
已见华章来四海,还期逸韵迈三唐。
开疆敢效哥伦布,泥古宁师李梦阳?
意境兼融真善美,风骚传统焕新光。

(一九九三年三月)

谒司马迁墓

梁山挺秀大河奔,携杖来寻太史坟。
刑酷千秋怨蚕室,文雄四海仰龙门。
图强伟业尊先哲,致富名言启后昆。
放眼当年耕牧地,高楼处处建新村。

(一九九三年七月)

题陕西师大畅志园

日丽风和气象新,群芳各自显丰神。
栽培莫叹园丁苦,试赏千红万紫春。

(一九九四年三月)

赴广州主持"李杜杯"诗词大赛终评

放眼羊城景若何?摩天巨厦壮星河。
三江舶满新潮阔,万树花繁好雨多。
应献华章扶众美,更挥健笔荡群魔。
从来国运通文运,吟纛高扬起浩歌。

(一九九四年十二月)

乙亥元旦，西安子女有光、有辉、有亮三家络绎而至，有明一家亦从日本信州大学赶来相聚

换罢桃符酒满觥，儿孙罗拜贺新正。
全家饱吃团年饭，九衢微闻放炮声。
休忆余生衔虎口，欣瞻健翼越鹏程。
南山入户青无极，万里蓝天晚照明。

（一九九五年一月）

主持"鹿鸣杯"全国诗词大赛终评（三首）

灵运而还又四灵，温州从古以诗名。
鹿鸣杯举嘉宾集，十万华章起正声。

匡时淑世吐珠玑，爱国情深化彩霓。
拔萃端须量玉尺，点头何用看朱衣。

诗家何处着先鞭，时代精神妙语传。
致富须求真善美，倡廉反腐拓新天。

（一九九五年六月）

赠记者刘荣庆

劫后神州致富饶,官场忽涌拜金潮。
宜张正气消民怨,更扫歪风靖国妖。
岂有廉泉容腐恶?应无健隼畏鸥鹑。
休嗟四化前程远,破浪扬帆赖俊髦。

(一九九五年七月)

应澳门中国语文学会与澳门中华诗词学会联合邀请,偕内子南游讲学,冯刚毅先生以华章相迓,口占八句奉和,兼呈澳门诗友

图南万里豁双眸,好友相邀意气投。
横跨彩虹观镜海,笑迎红日上琼楼。
人文蔚起诗凤盛,经济腾飞商战优。
愿与群贤挥健笔,金瓯一统颂神州。

(一九九六年一月)

初抵澳门,欲谒梁披云词丈而先承过访

神驰镜海仰名家,笔舞龙蛇口吐霞。
新建诗坛鸣盛世,曾挥铁腕救中华。
南游忽枉高轩过,伟论频闻暮鼓挝。
同忆髯翁思化雨[①],相期老树绚新花。

注:①披云先生与余先后受知于于右任先生。

(一九九六年一月)

登松山灯塔迎澳门回归

长鲸簸浪破天关，痛史重翻血未干。
频引夷船来镜海，尚留灯塔压松山。
回归顿见风光好，开放方欣宇宙宽。
从此中葡隆友谊，新荷吐艳庆安澜。

（一九九六年一月）

重游桃花源（二首）

开放河山日改容，仙源重到兴无穷。
喜看万树参天绿，想象桃花十里红。

楼台重建倚青霄，景点新添无限娇。
堪叹碑联多讹误，焚坑遗患几时消？

（一九九六年二月）

天水影印《二妙轩帖》，并摹刻于南郭寺碑林，喜题

山阴王字美，陇右杜诗雄。
二妙传羲里，群贤赞宋公[①]。
访碑南郭寺，览胜隗嚣宫。
喜作秦州颂，冲霄舞巨龙。

注：①清初诗人宋琬官秦州，集二王法书摹刻杜甫陇右诗，后人称为《二妙轩碑》。碑早毁，今幸存拓本。

（一九九六年八月）

应邀赴京都参加日中友好汉诗协会创立十周年盛典，赠理事长棚桥篁峰

一衣带水碧盈盈，千首诗传两岸情。
大吕黄钟歌友谊，铜琶铁板唱和平。
神州斗韵来东士，仙岛联吟迓汉朋。
十载扶轮风雅盛，更迎新纪创新声。

（一九九六年十一月）

重访信州大学（四首）

信州讲学九年前，故地重游鬓已斑。
幸有佳儿承父业，滋兰树蕙写新篇。

扶桑俊彦大庠师，聚会听余讲汉诗。
每遇探微阐奥处，解颐何异鼎来时。

西汉匡衡善说诗，《西京杂记》卷二云："衡能说诗，时人为之语曰：'无说诗，匡鼎来；匡说诗，解人颐。'"解人颐，使人发出会心的微笑。颐，面颊也。

信大校歌"春寂寥"，倩余书写树高标。
围观教授齐拍手，窗外枫红似火烧。

人文学部盛筵开，父子相偕入座来。
老友新知频祝酒，睦邻桃李要勤栽。

（一九九六年十一月）

有明寓庐家宴（二首）

平和庄里小红楼，室雅厅宽环境幽。
户外青山时送爽，书城坐拥傲王侯。

陕菜秦椒饺子香，喜开家宴话家常。
频频祝我无疆寿，学海汪洋要导航。

（一九九六年十一月）

迎香港回归（二首）

痛史重翻遍血痕，东南巨港恨鲸吞。
蛮烟集散①江涛怒，华胄虔刘②海日昏。
五世遗黎兴大业，千年祖国焕青春。
东风浩荡归期近，骨肉深情待细论。

致富图强赞大猷，瓜分宁忍更增羞！
阋墙应识三通好，联手争夸两制优。
日丽香江迎赤帜，珠还禹甸固金瓯。
荆花含笑春常在，共建文明献五洲。

注：①林则徐《高阳台·和懈筠前辈》："蕃航别有蛮烟。"蛮烟，指鸦片烟。香港被占后曾为鸦片集散地。

②归有光《论御倭书》："虔刘我人民。"虔刘，掠夺、杀戮也。

（一九九七年七月）

于右任纪念馆落成

草圣诗豪两绝伦，于公此处有高门。
承前启后开宏馆，会见三原起凤麟。

注："于公"句，用"于公高门"典，指于右任先生旧宅。

（一九九八年四月）

金婚谢妻七首（新声韵）

合并图书便缔姻①，不贪财势爱知音。
鸾迁凤徙终离蜀，虎斗龙争不帝秦。
百炼漫言成铁汉，三杯何幸庆金婚。
百灵呵护频频谢，患难扶持更谢君。

注：① 1949年冬余与主佑同在重庆南林学院中文系任教时结婚。

滩险风狂浪打头①，竟将微命付扁舟。
三朝未过黄牛庙，半月方登鹦鹉洲。
愧我临危忽病喘，怜君有喜却分忧。
肩扛手抱搬行李，挤进车厢赴郑州。

注：①自重庆乘木船出三峡，风急浪大，惊险万状。余忽发哮喘，行动维艰。主佑怀孕已六月，至汉口后既搬行李，又扶余上岸登车。

火车拥挤汽车颠，扪腹时时唤小泉①。
终喜全生归故邑，却愁失业愧新天。
客堂宽敞茅房锁，老友真诚主妇嫌。
产后怜君犹忍饿，屠门肉好叹无缘。

注：①主佑于小温泉怀孕，故名所怀之儿为小泉。每于剧烈拥挤颠簸之后，扪腹呼唤小泉，看他有无活动。

　　　　灾害连年害万民，吾家口众更艰辛。
　　　　微掺杂面蒸糠饼，略放精盐煮菜根。
　　　　减膳惟求儿女饱，勤耘切盼蕙兰芬。
　　　　肝伤胃溃犹劳动，闯过难关独赖君。

　　　　我是吴晗汝沫沙①，虽无邓拓亦三家。
　　　　"文坛竟敢开黑店，诗海居然纵恶鲨。"
　　　　经典抄残天暗淡，刺刀拼罢眼昏花。
　　　　押回牛圈驱归寓，莫对娇儿泪似麻！

注：①1960年初《陕西日报》为我辟《诗海一瓢》专栏，颇有影响。"文革"初作为"西安的三家村"遭批斗。

　　　　《红旗》上线罪滔天①，狠触灵魂更不堪。
　　　　停俸抄家余四壁，牧羊涤厕近十年。
　　　　闺中幸有英雄在，浪里方知砥柱坚。
　　　　分谤挨批教子女，补衣挑菜抗饥寒。

注：①《试论形象思维》发表于《新建设》1956年2期，1966年《红旗》第5期点名批判，无限上纲，我即被"揪出"批斗、抄家、劳改。

　　　　拨乱平妖万象新，蒙冤"牛鬼"也翻身。
　　　　相夫教子功尤巨，著论吟诗世亦钦。
　　　　窃喜儿曹争鼓翼，还期孙辈早成人。
　　　　好将余热殷勤献，莫负尧天雨露深。

（一九九九年十一月）

谢杜甫研究会诸公设宴祝寿

四凶留命沐晨曦,钓渭年华力未疲。
路远徒嗟增马齿,山高犹愿奋牛蹄。
欲师杜甫吟三更,敢效梁鸿赋五噫?
珍重群公祝嵩寿,青灯不负五更鸡。

(二〇〇〇年九月)

延平颂——为纪念郑成功收复台湾 340 周年作

台湾接大陆,隔水闻鸡鸣[①]。
闾阎皆华胄,日月共尧封。
明季国积弱,荷夷纵长鲸。
宝岛竟沦陷,愁雾暗南溟[②]。
誓复吾疆土,郑帅练精兵。
出师鼓浪屿,万橹压洪峰。
长驱雷电迅,号令海天惊。
登陆禾寮港,歼寇赤崁城。
打援缚困兽,缴械扫狼烽。
遗民庆光复,壶浆夹道迎。
屯田习耕战,物阜四方宁。
两岸频来往,亲友诉衷情[③]。
沧桑数百载,人寰尚竞争。
一国容两制,华夏正龙腾。
鸿业宜共创,大厦宁独擎!
一统山河壮,怀古颂延平。

注：①台湾民谚："福州鸡鸣，基隆可听。"

②明天启四年（1624）荷兰殖民者侵占台湾。

③明永历十五年（1661）郑成功率兵数万自厦门渡海，经澎湖于禾寮港（在今台南境）登陆，围攻荷兰总督所在地赤崁城（即今台南市西郊安平古堡），击溃从巴达维亚派来的援军，激战8个月，于康熙元年（1662）二月一日收复台湾全境，实行屯田，发展生产。

（二〇〇一年四月）

始祖山谒黄帝庙

携友同登始祖山，宏基初创颂轩辕。

刳舟辟道开新宇，除暴安良任大贤。

德教风行百蛮化，文明雨洒众芳妍。

承前启后兴华夏，霞蔚云蒸一统天。

（二〇〇一年七月）

海瑞墓

逆鳞批处血斑斑，海瑞当年只罢官。

掘墓毁祠犹切齿，"文革"不愧"史无前"①！

注：①革，旧入今平，作平声用。

（二〇〇二年十月）

"桥山杯"诗词大赛征稿,海内外炎黄子孙争寄华章。喜赋

桥山柏翠大河清,开放神州万里晴。
十亿昂头创鸿业,八方联手谱新声。
图强致富国威震,倡雅扬骚士气升。
继武修文迎盛世,复兴华夏播文明。

(二〇〇二年一月)

中央大学百年校庆

弦歌萦绕六朝松,化雨频沾鲤变龙。
硕彦传薪瞻北斗,群科拔翠颂南雍。
文追史汉争匡世,学贯中西各建功。
造士兴邦与时进,百年校庆蔚新风。

(二〇〇二年四月)

赠《苦太阳》作者庞瑞林

禁区谁闯夹边沟,饿鬼冤魂帽压头。
终见庞君挥史笔,饱含热泪写春秋。

(二〇〇二年四月)

清明恭谒黄帝陵

桥山翠柏鼎湖清,共献心香拜祖陵。
功继三皇开草昧,泽流四海创文明。
国基丕建千秋固,道统弘扬百利兴。
华胄龙翔新世纪,图强致富振天声。

(二〇〇三年四月)

右任翁《望大陆》发表四十周年

推翻专制救危亡,草圣诗豪振大邦。
绝笔血凝分裂泪,中华一统慰国殇。

(二〇〇四年八月)

中秋飞温州为"诗之岛"揭幕

心系诗之岛,鹏抟揭幕来。
东瓯吟旆聚,孤屿讲筵开。
致富传模式,崇文育俊才。
讴歌新世界,大榭羡吾侪。

(二〇〇四年九月)

龙岩海峡笔会赠台湾诗友

唐风宋雅见诗心,高会龙岩笑语亲。
一峡何堪分汉土?三生难改是乡音。
腾飞经济山河壮,蔚起人文草木馨。
四日同游千载史,联吟字字重南金。

(二〇〇六年十二月)

题于右任墨宝暨两岸名家书展

草圣墨缘连两岸,时贤继起各千秋。
闻风观赏人潮涌,争上长安亮宝楼。

(二〇〇七年四月)

内蒙古杂咏(四首)[①]

呼和浩特

初到青城眼倍明[②],雄楼巨厦入青冥。
年来惯饮蒙牛乳,始见草原无限青。

青冢

筑冢如山更护林,胡人何故重昭君?
结亲自比交侵好,一曲琵琶万古心。

成吉思汗墓

威加四海马萧萧，"只识弯弓射大雕"？
壮丽陵园游侣众，各抒己见论"天骄"。

鄂尔多斯

沙兴产业千家乐③，地富能源四海惊。
更选羊绒织厚爱，人间处处送温情。

注：① 2006年秋，应内蒙古诗词大赛评委会主任之聘，由长子有光陪同游览青冢诸胜，当时无暇吟诗，今补作。

②蒙语"呼和浩特"今汉语"青城"。

③二十世纪八十年代以来，鄂尔多斯兴办沙产业，发展迅速，居民赖以脱贫。

（二〇〇七年十月）

泰山南天门

休夸已过十八盘，一入天门眼界宽。
更上日观峰顶望，始知天外有青天。

（二〇〇七年十月）

腊八赏雪

好雨深宵浥旱尘，连朝飞絮尚纷纷。
推窗细味儿时乐，笑看群童塑雪人。

（二〇〇八年一月）

丁亥除夕，儿孙辈欢聚拜年，兼祝米寿，老妻率众设宴，一室生春，喜缀八句

孱躯劫后转康强，桃李成林老更忙。
始信河清人自寿，况逢天朗鸟高翔。
儿曹敢望兴科教，孙辈还期作栋梁。
贺岁声欢家宴好，高谈畅想乐无疆。

（二〇〇八年二月）

读《犁破荒原》赠汝伦

一牛独瘦五羊肥，犁破荒原更突围。
赢得骚坛春意闹，千花百草竞芳菲。

紫玉箫吹凤入帏[1]，唐音足醉是耶非[2]？
高楼西北宁吾有[3]，孔雀东南任汝飞。

注：[1]紫玉箫，汝伦诗集名，戏用"吹箫引凤"典，极言箫声之美。
[2]汝伦撰长文评拙诗，以"一阁唐音足醉吾"为题。
[3]汝伦为我祝寿，有"巍然西北高楼有"之句，用古诗"西北有高楼，上与白云齐"意，然吾之唐音阁不过二层，真愧煞人也。

（二〇〇八年二月）

贺钱谷融老友九秩荣寿

多年热恋始公开①，"人学"居然是祸胎。
终见沧桑归正道，还欣善美破阴霾。
雄楼巨厦连云起，艳李秾桃带露栽。
介寿申江期异日，晴窗待我品茶来。

注：① 20世纪50年代中期，钱先生登台做学术报告，开头说："我有一位情人，热恋多年，未敢公开，今天，我大胆把她领来了！"正当全场听众集中目光看他领情人上台时，他却在黑板上写了五个大字："文学是人学"。

（二〇〇八年三月）

全民救灾谱新声

一、救灾

天府之国，地震突袭。千里城乡，满目疮痍。无数生命，挣扎在废墟深处，危在旦夕。总书记下令救灾，十万火急。温总理亲临指挥，废寝忘饥。山崩路断，地裂桥圮。风雨如晦，余震不已。直升机空降空投，前赴后继。救援队负重跋涉，屡仆屡起。共和国以人为本，救人第一；只有一线希望，决不放弃。八方驰援，军民协力。送粮送水，送药送医。捐款捐物献热血，爱心如火照天际。救死扶伤创奇迹，百折不挠夺胜利。烈火炼赤金，实践验真理。中华巨人，在严酷考验中昂首挺胸，顶天立地。

二、哀悼

为死难百姓哀悼三日，史无前例，却发自十三亿心灵。八级地震，残酷无情。近七万亲人丧生，近两万同胞杳无踪影。国旗低垂，江河悲鸣。海内外炎黄

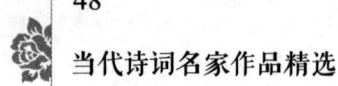

儿女手足情深，心伤泪零。专制者草菅人命，凶暴狰狞；到如今已化尘土，中华万幸！伟矣哉！共和国以人为本，本固邦宁。大矣哉！党中央仁者爱人，珍惜人命。犯千难，救人！救人！冒万险，救人！救人！主震已过八日，搜救依然未停。唤起全人类良知，激发全人类善性。五洲元首默哀，万国人民致敬。救援呼声遍全球，义举善行无穷尽。陈见偏见有重评，"和谐世界"得响应。举世同悲，将化为四海同庆。

三、重建

百炼成钢，多难兴邦。救灾长智慧，抗震添力量。炎黄儿女久经考验，灾区同胞自救自强。娃娃敬礼谢恩人，彰显祖国希望。教师舍己救学生，挺起民族脊梁。悲痛化毅力，废墟变天堂。家园重建，规划周详。惟此为大：固若金汤。拒绝豆腐渣，筑起不倒墙。图强致富建文明，弃旧立新创辉煌。新城市，新村庄；新学校，新工厂；新道德，新思想；新秩序，新风尚。风雨不动安如山，人祸天灾俱可防。江泛银波，稻翻金浪。树绿天蓝，人歌鸟唱。共和国长治久安人为本，新社会幸福和谐颂小康。

（二〇〇八年五月）

八八生日，看"神七"直播，兴奋不已，口占八句

太空漫步长精神，起舞浑忘老病身。
扶杖乐山还乐水，笺书忧道不忧贫。
余年欲化三千士，此日真成二八人[①]。
敢吐狂言君莫笑，神舟看我庆生辰。

注：①千帆学长八十八岁时自号"二八佳人"，令人捧腹，实为"不服老"之意也。

（二〇〇八年十月）

喜庆钻石婚之际，老妻跌伤住院，诗以慰之

含辛茹苦创难关，垂老欣逢大治年。
盛世宁无仙鹤寿？良缘更比钻石坚。
儿曹创业争拔萃，孙辈游学各冒尖。
莫谓一跌爬不起，春回大地看花繁。

（二〇〇九年九月）

2008年冬获"中华诗词终身成就奖"后，又于2010年春获中国作协颁发的"对新中国文学事业作出贡献"的"从事文学创作六十周年荣誉奖"，感赋一律

扬骚倡雅爱中华，龙汉红羊亦有涯。
频砍白旗批毒草，终颁大奖赞香花。
百年未满休言老，西日将沉尚吐霞。
开放神州无限好，更将余热献国家。

（二〇一〇年）

九十思亲七首（新声韵）

一

气短心衰老病身，九十生日忆亲恩。
行医力稼修新院，织布绩麻建大门。①
望子传家终有子，施仁济世始安仁。

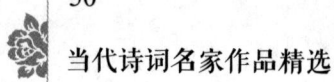

呱呱坠地雄鸡唱，被裹衣包夜向晨。②

注：①家父众特先生生于1879年。中秀才后入陇南书院深造，系名进士任士言（《清史列传》有传）山长的得意门生。废科举后返里，未承祖业。自己行医、种田，家母织布、纺线，终于修了新院。我出生时，北房尚未竣工。

②我于1921年农历8月28日深夜，出生于天水琥珀乡霍家川。家母劳动终日，入夜疲困不堪，腹痛难忍。家父知已临产，亲自接生，母子平安，忽闻雄鸡高唱，喜极赋诗。

二

母无甘乳父缺钱，煮米熬汤夜少眠。①
不孝子常招众骂，老生儿最受亲怜。
未离怀抱认生字，初启童蒙看画刊。
双手扶床学走路，蹒跚步履逗亲欢。

注：①家母生我时已41岁，乳汁全无。家父喂我，备受熬煎，幸未夭折。

三

熟读经史整八年，练字吟诗作对联。
饭后背书常获奖，①堂前扑枣亦尝鲜。
心花怒放爬高树，视野宏开上大山。
欲令深知黎庶苦，手牵瘦马试耕田。②

注：①家父教我，仍用传统办法，熟读群经子史。《四书》及《五经》中的一部分，我都熟读背诵过。

②农忙季节，父亲带我下地干活，要我"知稼穑之艰难"，匡时济世。

四

十三岁后上学堂，步步升级进大庠。
数理文哲参妙谛，诗词策论写华章。

登高作赋人豪喜,①入室传薪雅道昌。②
自是幼学基础厚,十年家教谢爹娘。

注：①1947年重九,得预紫金山天文台登高盛会。赋五古六十韵,深受于右任、张溥泉众诗老赞许。

②业师汪辟疆（方湖）、陈匪石（倦鹤）诸先生皆视我为入室弟子。倦鹤师曾约我讲学于花溪之侧的南林文法学院,为我题《花溪吟稿》云："天水儒家承世业,方湖诗教有传人。为云我竟逢东野,寂寞溪头点勘春。"

五

慈亲创业甚艰辛,遗产双双让弟昆。
阿母勤劳尤省俭,阿爹刚正亦宽仁。
贫家治病捐良药,富户求医付重金。①
身教言传铭肺腑,箕裘克绍盼儿孙。

注：①家父是蜚声秦州的"儒医",专精妇科、儿科,普治时疫及疑难诸症。因药店多有陈药、假药,故自备药材。穷人看病、取药,收费低廉；当时无钱者只记账,年终交清。有困难者年终登门诉苦,家父温言宽解,并取出账簿,一笔勾销。对富户则反此。家父以疾恶如仇出名,有乡绅姓马者贪污致富,患重病后只好远赴州城遍求名医,却服药无效。其子不得已跪求吾父,吾父诊视后用药数剂,即已痊愈。其子率家人登门叩谢,恭奉重酬。家父医德,有口皆碑,至今传颂不衰；乡人王纯业先生更亲身经历,在其《回忆录》中记述甚详。

六

教书高校六十年,运动纷纭变化繁。
晦雨盲风终反正,红桑碧海又扬帆。
亲方困饿儿无米,儿始宽馀亲已仙。
每遇生辰难忍泪,回眸遥忆霍家川。

七

　　天水关中结善邻,①开发西部换乾坤。
　　交通铁路兼公路,庄院新村更富村。
　　惊看吾乡疑做梦,回思往事却伤神。
　　亲恩未报国恩在,独倚高楼望北辰。

注：①指建立"关中——天水经济区"。

（二〇一〇年四月）

九十自寿（二首）

　　不谋显宦不经商,砚种舌耕昼夜忙。①
　　抓进牛棚天乍黑,迎回马帐日重光。
　　人文古已关兴废,科教今尤致富强。
　　乐育英才浑忘我,秾桃艳李竞芬芳。

注：①大学毕业后,除了十年浩劫关牛棚,都在高校任教,今犹在岗。

　　诗文词赋愧名家,劫陷红羊罪似麻。
　　屡砍白旗批毒草,终颁金奖赞香花。
　　童山天外飞新绿,老树楼前吐壮芽。
　　万象争荣人自寿,岂无余热献中华?

注：① 2008年冬,获中华诗词学会颁发的"中华诗词终身成就奖"。2009年秋,获中国作协颁发的"对新中国文学事业作出贡献、从事文学创作六十周年荣誉证书"。

（二〇一〇年七月）

观"相亲"卫视有感四首

"宁坐宝马啜泣，不骑飞鸽欢笑。"
"相亲"发此宣言，竟然一时火爆！

不爱德才爱富，不要幸福要钱。
惟愿藏于金屋，甘心哭到黄泉。

开放新潮奔涌，女性争做强人。
创业各显身手，为国奉献青春。

美丑界限森严，岂容任意颠倒！
爱憎必须分明，卫视切莫误导！

（二〇一〇年十一月）

龙年元旦试笔（三首）

日日凭栏盼雨来，痴心欲洗九州霾。
重霄忽降丰年瑞，万树银花一夜开。

天际遥望泛晓霞，窗前老树吐新芽。
东皇欲助祥龙舞，先遣春风入万家。

中华崛起戒贪婪，彼美疯狂扩霸权。
画就钟馗饮椒酒，但求活到太平年。

（二〇一二年一月）

贺神九胜利归来

海鹏刘望与刘洋,稳驾神舟万里航。
交会天宫操胜算,欢呼祖国赞端阳。
乾坤通话情何热,科教兴邦路正长。
载誉归来回首看,太空吾亦有家乡。

(二〇一二年八月)

重游兰州

金城何用锁重关,开放宏图纳九寰。
学海冥搜千佛洞,文坛高筑五泉山。
速传信息通欧美,广建功勋待马班。
莫道西陲固贫瘠,要将人巧破天悭。

(二〇一二年九月)

题兰鼎为余画牡丹

皓首穷经求富贵,不知富贵落谁家。
谢君下笔春风起,寒舍忽开富贵花。

(二〇一三年二月)

九二打油次梁东老友《八十自白》原玉

提高消费挣钱花,冬吃火锅夏吃瓜。
一国安危官作主,三人温饱我当家。
杯中酒溢留嘉客,笔下诗成喝好茶。
夜不失眠晨练早,推窗还看满天霞。

(二〇一三年六月)

和凯公《雪日读书有感》

窗前飘瑞雪,纸上见阳春。
问政民为主,吟诗笔有神。
红消天下雾,绿化地球村。
读破三千卷,爱人大写人。

(二〇一三年七月)

癸巳岁暮怀院士诗人杨叔子

瑜园晤叙羡多闻,科技精研更善文。
奇句惊心常品味,"国魂凝处是诗魂"。

(二〇一三年十二月)

马年元旦试笔

探天潜海建殊勋，致富图强万马奔。
中国梦圆齐奋力，振兴华夏挽乾坤。

（二〇一四年一月）

美籍甘肃人袁士容女士归国祭扫黄陵，与余相遇桥山，畅叙乡谊

跨海归来花正繁，桥山顶上祭轩辕。
长怀壮志追前烈，更吐深衷话故园。
胜迹犹存伏羲里，春波初涨渭河源。
乡情敦厚乡音好，共约明年访陇原。

（二〇一四年四月）

川东游击队烈士颂

岂容残贼肆淫威，游击挥刀破铁围。
争掷头颅迎解放，川东百卉竞芳菲。

弹指流光六五年，国强民富换新天。
陵园扩建丰碑立，烈士英名四海传。

（二〇一四年八月）

小平百十周年诞辰献诗

除妖拨乱救危亡,冤案推翻振大邦。
外访南巡兴汉业,三通两制复尧疆。
人文蔚起繁花艳,经济腾飞硕果香。
致富图强奔四化,五洲惊看巨龙翔。

(二〇一四年八月)

写给孩子

春种夏耘勤灌园,秋将硕果献黎元。
流光似水休虚度,祖国前途看少年。

(二〇一五年六月)

二、霍松林自选词

莺啼序·寄友人

　　1942年深秋，余肄业国立五中高中部，宿舍乃天水北山玉泉观之无量殿。俯瞰山下，时见队队壮丁，骨瘦如柴，绳捆串联，押赴营房，往往颠踣于凄风苦雨之中。死去，则长官乐吃空名；或逢丁便抓，勒索财物。东夷猾夏，沧海横流；投笔有心，用武无地；念乱伤离，哀今叹往；百感丛生，不能自抑。聊拈此调以寄故人，借抒郁积。

　　寒飙又催冻雨，搅商声四起。暮笳动，塞马悲嘶，似惜驰骋无地。照长夜，烧残绛烛，华胥梦好空萦系。尽高歌，谁会奇情，唾壶敲碎。

　　炉脚香灰，箭底漏冷，甚鸡鸣未已！揽衣起，欲蹴刘琨，路遥鱼信难寄。任流光、风奔电击，掩尘匣、龙泉慵倚。望京华、南斗无光，大千云翳。

　　因思旧日，坐领湖山，俯仰画图里。呼俊侣、雪江垂钓，酹酒平远，绣谷寻春，倚歌红翠。芰荷艳夏，鸳鸯迎棹，明霞如锦西趁日，换一轮满月中天丽。繁华易歇，庭花乍咽余声，那堪顿隔秋水！

伶俜自惜，彩笔干霄，叹故人尚滞。最感念、铜驼犹在，废苑凄凉；舞榭飘零，断垣尘委。狼烟会扫，胡沙将靖，还京应有诗待赋，浣青衫、休洒伤心泪。殷勤更理前游，画阁谈心，夜眠共被。

（一九四二年九月）

高阳台·东坡生日作

香透梅梢，阳回井底，忆公岳降眉山。雅望英操，不孤滂母知言。玉墀新拜龙团赐，更何人声动钧天！却赢将、贝锦诗成，岭海颠连。

笛中重谱南飞曲，问人间此日，天上何年？万柳苏堤，几番摇落春前！大江从卷英雄去，望晴霄、如见苍颜。便相期、汗漫同游，驾凤参鸾。

注：苏轼生于宋仁宗景祐三年（1036）12月19日。

（一九四六年一月）

八声甘州·登豁蒙楼

战云迷眼望，叹纷纭蛮触几时休！自炎黄争立，齐秦竞霸，楚汉相仇。直到而今未已，白骨委山丘。谁挽银河水，一洗神州？

漫说儒冠堪用，甚知津孔某，感慨乘桴！甚肝人盗跖，富贵垮王侯！效庄生逍遥物外，更换来杯酒有貂裘。缘何事、无多危涕，却上层楼！

（一九四六年十月）

八声甘州·与友人北极阁踏月

照乾坤万里净无烟，雪月斗清妍。算驱车陇阪，骑驴蜀道，射虎中原。

莫叹狂踪似梦，好景又依然。深夜闻鹊喜，玉树重攀。

六代江山如画，更感音邀笛，随步生莲。笑宗之疏懒，不解话当年。任吴侬、珠歌翠舞，却掉头、商略酒中天。临飞阁，举觞白眼，一片高寒。

注：此首开头句式从柳永。

（一九四六年十二月）

木兰花·梦归

卷愁不尽炉烟袅，一刻归思千万绕。昨宵容易到庭帏，衣彩长歌春不老。人生自是家居好，客里光阴何日了？晴晖芳草一时新，梦转纱窗天又晓。

（一九四七年九月）

瑞龙吟·豁蒙楼和清真

台城路。还见翠柳笼烟，绛桃生树。浮云西北楼高，万花镜里，湖山胜处。

暗延伫。犹记艳阳醅酒，绣帘朱户。联肩小立楼头，画船戏认，临风笑语。

谁度清平遗调，露花栏槛，云裳羞舞。相伴乱飞群莺，游兴非故。金梁梦月，虚费怀人句。从头数、江干并马，楸阴联步，浪影东流去。探春尽有、遐情妙绪，牵引愁如缕。残照敛，斜风催诗吹雨。待挥健笔，拨开云絮。

（一九四八年四月）

青玉案·用贺梅子韵，时中原战火又起

中原万里来时路。更策马，何年去！野火连霄鸿不度。月明池馆，绿深门户，有梦无寻处。

不堪满眼旌旗暮。北望时吟放翁句。作个心期天定许：手分银汉，指麾云絮，飞送千峰雨。

（一九四八年六月）

玉蝴蝶

永夜碧霄如洗、欲舒望眼，怯倚危栏。玉井风来，楼外故曳秋千。拂瑶阶、花思共影；入绮户、月忆联肩。怆离颜。一般光景，两处同看。

情牵。归程暗数：荒村宿雨，驿路冲烟。画角悲鸣，暗惊烽火又连天。误佳期，空移凤枕；传好语，谁寄鸾笺？悄无眠。水精帘卷，宝篆香残。

（一九四八年七月）

水调歌头·寄友

素魄不吾待，故故欲西流。可堪为客千里，对景忆同俦。一样良宵能几，无限衷情谁诉，目断白萍洲。屡换人间世，怀旧意难收。

沐陇烟，披蜀雾，几优游。而今白下，江净如练雁涵秋。忍把旧狂重理，漫道人生行乐，四海豁双眸。有酒谁能饮，试上最高楼。

（一九四八年八月）

水调歌头·中秋偕友人泛北湖

霞脚散罗绮，一雨洗秋容。晴霄万里如拭，倒映碧湖中。喜共蓬莱仙伯，稳泛扁舟一叶，直上广寒宫。顾盼有馀乐，谈笑起长风。

簸南箕，挹北斗，戏鱼龙。乾坤坐领，为问人海竟谁雄？八斗长才安用，百岁良宵能几，忍放白螺空！月桂未须斫，清影正无穷。

（一九四八年八月）

望海潮·惕轩嘱题藏山阁读书图

松涛排闼，烟岚浮槛。临风短袂微凉。看核九经，笙簧百氏，弦歌日夜琅琅。幽境忍相忘！望美人不见，无限思量。梦里追寻，溯洄如在水中央。

今宵喜挹清光，便纵横万里，上下千霜。思绪纬天，词源泻海，尊前说尽兴亡。金兽篆余香。看画中月影，还照溪堂。出岫祥云，待作霖雨遍遐荒。

（一九四八年九月）

玉烛新·梦归

霜风吹客袖。越万水千山，里门才叩。短垣矮屋，摇疏影、一树寒梅初秀。抠衣欲进，怕老母怜儿消瘦。拈破帽、轻扑征尘，翻惊了荒村狗。

仓皇持杖遮拦，却握了床棱，布衾掀皱。烛光似豆。依旧是、数卷残书相守。更深雪厚，听折竹声声穿牖。寻坠梦、愁到明朝，难消短昼。

（一九四八年十二月）

满庭芳·友人斋读画听筝，时在常州牛塘桥

寒杵敲愁，冷波流梦，断萍犹是天涯。素绢初展，人境有烟霞。天外遥青数点，青山下，应是吾家。临场圃，朱门映柳，犹记话桑麻。

浮楂。无好计，长河日暮，万里悲笳。便折梅能寄，顾影空嗟。三叠阳关漫谱，怕惊散，绕树残鸦。浮金兽，留香渐久，凉月上窗纱。

（一九四九年三月）

满江红·登玩珠峰，用白石平声调

何处寻春，倩紫骝嘶上翠峦。愁如许，绣笺题遍，强说天宽。放眼何妨空万里，开怀重与证千年。又夕阳冉冉下平芜，横暮烟。

龙虎地，漫踞盘。萁与豆，几相煎！看大江东去，何处投鞭！铁锁从教沉水底，东风应许到人间。待数枝催绽碧桃花，呼画船。

（一九四九年四月）

清平乐·重至渝州和清真

二水交流，万山合抱，尊酒向日频赊。轻别无端，漫游南国，前踪雾隔云遮。叹凤阙酣歌未已，仙掌酸风乍起，惊鸿万里孤征，又落平沙。来践西窗旧约，三载事，事事总堪嗟。

去留无准，阴晴未稳，秋月初明，还又西斜。休记省、旗亭画壁，金谷留春；暗悔、当年浪迹，连夕盘游，看遍长安树树花。聊向故人，求泥种竹，分水浇梅，暂假鹓枝，共度天寒，须知倦客无家。

注：此调句多韵少，颇难处理，倦鹤师命余同作。

（一九四九年八月）

醉蓬莱·重九和东坡

问萧萧落木，滚滚长江，几番重九？风恶云昏，忍天涯回首。坐拥书城，但古贤相守。过雁惊心，啼猿搅梦，物华非旧。

盛会如今怕说，还记茱萸醉把，菊花同嗅。佳约曾留，指六朝烟柳。弦月多情，知是何日，照候潮淮口。更与同游，依歌平远，一酾芳酎。

（一九四九年十月）

减字木兰花·登《为人民服务》讲话台怀张思德

一台突起,凭眺低徊何限意!赤县春回,锦绣河山血换来。
为谁服务?思德精神光万古。毋负平生,泰岳鸿毛比重轻。

（一九六一年三月）

念奴娇·庚申初冬游赤壁次东坡韵

九泉根屈,问蛰龙知否,人间奇物?贝锦居然织诗案,谁破乌台铁壁。远斥黄州,两游赤鼻,笔底奔涛雪。天狼未射,鏖兵空羡英杰。
吾辈劫后登临,浪平江阔,万橹争先发。磨蝎休嗟曾照命,正道沧桑难灭。废苑花开,荒郊楼起,衰鬓换青发。掣鲸沧海,九天还揽明月。

（一九八〇年十一月）

减字木兰花·西湖抒情（四首）

流莺百啭,垂老初亲西子面。乍雨还晴,淡抹浓妆总有情。
何妨小住,白傅坡仙吟望处。醉舞东风,夕照山前夕照红。

朝霞红映,一望春波明似镜。湖畔垂杨,携李牵桃照晓妆。
东山日上,一叶渔舟初荡桨。燕舞莺啼,越女如花满白堤。

恰逢三五,缓步湖滨天欲暮。散尽游人,柳浪浮来月满轮。
水天澄澈,西子嫦娥争皎洁。山外青山,戴縠披绡已睡眠。

眼波眉黛，神采飞扬生百态。树密花繁，装点湖山分外妍。

且留后约，休道秦川风景恶。美化神州，西子何时赋远游？

（一九八二年四月）

水调歌头·题《延安文艺精华鉴赏》

滚滚延河畔，宝塔映朝晖。寻求救国真理，志士万方来。谱写炎黄伟烈，鼓荡乾坤正气，御侮辟蒿莱。赤帜迎风舞，天半响惊雷。

破妖雾，寒敌胆，壮民威。几年血战，扫除倭寇似尘埃。华夏已开新宇，艺苑犹传佳什，鉴赏出清裁。继往拓前路，四化待英才。

（一九八三年六月）

水调歌头·题电视连续剧《司马迁》

史家夸绝唱，文士比离骚。发扬文化精蕴，光焰耀晴宵。穷究天人之际，洞察古今之变，褒贬别人妖。开卷照明镜，成败辨秋毫。

持正义，陷冤狱，不屈挠。撰成旷代名著，功比泰山高。今喜银屏重现，亿万人民瞻仰，豪气荡新潮。继往开新路，前景更娇娆。

（一九八八年五月）

沁园春·赞引大入秦

直上天堂，竟挽银河，横贯祁连。喜甘露池中，锦鳞映日；秦王川内，稻浪含烟。近揖西岔，遥迎景泰，共泻琼浆溉旱原。雄奇处，看羊群鸭阵，林海粮川。

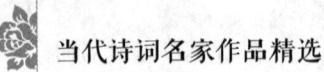

凭谁改地戡天？有科技精兵破险关。赞围堤截流，龙驯蛟顺；开渠掘洞，电掣风旋。富国功高，利民术好，引大入秦耀史篇。兴西部，变荒凉边塞，比美江南。

（一九九〇年二月）

金缕曲

国璘兄惠寄髯翁手书谒黄花岗诗曲五首，八十造像一帧。附书云："右老八十以后常怀念大陆亲友，每问我：'那位霍松林有无消息？他是我们西北很少见的青年！'这些话我听过好多遍。……右老于公余常提笔写旧作给我，已保存廿余年矣。随像寄上两片，留作纪念……"

雨霁天澄碧。喜故人、书来万里，拆封心急。入眼于翁银髯动，奕奕风神似昔。更惊见、晚年墨迹。万岁中华申伟抱，礼人豪、频舞如椽笔。诗与字，连城璧。

长笺读罢情难抑，道馀生、劳翁屡问："有无消息？"两岸花明风浪静，执卷还思请益。却惆怅、山阳暮笛。往日青年今已老，叹白门、殊遇空追忆。酬夙愿，嗟何及！

注：手书《越调天净沙·谒黄花岗》后三句云："开国人豪礼罢，采香盈把，高呼万岁中华。"

（一九九〇年二月）

沁园春·三秦发展赞

华岳钟灵，黄陵毓秀，泾渭灌田。望唐都汉苑，花团锦簇，周原秦岭，林海粮川。银翼穿云，飙轮掣电，国际交流广富源。二十载，赖改革开放，换了新天。

还须比美东南，正西部开发战鼓喧。要普施教育，群英兴陕；弘扬科技，万众攻关。厂溅钢花，地翻金浪，绿化黄沙硕果繁。迎新纪，更宏图大展，跃马扬鞭。

（一九九九年十一月）

浣溪沙·迎二〇〇一年新春

华岳莲开旭日红，凤鸣岐下庆繁荣，三秦大地换新容。
击鼓迎春花似海，鸣锣开道气如虹，腾飞处处舞群龙。

（二〇〇一年一月）

声声欢·贺北京申奥成功

今夜华人不寐，家家目注银屏。群雄申奥争逐鹿，神州问鼎敢交锋。聚焦莫斯科，投票判输赢。

万众侧耳，万籁息声。萨马兰奇忽宣布，春雷震四瀛。喜煞炎黄儿女，个个扬眉吐气，江海涌激情。跳狮子，玩龙灯。锣鼓惊霹雳，歌舞起旋风。烟花焰火照天地，狂欢到五更。

鳌头独占非易，永难忘、积贫积弱受欺凌。赖百年拼搏，三代开拓，雾散日东升。振国威，建文明，敦邦交，促和平。得道由来多助，况兼悉尼夺锦，奥旗含笑选北京。

鹏抟凤骞，虎跃龙腾。奋战六年迎圣火，水更绿，山更青，巨厦摩云花满城。看我健儿显身手：五环联友谊，百技跨高峰。

（二〇〇一年七月）

陆湖讴

烽烟消旧垒,妙手绘新图。筑起长堤大坝,截断奔腾陆水,百里造澄湖。助发电,资养殖,便运输。灌溉八方沃土,万象尽昭苏,赤壁名城开玉镜,楚天丽景耀明珠。名扬遐迩万人游,鸟欢呼。

诗词会,我来初。乘兴烟波纵艇,风光画不如,重峦叠嶂环抱,雾鬓云鬟隐现,天际舞仙姝。时见萦青溢翠,千岛态各殊,珍禽栖异树,沙暖浴双凫。自叹垂垂老矣,安得此地结茅庐;偕吾妇,共读书!

(二〇〇三年五月)

全民战非典

未见硝烟滚滚,亦无杀气腾腾。流感不规范,肺炎非典型。忽侵粤海,又犯燕京。急似狂飙凶似虎,伤人害命不闻声。

中枢部署英明,举国遍布精兵。白衣天使破危阵,科技奇才跨险峰。防治兼施,众志成城。

真金出烈火,旭日化寒冰。瘟君肆虐严考验,民族精神愈提升。试看神州大地,更加水绿山青。

(二〇〇三年八月)

飞龙吟·贺神五载人飞船发射成功

嫦娥奔皓魄,夸父逐骄阳。更有挥鞭魏武,欲骑白鹿上穹苍。休道痴人说梦,华胄凌霄壮志,万古闪光芒。御外侮,争独立,致富强。红旗乍展春潮涌,科教兴国国运昌。两弹惊三界，一星耀八荒。

　　太空奥秘费思量，封锁由他，攻坚在我，自力更生大愿偿。神舟零故障，飞人百炼钢。欢声动地巨龙起，寥天无际任翱翔。软着陆，迓归航，还期揽月访吴刚。联手友邦遏制星球战，永葆和平四海共温凉。

（二〇〇三年十月）

沁园春·十七大颂

　　锦绣神州，改革花繁，开放果香。喜燕京盛会，北辰朗耀；邓公伟论，赤帜高扬。回顾征程，前瞻丽景，旷代宏文播四方。沐朝旭，看鸿图大展，凤骞龙翔。

　　脱贫已破天荒，更致富图强赴小康。赖南针导向，千帆并驶；东风送暖，百业齐昌。建构文明，恢张民主，社会和谐谱乐章。行两制，促金瓯一统，共创辉煌。

（二〇〇七年十月）

八声甘州·北京奥运颂

　　喜熊熊圣火照神州，首都焕新容。看遥山凝黛，千街覆绿，万圃飞红。场馆安全壮丽，白鸽戏蓝空。四海群英会，跃虎翔龙。

　　首倡人文奥运，借五环联谊，共建丰功。正金风送爽，观众乐融融。展雄姿、公平参赛，破险关、百技跨高峰。舞椽笔、谱和谐颂，永忆尧封。

（二〇〇八年七月）

三、霍松林自选曲

戊子九日集小仓山，冀野师次徐旭旦重阳套曲元韵，余亦继作

【南仙吕入双调步步娇】一代诗人烟霞老，得地逢辰好，振衣愁已销。绕郭青山，满陂红蓼，看我此登高。笑长风，吹不落参军帽。

【江水儿】神社神安在，螳螂臂可嘲。望寰区不觉尧封小，衣冠未信耆英少，待从头整顿家山好。算大国龙翔凤矫，除暴安良要，你挽狂澜将倒。

【清江引】优游未须归去早，入眼皆诗料。端宜醉菊花，不待金门诏。怕岁晚，寻欢及时今尚可。

注：①1948年秋，叶嘉莹先生与余同在南京。重九登高，卢冀野师作套曲，余二人各有和章，同在南京中央日报《泱泱》发表，其后卢师俱刻入《饮虹乐府》。

（一九四八年）

散曲三首

【仙吕】一半儿·戊子年除夕,举家欢聚

　　花钱救市逞英豪,年货扛来三大包。盛宴团年贪异肴:假牙摇,一半儿撕掰一半儿咬。

【正宫】叨叨令·己丑元旦放炮

　　欧风美雨海狂啸,金融独我无风暴。拜年声里金牛到,大街小巷人欢笑。快活煞也么哥,快活煞也么哥,老头儿放响了冲天炮。

【自度曲】团圆赞

　　团团,圆圆,憨厚出天然。憨得真,憨得美,憨得善。虚假邪恶不沾边。
　　团团,圆圆,乐群爱伴。互信互助,相亲相怜。分裂猜疑永绝缘。
　　团团,圆圆,国宝名传。生长大陆,落户台湾。爱心连两岸,中华庆团圆

(二〇〇九年二月)

[正宫]叨叨令·盼小康

　　我生喜与党同岁,活到和谐幸福的新时代。心广体胖,人都夸我长得帅。兀的不喜煞人也么哥,兀的不笑煞人也么哥。小康社会,还能快活七八载!

(二〇一五年七月)

霍松林自选诗论

论诗的设色

作画要讲究设色。诗画相通，作诗也有一个设色问题。当然，诗的设色不同于画的设色。

大千世界，五彩缤纷。人对色彩的感觉，是一种美感中最普遍的形式。诗，作为大千世界的折光，自然要展现绚丽多彩的图景。让读者获得美感享受。苏东坡在《书摩诘蓝田烟雨图》中说："味摩诘之诗，诗中有画。"德国美学家莱辛在《拉奥孔》中也说："没有图画感会使一位最生动的诗人变成一位讲废话的人。"

大千世界，千汇万状，形形色色。诗人运用色彩，不满足于简单地"随类赋彩，以色貌色"，而应该精心选择、着意调配，构成和谐、生动的画面，这就叫设色。唐宋以来杰出诗人，都善于设色。比如杜甫做于成都草堂的《绝句》，大家都很熟悉。这首小诗给予读者的美感，在很大程度上来自作者的设色。第一句"两个黄鹂鸣翠柳"，用黄、翠两色。翠，是嫩绿色。说"翠柳"，意味着春天刚到人间，柳枝新抽嫩芽；那么，成双成对，在"翠柳"之间跳跃鸣叫的"黄鹂"，也是嫩黄色。嫩绿衬嫩黄，色彩既鲜明，又和谐。第二句"一行白鹭上青天"，用白、青两色，以广阔的"青天"为背景，"一行白鹭"由低而高，自由飞翔。以青衬白，色彩也鲜明而和谐。通常认为这首诗"连用黄、翠、白、青四种颜色构成一幅绚丽的图案"，其实，三、四句也有色彩。"窗含西岭千秋雪"，"雪"不是色白的吗？山岭积雪与青天相接，青、白映衬，十分悦目。"门泊东吴万里船"，那"船"不用说是"泊"在江边的，"蜀江水碧"，一江春水，当然更加碧绿可爱。诗中还有一种颜色："青天"意味着万里无云，"翠柳"意味着初春时节，那么暖洋洋、红艳艳的阳光，

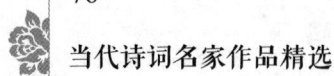

不正在普照大地吗？全诗用了多种色彩，却多而不乱。这因为具有不同色彩的景物或为近景，或为远景；或为低景，或为高景；或为大景，或为小景；或为静景，或为动景；各种景物，各种色彩，或彼此对比，或相互映衬。都统一于明朗的阳光之中，形成鲜明、和谐的色调，令人神清气爽，怡然自乐。

鲜明的色彩能够产生强烈的视觉效果。鲜明的色彩如果与富于动感的形象相结合，其视觉效果便更加突出。善于设色的诗人很懂得这个道理，因而根据创造特定意境的需要，力求使诗中的色彩鲜明活跃。"两个黄鹂鸣翠柳，一行白鹭上青天"，便具有强烈的运动感。杜甫还创造了一种独特的设色法，那是将颜色字置于句首，让读者突然看到色彩，再判断是何种物象以及如何运动。例如《放船》五律的第三联：

青惜峰峦过，黄知橘柚来。

江流迅速，船行如箭。忽然看见一片"青"色；及至意识到那是"峰峦"，正待仔细欣赏的时候，可惜它已经过去了。忽然看到万点金"黄"迎面扑来，凭借行船的经验断定那是"橘柚"，正待仔细欣赏的时候，不用说也已经退向船后了。在色彩如此鲜明、动感如此强烈的形象面前，读者的感官怎能保持沉默？

杜甫用这种独创的设色法创造出许多类似的警句，如"红入桃花嫩，青归柳叶新"；"碧知湖外草，红见海东云"；"绿垂风折笋，红绽雨肥梅"；"红浸珊瑚短，青悬薜荔长"；"翠深开断壁，红远结飞楼"；"紫收岷岭芋，白种陆池莲"；"白摧朽骨龙虎死，黑入太阴雷雨垂"等等，都由于首出色彩而继写动态，加强了视觉效果。与此相适应，句首的单音色彩字占一个音节，从而打破了五言句二二一、七言句二二二一的常规，句子挺拔拗峭，并且具有多感性，更强化了视觉效应。

王维则用另一种设色法突显色彩的运动感。《书事》中的"坐看苍苔色，欲上人衣来"，表现诗人"坐看"细雨中的"苍苔"，由于受到雨水的洗濯滋润，其青苍之色越来越亮，仿佛在蔓延、扩散，快要爬上他的衣服。亮度强的色彩可以使人感到向外散射，诗人抓住了这一特点而加以强调，便写出了雨中苔色的运动感。《送邢桂州》中的"日落江湖白，潮来天地青"，下句以青色弥漫于整个天地之间描状潮水铺天盖地而来的气势，何等壮阔！上句则以红日西落、暮色苍茫反衬"江湖白"，从而突出江湖的亮度，产生了强烈的视角效应。在各种色彩中，白色亮度最高，所以光线幽暗时也能看见。韩愈《李花赠张十一署》写夜间看花"花不见桃惟见李……白花倒烛天夜明"；郑谷《旅寓洛南村舍》"月黑见梨花"；都抓住了白色亮度最高的特点，用以暗衬明的设色手法，写出了脍炙人口的佳句。

　　结合物象写出色彩的运动感。如王昌龄的"红旗半卷出辕门"，王维的"漠漠水田飞白鹭"，李贺的"桃花乱落如红雨"，叶绍翁的"一枝红杏出墙来"等等，佳句甚多，不胜枚举。这里再看看韩愈《雉带剑》中的名句："冲人决起百余尺，红翎白镞随倾斜。将军仰笑军吏贺，五色离披马前堕。"——野雉被将军射中，带箭奋起，冲向高空，血红的翎毛与银白色的箭镞摇晃倾斜，在将军仰天大笑与军吏的纷纷祝贺声中，五彩缤纷的野雉落于马前。真是写生妙手！把静态的色彩用精当的词语加以描状，使它栩栩如生，乃是诗人常用的手法。例如韩愈的"山红涧碧纷烂漫"，白居易的"日出江花红胜火，春来江水绿如蓝"等等，写得都是静景，但色彩何等鲜活！

　　人的五种感觉——视觉、听觉、触觉、味觉和嗅觉，能够互相沟通、互相转化，这叫"通感"。色彩，诉诸人们的视觉，但似乎又有温度。看红色仿佛感到温暖，看白色仿佛感到清冷，因而有"冷色""暖色"之分。诗的设色，并不以产生视觉效应为满足，还要追求"通感"效应。庾信的"山花焰火然"，庾肩吾的"复类红花热"，王维的"水上桃花红欲然"，杜甫的"山青花欲燃"，白居易咏榴花的"风翻火焰欲烧人"，写花红像是即将燃烧，或已经燃烧起来的火焰，令人感到炽热；王维的"月色冷青松"，欧阳修的"绿叶青青覆彻凉"，杨万里的"乔木与修竹，无风生翠寒"，则写松青、叶绿、竹翠令人感到清凉，甚至寒冷。以上两类，都由视觉形象转化为触觉形象。

王维的"空翠湿人衣"，裴迪的"山翠拂人衣"，李贺的"黑云压城城欲摧"，使读者在目睹空翠、山翠、云黑的同时产生湿感、拂感或压感，也由视觉形象转化为触觉形象。李贺的"天河夜转漂回星，银浦流云学水声"，杨万里的"剪剪清风未是轻，犹吹花片作红声"，则既诉诸视觉，又诉诸听觉。王维的"色静深松里"亦然，这是写"清溪"的诗，"深松里"的"清溪"之色，当然与"深松"同样深净，这是视觉形象；而"静"，则转向听觉。宋祁的"红杏枝头春意闹"，着一"闹"字，视觉形象生动鲜活，也兼有听觉效应。李白的"一枝红艳露凝香"，杜甫的"雨里红蕖冉冉香"，晏几道的"雨红杏花香"，宋徽宗时绘画试题"踏花归去马蹄香"，使读者在目睹红艳的同时嗅到花香，由视觉通向嗅觉。韦应物的"怜君卧病思新橘，试摘犹酸亦未黄"，则令读者看到尚带绿色的新橘便感到酸味，诉诸味觉。以上各例，都是写本来诉诸视觉的各种色彩由于通感作用，转化为触觉、听觉、嗅觉、味觉形象。

当然，还有反过来的例子，即把本来用于描状视觉形象的色彩，用来描状触觉、听觉、嗅觉、味觉形象，如李世雄的"月凉梦破鸡声白"，杜甫的"闻道奔雷黑"，齐己的"野桃山杏摘香红"，严遂成的"风随柳转声皆绿"，沈德潜的"行人便觉须眉绿"等等。写色彩而追求通感效应，便能唤起读者众多的感觉系统参与审美活动，因而所获得的不是单一的美感，而是综合的美感。如读"月凉梦破鸡声白"，便同时唤起视觉、触觉和听觉：主人公远离家乡，独宿夜店，久久不能入睡，望窗外月色银白，感到"凉"；入睡之后，又被"鸡鸣"惊破客梦；再望窗外，月色茫茫，便感到那"鸡鸣"与惨白的月色融合无间，也"白"得"凉"。而那位客子心绪之悲"凉"，已见于言外。如果只写"月"色之"白"而单纯诉诸视觉，怎能使审美感受的内容如此丰富和强烈？

多种色彩的配合可以创造出绚丽多姿的画面，给人以美感。但在特定情况下只用一个颜色字集中而有力地刺激读者的感官，更能调动读者的想象和联想，进行审美再创造。钱起的《省试湘灵鼓瑟》，在以惊人的想象力描绘湘灵鼓瑟的神奇力量之后，以"曲终人不见，江上数峰青"结尾，把读者从神奇的音乐境界带回恬静的青峰碧水之间，鼓瑟人虽然不复可见，而恋念之情，则与"江上数峰"的"青"色同在，悠悠无尽。柳宗元《渔翁》中的"烟销日出不见人，欸乃一声山水绿"随着渔歌的回响，突然展现辽阔的绿色世界，苏轼赞它"有奇趣"。没有这个"绿"色，"奇趣"便无由产生，所以韩愈评此句"六字寻常一字奇"。白居易的《琵琶行》，用绘声绘色的诗句从乐曲的各种变化直写到"曲终"，又用"东船西舫悄无言，惟见江心秋月白"的环境描写作侧面烘托，"江心秋月白"的幽寂、清冷境界和那个"白"字的象征意蕴，令人玩味无穷。钱起、柳宗元、白居易所用的"青""绿""白"，是对自然景物的着色。在写人事方面，也可运用类似的设色手法。杜甫《东狩行》中的"十年厌见旌旗红"，着"红"色于"旌旗"，强烈地刺激读者的感官，联想到十年战乱和人民颠沛流离的苦况。杜荀鹤《再经胡城县》中的"今来县宰加朱绂，便是生灵血染成"，不说升官而说"加朱绂"（在唐代，"朱绂"是四、五品官的官服），并把颜色相同而性质相反的"朱绂"与"血"联系起来，用一个"染"字表明因果关系，令人怵目惊心。

　　色彩既有象征意蕴，又可造成感情联系。红色、深红色，被认为是积极的，令人激动的染色，会使人联想到火、血和战斗，青色、蓝色、绿色，则唤起对大自然的轻快、凉爽的想法，适于安静、闲适的情绪；白色充盈宇宙，可在人们的情绪中引起光明、高洁、纯净、朴素、空灵、虚静等等的反应，还可唤起无穷无尽的空间感与时间感。诗从本质上说是抒发情思的。诗的设色，归根到底，服务于创造意境、抒发情思。前面所谈的许多关于设色的诗句，在整篇诗中，其设色都是为了更好地抒发情思。

　　从抒发情思的目的着眼，运用明快、鲜艳的色彩构成绚丽的图画，可以有效地抒发特定的情思，比如或以乐景写乐，或以乐景写哀。运用素净、疏淡、苍凉、幽暗、空灵、清雅等等的色调，同样能够抒发特定的情思。比如《诗经·秦风·蒹葭》"蒹葭苍苍，白露为霜。所谓伊人，在水一方"。色调凄凉，

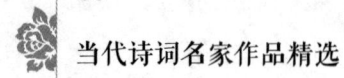

表现了寂寥、怅惘、眷念伊人的无限深情。其他如王昌龄的"黄尘足今古，白骨乱蓬蒿"，崔颢的"黄鹤一去不复返，白云千载空悠悠"，王之涣的"白日依山尽，黄河入海流"，李白的"黄云万里动风色，白波九道流雪山"，孟浩然的"绿树村边合，青山郭外斜"，杜甫的"魂来枫林青，魂返关塞黑"，刘长卿的"日暮苍山远，天寒白屋贫"，郎士元的"白草山头日初没，黄沙戍下悲歌发"，司空曙的"雨中黄叶树，灯下白头人"，顾况的"故园黄叶满青苔，梦后城头晓角哀"等等，都说明诗的意境、情思千差万别，诗的设色从属于造境、抒情，又怎能千篇一律？

诗中的颜色词有显、隐之分，如杜甫《曲江对酒》中的"桃花细逐杨花落，黄鸟时兼白鸟飞"，"黄""白"是显色，"桃花"（红）、"杨花"（白）是隐色词。画中的色彩，是视而可见的。诗中的色彩，则靠语言为中介，经过想象和联想，呈现于再创造的画面。因此，诗中用显色的词，固然可以联想到相应的具体颜色；不用显色词而用隐色词，也可以通过想象和联想，在脑海里浮现某种着色的图景，例如王昌龄的《采莲曲》：

荷叶罗裙一色裁，芙蓉向脸两边开。

乱入池中看不见，闻歌始觉有人来。

姑娘的罗裙，与周围的荷叶一样碧绿；姑娘的脸庞，与两边的荷花一样红艳。所以她"乱入池中"，池外人只看见满池都是荷叶荷花，直到清歌乍起，才意识到池中有一位采莲姑娘。全诗无一显色词，却描绘出一幅多么绚丽的《采莲图》。

诗的设色，隐色词起重要作用。比如李白的《客中作》中的"兰陵美酒郁金香，玉碗盛来琥珀光"；"玉"是白色，"琥珀"是蜡黄色或赤褐色。以洁白的玉碗满盛琥珀色的醇香美酒，真是值得一醉！正因为前两句做了这样有力的铺垫，后两句"但使主人能醉客，不知何处是他乡"才更有韵味。如果忽略了"玉""琥珀"两个隐色的词所隐含的色彩，便辜负了作者设色的苦心。

诗中的颜色词有虚实之分。"实"色词代表事物的色彩，如"黄鸟"的"黄"，"翠柳"的"翠"。诗的设色，主要用实色词描绘出特定的画面，构成特定的色调，用以抒发特定的情思，虚色词并不代表颜色，比如"白帝城""黄牛峡"，只是两个地名，并不是说那个城是白色的、那峡是黄色的。然而诗的设色，也应尽量发挥虚色词的作用，这因为运用虚色词，既可增加字面的颜色美，又可唤起对于实色的联想，从而抒发相应的情思。王维的"一从归白社，不复到青门"；李欣的"白日登山望烽火，黄昏饮马傍交河"；高适的"青枫江上秋天远，白帝城边古木疏"；杜甫的"黄牛峡静滩声转，白马寒江树影稀"；柳淡的"三春白雪归青冢，万里黄河绕黑山"；郑谷的"雨昏青草湖边过，花落黄陵庙里啼"；唐无名氏的"青冢路边秋草合，黑山峰外阵云开"等等，或单用虚色词，或兼用虚色词与实色词，都有助于抒发特定的情思，强化了艺术感染力。其中的几组虚色地名对，设色和谐，对仗精巧，尤给人以独特的美感。"青草湖边""黄陵庙里"一联，由于写出了鹧鸪的神韵，其作者郑谷被称为"郑鹧鸪"。

《文心雕龙·物色》篇说："春秋代序，阴阳惨舒，物色之动，心亦摇焉。……物色相召，人谁获安！"因此，"情以物迁，辞以情发"，便有了文学创作。刘勰所说的"物色"，包括一切自然景物。当然也包括自然景物的色彩，所以还提出了"凡擒表五色，贵在时见；若青黄屡出，则繁而不珍"的设色原则。诗不仅描写自然景物，更主要的还在于反映社会生活。从前面所列的诗句看，唐代诗人的设色，已超出了自然景物的范围。在当代社会，色彩已成为人们生活中一种不可缺少的条件，直接影响人们的情绪，直接关系到各种产品的生产。研究色彩的成因、原理、变化、特点以及与光照的关系等等，是一门复杂的学问。被称为"色彩学"。从人们的社会心理、审美趣味等方面研究"流行色"，又是一门新兴学科。中华诗词，有讲究设色的悠久传统。从当代色彩学的高度研究诗的设色问题，对于更好地鉴赏古代诗词，对于提高当代诗歌创作的艺术水准，都有积极意义。

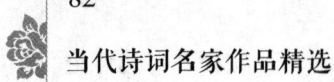

诗的设色，源于现实而高于现实，反转来又通过读者的心灵而美化现实。

水碧山青白鸟飞，百花处处斗芳菲。

人间应有诗中画，彩笔还须着意挥。

（原载《江海学刊》1993年第5期）

略论中国古代诗学的优良传统

纵观中国古代文学批评史，在文学创作中，提倡题材、体裁、风格的多样化，反对其单一化，这正是中国古代诗论的优良传统。

一

在中国古代诗论中，并无"题材"这一术语。但仔细分析起来，有许多论述都涉及题材问题。这些涉及题材问题的论述，就其精华部分而言：一是从"感物吟志"、主观反映客观的唯物观点出发，把多方面地反映现实和多方面地影响现实（文学的社会作用）联系起来，提倡诗歌题材的多样化而反对单一化；二则是承认题材有差别，强调写有重大社会意义的题材，但又认为题材本身不能决定作品的成败优劣，起决定作用的是作者的主观条件。这一切，对我们都有借鉴意义。

孔子曾指出："小子何莫学夫诗？诗，可以兴，可以观，可以群，可以怨。迩之事父，远之事君，多识于鸟兽草木之名。"[1]这是从《诗经》的创作实际出发，概括诗歌的社会作用的著名论述。"可以兴"，这说明诗歌具有鼓舞作用；"可以观"，这说明诗歌具有认识作用；"可以群"，这说明诗歌具有团结作用；"可以怨"，这说明诗歌具有批判、讽喻作用。"迩之事父，远之事君"，这则是孔子从他的政治立场出发，说明诗歌要为礼教服务。

至于"多识于鸟兽草木之名",则说明诗歌还能给人以自然科学方面的知识,具有知识性。这段话虽是从阐述诗歌的社会作用的角度来讲的,但也接触到了诗歌的题材问题。就是说,凡是可以起到这样的社会作用的题材都可以写。黄宗羲在解释这段话时,就着重从题材的多样化方面立论。他说:"昔吾夫子以兴、观、群、怨论诗。孔安国曰:'兴,引譬连类。'凡景物相感,以彼言此,以谓之兴。后世咏怀、游览、咏物之类是也。郑康成曰:'观风俗之盛衰。'凡论世采风,皆谓之观。后世吊古、咏史、行旅、祖德、郊庙之类是也。孔曰:'群居相切磋。'群是人之相聚。后世公宴、赠答、送别之类皆是也。孔曰:'怨刺上政。'怨亦不必专指上政,后世哀伤、挽歌、遣谪、讽喻皆是也。"黄氏在举例说明了"兴、观、群、怨"的题材范围之后又总起来说:"盖古今事物之变虽纷若,而以此四者为统宗。"[2] 以"兴、观、群、怨"四者包举"古今事物之变",不正是提倡题材的多样化吗?

　　诗歌之所以能发挥社会作用,从多方面影响现实,在于它能够从多方面真实地反映现实,以饱含着诗人对现实的真情实感和深刻认识的艺术形象激动读者的心灵。中国古代诗论家,是注意到了这一点的。他们中的许多人,在回答诗歌如何产生的问题时,表现了朴素的、然而十分可贵的唯物观点。例如《礼记·乐记》云:"凡音之起,由人心生也。人心之动,物使之然也。感于物而动,故形于声。"[3] 刘勰《文心雕龙·明诗》云:"人禀七情,应物斯感,感物吟志,莫非自然。"[4] 钟嵘《诗品·序》云:"气之动物,物之感人,故摇荡性情,形诸舞咏。"[5] 这一切,都接触到主观反映客观的问题。诗歌既然是"感物吟志"的产物,那么"感人"的"物"无限丰富多样,诗歌的题材也应该无限丰富多样。中国古代诗论家,正是从这一点着眼,肯定了诗歌题材的多样性。郑玄《诗谱序》云:"及成王、周公致太平,制礼作乐,而有颂声兴焉……厉也,幽也,政教尤衰,周室大坏,《十月之交》《民劳》《板》《荡》,勃尔俱作,众国纷然,刺怨相寻。"[6] 班固《汉书·食货志上》云:"妇人同巷,相从夜绩,女工一月得四十五日。必相从者,所以省费燎火,

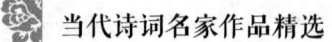

同巧拙而合习俗也。男女有不得其所者，因相与歌咏，各言其伤。"[7]《公羊传》宣公十五年何休注云："男女有所怨恨，相从而歌，饥者歌其食，劳者歌其事。"[8]《汉书·艺文志》云："自孝武立乐府而采歌谣，于是有代赵之讴，秦楚之风，皆感于哀乐，缘事而发，亦可观风俗，知薄厚云。"[9]《文心雕龙·物色》云："岁有其物，物有其容；情以物迁，辞以情发。"[10]《诗品序》云："若乃春风春鸟，秋月秋蝉，夏云暑雨，冬月祁寒，斯四候之感诸诗者也。嘉会寄诗以亲，离群托诗以怨。至于楚臣去境，汉妾辞宫；或骨横朔野，魂逐飞蓬；或负戈外戍，杀气雄边；塞客衣单，孀闺泪尽；或士有解佩出朝，一去忘返；女有扬蛾入宠，再盼倾国。凡斯种种，感荡心灵，非陈诗何以展其义？非长歌何以骋其情？"[11]如此纷纭复杂、千汇万状的客观现实既然都和作为"社会关系之总和"的人发生密不可分的关系，那么处于特定环境中的人对于他感受最切、认识最深，以至"摇荡"他的"性情"，不得不"形诸歌咏"的那些事物、那种现实，用诗歌的形式反映出来，而这反映又具有客观真实性，那就不管它写的是什么题材，都具有不同程度的艺术价值。中国古代诗论家，正是从题材多样化的创作实际出发进行诗歌评论的。萧统把凡是符合"事出于沉思，义归乎翰藻"[12]的作品，不管写的是什么题材，都选入他的《文选》；钟嵘则把"陈思赠弟""公干思友""茂先寒夕""安仁倦暑""景阳苦雨""谢客山泉"等写各种一般题材的作品，跟"仲宣《七哀》""阮籍《咏怀》""越石感乱""鲍照戍边""太冲《咏史》""陶公《咏贫》"等写各种重大题材的作品相提并论，都称为"篇章之珠泽，文采之邓林"[13]。

　　肯定题材的多样性，并不等于主张题材无差别。中国古代进步的诗论家，是注意到题材的差别问题，并注重写有重大社会意义的题材的。例如白居易，就为了使诗歌发挥"补察时政""泄导人情"[14]的积极作用，宣称"惟歌生民病"[15]，强调写民间疾苦的题材。正是由此出发，他特别赞扬杜甫的《新安吏》《石壕吏》《潼关吏》一类的诗篇和"朱门酒肉臭，路有冻死骨"一类的诗句[16]，而对陶渊明的"偏放于田园"和谢灵运的"多溺于山水"则感到不满[17]。

不难发现，中国古代进步的诗论家，是从"感物吟志"的角度，即从反映社会生活的角度肯定题材的多样性，评价反映各种题材的作品的，所以对于"事出于沉思，义归乎翰藻"的各种作品，都可以给予不同程度的肯定，但对一切脱离现实、毫无真情实感的作品，则持否定态度。例如，对于用诗歌形式写"语录讲义""平典似《道德论》"的作品，堆砌典故，"殆同书抄"的作品以及"嘲风雪，弄花草""彩丽竞繁，而兴寄都绝"的作品，许多诗论家就都进行过批判。中国古代诗论家，对偏重某种题材而取得一定成就的诗人，固然给予应有的肯定；但对那些对社会生活有更广泛、更深入的了解，善于兼写多种题材、取得多方面成就的诗人，则更给予极高的评价。例如对杜甫，则称为"大家""诗圣"；对白居易，则称为"广大教化主"。

二

题材的多样化，要求形式的多样化。现实生活是复杂的、不断发展的，反映现实生活的艺术形式也是多样的、不断发展的。中国古代的众多诗论家，既然提倡题材的多样化，那也就必然提倡形式的多样化。

试看《诗经》中的十五"国风"，因其是"劳者歌其事"的，是"感于哀乐，缘事而发"的，所以决定其具有如下特点：用赋、比、兴方法反映现实，抒情达意；题材范围相当广阔；艺术形式则相当多样、相当灵活。就艺术形式看：一篇诗，章数多少没有限制，或两章，或三章，或四章，或五章，或六章，或七章，或八章，或九章，或十章，全视反映现实的需要而定；一章诗，句数多少也没有限制，或两句，或三句，或四句，或五句，或六句，或七句，或八句，或九句，或十句，或十一句，也服从于反映现实、抒情达意的需要；各篇诗，总的说来，以四字句为主，但通篇都是四字句的"齐言诗"并不多，多数是各句字数不等、富于变化的"杂言诗"。晋人挚虞在《文章流别论》里说："古有采诗之官，王者以知得失。古之诗有三言、四言、五言、六言、七言、八言、九言。古诗率以四言为体，而时有一句二句杂在四言之间，后世演之，遂以为篇。古诗之三言者，'振振鹭，鹭于飞'之属是也，汉郊庙歌多用之。五言者，'谁谓雀无角，何以穿我屋'之属是也，于俳谐倡乐多用之。六言者，'我姑酌彼金罍'之属是也，乐府亦用之。七言者，'交交黄鸟止于桑'之属是也，于俳谐倡乐多用之。古诗之九言者，'泂酌彼行潦挹彼注兹'之属是也，不入歌谣之章，故世希为之。"[18] 挚虞在这里所讲的"古诗"，显然指的是《诗经》，特别是采自民间的《国风》。他的这一段论述，有两点值得注意：第一，从三言句到九言句，皆备于《国风》，也就是说，后来的三言诗、四言诗、五言诗、六言诗、七言诗等各种诗的形式，都萌芽于最早的民歌之中；第二，《国风》率以四言为体，而时有非四言句杂在四言句之间，这说明最早的民歌，分"齐言诗"和"杂言诗"两大类，而以"杂言诗"为主。

　　比起《诗经》中的十五"国风"来，两汉魏晋南北朝乐府民歌的形式，有了许多新的特点：第一，在"齐言诗"中，五言诗已相当成熟，七言诗也日渐增多；第二，在五言诗中，有四句一首，偶句押韵，类似五言绝句的作品，也有篇幅长短并无限制，像《饮马长城窟行》《陌上桑》《陇西行》那样的作品；第三，"杂言诗"如《上邪》《战城南》《有所思》《孤儿行》《妇病行》《东门行》等等，形式更加灵活，句子长短更富于变化；第四，叙事诗的比重较大，并且出现了像《孔雀东南飞》《木兰辞》那样善于展开故事冲突、表现人物性格的杰作。这一切，都为文人们的诗歌创作所借鉴、所提高。经建安而至于盛唐，诗体大备，出现了诗歌史上的高峰。正如明人胡震亨所云："诗自风、雅、颂以降，一变有离骚，再变为西汉五言诗，三变有歌行杂体，四变为唐之律诗。诗至唐，体大备矣。今考唐人集录，所标体名，凡效汉、魏以下诗，声律未叶者，名往体；其所变诗体，则声律之叶者，不论长句、绝句，概名为律诗、为近体；而七言古诗，于往体外另为一目，又或名歌行。举其大凡，不过此三者为之区分而已。"他还进一步将诗歌形式细分云："至宋、元编录唐人总集，始于古、律二体中备析五、七等言为次。于是流委秩然，可得具论：一曰四言古诗，一曰五言古诗，一曰七言古诗，一曰长短句，一曰五言律诗，一曰五言排律，一曰七言律诗，一曰七言排律，一曰五言绝句，一曰七言绝句。外，古体有三字诗，六字诗，三五七言诗，一字至七字诗；骚体杂言诗；律体有五言小律、七言小律，又六言律诗，及六言绝句。而诸诗内又有诗与乐府之别。乐府内又有往题、新题之别。往题者，汉、魏以下，陈、隋以上乐府古题，唐人所拟作也；新题者，古乐府所无，唐人新制为乐府题者也。其题或名歌，抑或名行，或兼名歌行。又有曰引者，曰曲者，曰谣者，曰辞者，曰篇者。有曰咏者，曰吟者，曰叹者，曰唱者，曰弄者。复有曰思者，曰怨者，曰悲若哀者，曰乐者。凡此多属之乐府，然非必尽谱之于乐。谱之乐者，自有大乐、郊庙之乐章，梨园教坊所歌之绝句、所变之长短填词，以及琴操、琵琶、筝笛、胡笳、拍弹等曲，其体不一。而民间之歌谣，又不在其数。唐诗体名，庶尽乎此矣。"[19]

形式是为内容服务的，反映不同的题材，需要不同的形式，有创作经验的人都懂得这一点。所以，唐代诸大家，如宋人赵孟坚所指出，都是"众体该具，弗拘一也。可古则古，可律则律，可乐府杂言则乐府杂言，初未闻举一而废一也"[20]。这无疑是对形式多样化的肯定和提倡。正因为"众体该具"，才能够根据不同题材的特点，选取不同形式，以发挥各种形式的特长，有效地反映千汇万状的社会生活。如杜甫诗歌，长篇五古《北征》《自京赴奉先县咏怀五百字》《壮游》等诗所写的题材，就很难用绝句、律诗那样短小的形式来表现。反过来说，七绝《赠李白》、五律《月夜》等诗所写的题材，也不需要采用五古、七古之类的长篇形式。这不仅仅是容量大小的问题，还涉及不同性能、不同风格等问题。例如，《兵车行》《乾元中寓居同谷县作歌七首》《丹青引》《茅屋为秋风所破歌》等乐府歌行，倘改用五古形式，即使篇幅相等或更长，也无法收到同样的艺术效果。

由此可见，形式的多样性决定于题材的多样性。它不单纯是形式问题，而主要是从多方面有效地反映生活、影响生活的问题。就一个诗人说，能否兼工各体，是判断他是否达到"名家""大家"水平的重要标志；就一个时代说，不同题材、不同形式、不同风格的诗歌创作是否百花齐放，也是判断那个时代诗歌盛衰的重要标志。正是由此出发，前人指出：中国诗歌发展史上的两个黄金时代———建安时代和盛唐时代，都是"诗体大备"的时代。而"备诸体于建安者，陈王也；集大成于开元者，工部也"。[21] 到了大历时期，则如胡震亨所云："自刘（长卿）、郎（士元）、皇甫（冉），以及司空（曙）、崔（峒）、耿（沣）……专诣五言，擅场饯送，外此无他大篇伟什岂望集中，则其所短尔。"[22] "十才子"等大历诗坛的代表作家仅擅长用五言律诗这样的短小形式来写"饯送"这样的狭窄题材，不正表明了这一时期诗歌创作的衰落吗？而题材的狭窄、形式的单一，则是其时诗坛衰落的重要原因。唐人皎然已接触到这个问题，他说："大历中，词人多在江外，皇甫冉、严维、张继素、刘长卿、李嘉祐、朱放，窃占青山白云、春风芳草以为己有。吾知诗道初丧，正在于此。"[23]

三

中国古代文论家特别是诗论家也很重视风格的多样化。如曹丕的《典论·论文》、陆机的《文赋》，都谈到文艺作品的风格。《文心雕龙》中的《体性》篇，则是关于风格问题的专论。此后，讨论各种文体、风格的著作更多，唐人司空图的《诗品》，从历代的诗歌创作中概括出24种有代表性的风格，颇有影响。

刘勰在《文心雕龙·时序》中，从"歌谣文理，与世推移"[24]，"文变染乎世情，兴废系乎时序"[25] 的观点出发，叙述、说明了自陶唐至南齐各个不同时代的文学具有不同的面貌和特色。例如，他讲到建安文学时说："观其时文，雅好慷慨，良由世积乱离，风衰俗怨，并志深而笔长，故梗概而多气也。"[26] 这实际上是谈到了文学的时代风格。如果再溯其渊源，那么"乱世之音怨以怒""亡国之音哀以思"；究其发展，那么严羽所说的"以时而论，则有建安体、黄初体、正始体、太康体、元嘉体……"[27] 以及胡应麟所说的"风格体裁，人以代异"[28] 等等，都接触到时代风格问题。

不同时代有不同的时代风格，同一时代的不同作者，又各有独特的个人风格。刘勰把文学作品的风格（他叫作"体性"）归因于作者的"情性所铄，陶染所凝"[29]。他所谓的"情性"，指先天的"才"和"气"；他所谓的"陶染"，指后天的"学"和"习"。由于"才有庸儁，气有刚柔，学有浅深，习有雅郑"[30]，所以不同的作者具有不同的艺术风格。他举例说明道："贾生俊发，故文洁而体清；长卿傲诞，故理侈而辞溢；子云沉寂，故志隐而味深；子政简易，故趣昭而事博；孟坚雅懿，故裁密而思靡；平子淹通，故虑周而藻密；仲宣躁锐，故颖出而才果；公干气褊，故言壮而情骇；嗣宗俶傥，故响逸而调远；叔夜儁侠，故兴高而采烈；安仁轻敏，故锋发而韵流；士衡矜重，故情繁而辞隐。"[31]总之，"触类以推，表里必符""各师成心，其异如面"，因而"笔区云谲，文苑波诡"[32]。在这里，刘勰已涉及艺术风格与作者的创作个性的关系问题。而且，他并没有像他的某些前辈那样把创作个性的形成单纯地归因于先天的"才、气"，还强调了后天的"学、习"，这是难能可贵的。

如果说，刘勰所说的"情性"主要指先天的"才、气"，表现了他的局限性的话，那么到了清代的叶燮，就大大前进了一步。叶燮在《原诗》里说："作诗有性情必有面目……如杜甫之诗，随举一篇与其一句，无处不可见其忧国爱君，悯时伤乱。遭颠沛而不苟，处穷约而不滥，崎岖兵戈盗贼之地，而以山川景物、友朋杯酒，抒愤陶性，此杜甫之面目也。我一读之，甫之面目，跃然于前；读其诗一日，一日与之对；读其诗终身，日日与之对也，故可慕可乐而可敬也。"[33]可以看出，叶燮所说的"性情"，已包括了我们所说的思想、感情、人格、世界观等等。他所说的"面目"，则是作者的"性情"在作品中的表现，类似我们所说的风格。而"作诗有性情，必有面目"，其含义略等于我们常说的"风格即人"。

作者创作个性的不同既然决定于"性情"的千差万别，决定于"才有庸、儁，气有刚、柔，学有浅、深，习有雅、郑"，那么，艺术风格就必然有高下优劣之分。刘勰等古代文学批评大家，正是基于这样的认识，一方面提倡艺术

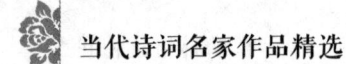

风格的多样化，另一方面对诸如"轻靡""浮艳"之类的风格等持批判态度。

题材、形式、风格的多样化，是文艺园地百花齐放的表现。唐代的诗歌，可谓百花齐放。而前人称赞唐代诗歌的繁荣，就往往从题材、形式、风格的多样化方面着眼。胡应麟的如下一段话，很有代表性："甚矣，诗之盛于唐也！其体则三、四、五言，六、七、杂言，乐府、歌行、近体、绝句，靡弗备矣。其格，则高、卑、远、近、浓、淡、浅、深、巨、细、精、粗、巧、拙、强、弱，靡弗具矣。其调则飘逸、浑雄、沉深、博大、绮丽、幽闲、新奇、猥琐，靡弗谐矣。"[34]

自然，在中国古代文学批评史上，出于"偏嗜"、出于"文人相轻"、出于"门户之见"、出于某种政治目的，只肯定某种题材、某种形式、某种风格而否定其他的论调，亦不乏其例。但从主要倾向看，提倡题材、形式、风格的多样化，反对其单一化，则是中国古代诗学的优良传统。而这，也正是中国古典文学，特别是古典诗歌能够取得光辉成就的原因之一。

注　释

[1] 何晏注，邢昺疏，朱汉民整理，张岂之审定：《论语注疏》，载李学勤主编《十三经注疏》，北京：北京大学出版社，1999年，第237页。

[2] 黄宗羲：《汪扶晨诗序》，《南雷文定·四集》卷1，载《续修四库全书·一三九七·集部·别集类》，上海：上海古籍出版社，2002年，第521页。

[3] 郑玄注，孔颖达疏，龚抗云整理，王文锦审定：《礼记正义》，载李学勤主编《十三经注疏》，北京：北京大学出版社，1999年，第1074页。

[4] 范文澜注：《文心雕龙注》，北京：人民文学出版社，1962年，第65页。

[5] 钟嵘著，曹旭集注：《诗品集注》，上海：上海古籍出版社，1994年，第1页。

[6] 郑玄：《诗谱序》，载张少康、卢永璘编选《先秦两汉文论选》，北京：

人民文学出版社，1996年，第638页。

[7] 班固撰，颜师古注：《汉书》，北京：中华书局，1962年，第1121页。

[8] 公羊寿传，何休解诂，徐彦疏，蒲卫忠整理，杨向奎审定：《春秋公羊传注疏》，载李学勤主编《十三经注疏》，北京：北京大学出版社，1999年，第361页。

[9] 班固撰，颜师古注：《汉书》，北京：中华书局，1962年，第1756页。

[10] 范文澜注：《文心雕龙注》，北京：人民文学出版社，1962年，第693页。

[11] 钟嵘著，曹旭集注：《诗品集注》，上海：上海古籍出版社，1994年，第47页。

[12] 萧统：《文选序》，载萧统编、阴法鲁审订《昭明文选译著》，长春：吉林文史出版社，第5页；亦载郭绍虞主编《中国历代文论选》第1册，上海：上海古籍出版社，第330页。

[13] 钟嵘著，曹旭集注：《诗品集注》，上海：上海古籍出版社，1994年，第347页。

[14] 白居易：《与元九书》，《白氏长庆集》卷45，载《乾隆御览本四库全书荟要·集部》第6册，长春：吉林人民出版社，2002年，第510页。

[15] 白居易：《寄唐生》，《白氏长庆集》卷1，载《乾隆御览本四库全书荟要·集部》第6册，长春：吉林人民出版社，2002年，第12页。

[16] 白居易：《与元九书》，《白氏长庆集》卷45，载《乾隆御览本四库全书荟要·集部》第6册，长春：吉林人民出版社，2002年，第511页。

[17] 白居易：《与元九书》，《白氏长庆集》卷45，载《乾隆御览本四库全书荟要·集部》第6册，长春：吉林人民出版社，2002年，第510页。

[18] 挚虞：《文章流别论》，载郭绍虞主编、王文生副主编《中国历代文论选》第1册，上海：上海古籍出版社，2001年，第191页。

[19] 胡震亨：《唐音癸签》，上海：上海古籍出版社，1981年，第1—2页。原文下有小字注释，引用时略去。如"五言小律、七言小律"下注云："严

沧浪以唐人六句诗合律者称'三韵律诗',昭代王弇州始名之为'小律'云。"

[20] 赵孟坚:《彝斋文编》卷3《孙雪窗诗序》。

[21] 胡应麟:《诗薮》内编卷2,上海:上海古籍出版社,1979年,第35页。

[22] 胡震亨:《唐音癸签》,上海,上海古籍出版社,1981年,第64页。

[23] 皎然著、李壮鹰校注:《诗式校注》,北京:人民文学出版社,2003年,第273页。

[24] 范文澜注:《文心雕龙注》,北京:人民文学出版社,1962年,第671页。

[25] 范文澜注:《文心雕龙注》,北京:人民文学出版社,1962年,第675页。

[26] 范文澜注:《文心雕龙注》,北京:人民文学出版社,1962年,第673—674页。

[27] 严羽著,郭绍虞校释:《沧浪诗话校释》,北京:人民文学出版社,1983年,第52—53页。

[28] 胡应麟:《诗薮》内编卷2,上海:上海古籍出版社,1979年,第23页。

[29] 范文澜注:《文心雕龙注》,北京:人民文学出版社,1962年,第505页。

[30] 范文澜注:《文心雕龙注》,北京:人民文学出版社,1962年,第505页。

[31] 范文澜注:《文心雕龙注》,北京:人民文学出版社,1962年,第506页。

[32] 范文澜注:《文心雕龙注》,北京:人民文学出版社,1962年,第505页。

[33] 叶燮著,霍松林校注:《原诗》,北京:人民文学出版社,1979年,第50页。

[34] 胡应麟:《诗薮》外编卷3,上海:上海古籍出版社,1979年,第163页。

(原载《社会科学战线》2010年第6期)

漫谈绝句与绝句鉴赏
——《历代绝句精华鉴赏辞典》前言

何谓绝句？始于何时？这是颇有争议，然而必须首先弄清的问题。有一种流行的说法：先有律诗，后有绝句；绝句，乃截律诗的一半而成。我们知道，绝句有个别名，那就是"截句"，简称"截"。由此可以看出这种说法的影响之大。

律诗定型于唐代。绝句既然是截取律诗而成的，其产生时期当然不可能早于唐代。我编这部历代绝句鉴赏辞典，约请一位老专家撰写几篇六朝诗的鉴赏稿，他回信说："六朝时期，连绝句这个名称也没有，哪有绝句？还是从唐诗选起，比较稳妥。"看起来，他也是"截句"说的拥护者。

一首律诗，限定八句；五律每句五字，七律每句七字，通常首尾两联不用对仗，中间两联，则必须讲究对仗；平仄，上下两句必须相对，前后两联必须相粘（即第二句与第三句、第四句与第五句、第六句与第七句，第二字平仄必须一致；如果不一致，便是"失粘"）。按照绝句即是截句的说法，一首绝句，正好是一首律诗的一半：四句都不用对仗的，乃是截律诗前两句和后两句而成；四句全用对仗的，乃是截律诗中间四句而成；前两句不用对仗、后两句用对仗的，乃是截律诗前四句而成；前两句用对仗、后两句不用对仗的，乃是截律诗后四句而成。这样，其平仄也都是符合要求的。吴讷《文章辨体序说》引《诗法源流》云："绝句者，截句也。后两句对者是截律诗前四句，前两句对者是截后四句，皆对者是截中四句，皆不对者是截前后各两句。"便是这类说法的代表。

这种说法，貌似合理，实与绝句形成的历史不合。我国诗歌，从《诗经》

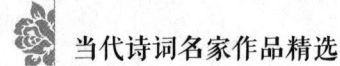

《楚辞》到汉魏六朝的乐府民歌和文人创作，已为绝句的形成准备了充分条件。胡应麟《诗薮》云：

  五七言绝句，盖五言短古、七言短歌之变也。五言短古，杂见汉魏诗中，不可胜数，唐人绝体，实所从来。七言短歌，始于《垓下》，梁陈以降，作者佥然。

  徐荩山（文弼）《汇纂诗法度针》云：

  五言绝句，起自汉魏乐府，如《出塞曲》《桃叶歌》等篇；七言，如《乌栖曲》《抉瑟曲》等篇，皆其体也。

  这一类议论，都是切合实际的。当然，更有真知灼见的，还应推清人李锳，他在《诗法易简录》里说：

  两句为一联，四句为一绝，其来已久，非始唐人。汉无名氏《古鐅句》云："稿砧今何在？山上复有山。何当大刀头？破镜飞上天。""鐅"字，系古"绝"字，是绝句之名，已见于汉矣。宋文帝见吴迈远云："此人联绝之外，无所复有。"亦一证也。又按宋文帝第九子刘昶封义阳王，和平六年，兵败奔魏，在道慷慨为断句云："白云满障来，黄尘暗天起。关山四面绝，故乡几千里！""断"字或系"鐅"字之误。是绝句之名，原在律诗之前，何得有截律诗之说？宋人妄为诗话，以绝句为截律诗，因有前四截、后四截、中四截、前后四截之说，甚至并易绝句之名为截句，何其谬也！

  这里说"绝句之名，已见于汉"，乃是误解（理由见后），但引南朝宋文帝及其子刘昶的有关资料证明绝句之名早在律诗之前，则是确然无误的。

  绝句之名，见于六朝，来自"联句"。六朝人的联句有几个特点：一、不像柏梁台联句那样每人各作一句，也不像后来常见的一人先作一句，接着每人各作两句，最后一人作一句结束，而是每人作四句，可以独立成一首小诗；二、作诗者不一定都在同时同地，往往由某人先作四句，寄赠他人，他人各酬和四句，编在一起，实际上是数首各自独立的小诗被编者缀合，其间并无有机的联系。例如《谢宣城集》卷五所收的《阻雪连（联）句遥赠和》，从题目上便可看出，这是以"阻雪"为题，几个朋友"遥"相"赠和"的，每个人的四句诗，都有独立性。把这具有独立性的数首小诗联缀一起，便叫"联句"，如果不加联缀，独立成篇，便称为"绝句""断句"或"短句"。试阅《南史》，便可在《宋文帝诸子·晋熙王昶传》《齐高帝诸子·武陵昭王晔传》《梁简文帝纪》《梁元帝纪》《梁宗室·临川靖惠王宏传》中分别看到"为断句""作短句诗""绝句五篇""制诗四绝""为诗一绝"的记载。有人认为《南史》乃初唐李延寿所撰，不能证明南朝已有"绝句"名称。然而徐陵（507—583）的《玉台新咏》编于南朝梁代，卷十专收五言四句小诗，题中标出"绝句"名称的，便有吴均《杂绝句四首》、庾信《和侃法师三绝》、梁简文帝《绝句赐丽人》、刘孝威《和定襄侯八绝初笄》、江伯瑶《和定襄侯八绝楚越衫》。这可能都是作者自己命题的。更值得注意的是：徐陵把四首汉代民间歌谣编在卷十之首，题为《古绝句四首》。李锳在《诗法易简录》里以此为根据，断言"绝句之名已见于汉"，其错误在于忽略了那个"古"字。汉代人怎会把同时代的诗歌称为"古"绝句呢？合理的解释是：徐陵特意把当时流行的一种新体小诗编为一卷，其中有些题目已标明是"绝句"，未标明的，他也认为是"绝句"，因而把原来并没有题目、其样式很像当时"绝句"的四首汉代民歌编在一起，加上"古绝句"的题目，列于此卷之首，意在表明当时的"绝句"，并不是突然出现的。

绝句就字数说，有五言绝句和七言绝句。从形成过程看，五绝早于七绝。五绝源于汉魏乐府古诗，质朴高古，崇尚自然真趣。六朝逐渐流行，至唐代而大盛，出现了李白、王维、崔国辅等人的大量名篇。其后则作者渐少。七绝源于南朝乐府歌行，风格多样，崇尚情思深婉，风神摇曳。初唐逐渐流行，至盛唐、中唐、晚唐而大盛，名家辈出，名作如林，逐渐取代了五绝的优势。历宋、元、明、清而佳作继出，其势未衰。就《全唐诗》存诗一卷以上的诗人之诗统计：初唐，五绝172首，七绝77首；盛唐，五绝279首，七绝472首；中唐，五绝1015首，七绝2930首；晚唐，五绝674首，七绝3591首。

从这些统计数字，可以看出五绝和七绝的发展趋势。

此外还有六言绝句，一般认为源于汉代谷永，曹植、陆机等亦有六言诗，至初唐诸家应制赋《回波词》、始定为四句正格。六绝易作而难工，所以作者寥寥；然而王维的《田园乐》七首、皇甫冉的《问李二司直所居云山》和王安石的《题西太一宫》二首，都精妙绝伦，至今传诵。

绝句就格律说，有古体绝句、律体绝句、拗体绝句。董文焕《声调四谱图说》云：

七言绝句之法，与五绝同，亦分三格：曰律、曰古、曰拗。

古绝，属于古体诗的范畴；律绝，属于近体诗的范畴。从绝句演变发展的角度看，汉魏六朝时期类似《玉台新咏》所收《古绝句》那样具有自然音韵之美的四句小诗，可称古绝；在"永明体"以来诗歌律化的过程中出现的四句小诗，虽已接近后来的律绝，但还不合律绝格律，也应该称为古绝。

古绝句的特点如果只用一句话概括，那就是不受近体诗格律的束缚。当然，基本条件是必须具备的，那就是二、四两句或一、二、四句必须押韵。在押韵方面，也比律绝自由，即律绝必须押平声韵，古绝则既可押平声韵，也可押仄声韵。

这里有一点应该特别注意，不少人认为，在唐代及其以后，便是律绝的天下，不再出现古体绝句了。其实不然。在包括律诗、绝句在内的近体诗定型之后，诗人们既写近体诗，也写古体诗，出现了无数五古、七古杰作，这是谁都知道的。古体绝句这种别饶韵味的小诗，在唐代伟大诗人笔下也开放了绚丽的艺术之花。试阅各种唐诗选本，被归入绝句一类的不少名篇，不太留意格律的读者总以为那都是律绝，其实呢，有的是古绝，有的则是拗绝。

就五绝而言，李白、王维、崔国辅，这是盛唐五绝的三鼎足。而李白的五绝，得力于六朝清商小乐府和谢朓、何逊等文人乐府，多用乐府旧题。名篇如《王昭君》《玉阶怨》《静夜思》《越女词》（五首）、《自遣》等等，何一非古体绝句？《秋浦歌》中的"秋浦多白猿，超腾若飞雪，牵引条上儿，饮弄水中月"之类，也与律绝毫无共同之处。这个问题，前人多已指出，如胡应麟《诗薮》云："太白五言如《静夜思》《玉阶怨》等，妙绝古今，然亦齐梁体格。"谢榛《四溟诗话》云："太白五言绝句，平韵律体兼仄韵古体，景少而情多。"这都是切中肯綮的。王维五绝，以《辋川集》二十首为代表，以淳古淡泊之音，写山林闲适之趣，清幽绝俗，色相俱泯。不言而喻，这样的诗适于用古绝；如用律绝，那种与诗的意境相和谐的淳古淡泊之音便没有了。试读这二十首小诗，绝大部分押仄声韵，不调平仄；极少数押平声韵的，如《北垞》："北垞湖水北，杂树映朱栏。逶迤南川水，明灭青林端。"末句三平脚，也不能算律绝。《辋川集》以外的五绝名篇，如《杂诗》"君自故乡来，应知故乡事。来日绮窗前，寒梅着花未"；"家住孟津河，门对孟津口。常有江南船，寄书家中否"；《临高台送黎拾遗》"相送临高台，川原杳无极。日暮飞鸟还，行人去不息"；以及《崔兴宗写真咏》"画君少年时，如今君已老。今时新识人，知君旧时好"等等，情况亦复如此。至于崔国辅的五绝，如前人所指出："自齐梁乐府中来"（乔亿《剑澳说诗》），与《子夜》《读曲》一脉相承，多用乐府旧题写儿女情思，清新明丽，婉转动人。如《怨词》（二首）、《铜雀台》《襄阳曲》《魏宫词》《长乐少年行》等名篇，大都沿用齐梁体格，属于古绝范畴。此外，不少万口传诵的唐人五绝，如柳宗元的"千山鸟飞绝"、刘长卿的"苍苍竹林寺"、韦应物的"遥知郡斋夜"、崔颢的"君家何处住"、李商隐的"向晚意不适"、贾岛的"松下问童子"、李端的"开帘见新月"等等，也都并非律体。

唐人五绝杰作之所以多用古体，主要原因在于：五绝源于乐府民歌，崇尚真情流露，自然超妙；其音韵，亦以纯乎天籁为高。前人多已阐明此意，如杨寿楠《云蘧诗话》云：

诗至五绝，纯乎天籁，寥寥二十字中，学问才力，俱无所施，而诗之真性情、真面目出矣。

李重华《贞一斋诗话》云：

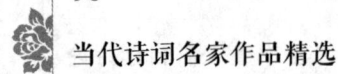

五言绝发源《子夜歌》,别无谬巧,取其天然,二十字如弹丸脱手为妙。李白、王维、崔国辅各擅其胜;工者俱吻合乎此。

沈德潜《说诗晬语》云:

右丞(王维)之自然,太白(李白)之高妙,苏州(韦应物)之古淡,并入化机。而三家中,太白近乐府,右丞、苏州近古诗,又各擅胜场也。

这些评论,在较大程度上概括了五言绝句的艺术特质;而多用古体之故,也灼然可见。

唐人七绝,也有古体,不过比起五绝来,数量要少得多。举名家名篇为例,如高适的《营州歌》:

营州少年厌原野,狐裘蒙茸猎城下。虏酒千杯不醉人,胡儿十岁能骑马。

有人会说:这是古诗,不是绝句。当然,既押仄声韵,又全不讲究平仄的粘对,确与律体绝句迥异。然而试加吟诵,情调韵味,都像绝句,不少选本也列入绝句。

如前所说,"绝句"之名,早见于六朝,然而都指的是五言四句的小诗。称七言四句小诗为绝句,最早见于何人何书,似乎还没有人考查过。显而易见的事实是:在唐代诗人中,喜欢在诗题中标明"绝句"的是杜甫。就七言说,标明"绝句"的就有十二题,而且多是组诗,一题数首或十余首。这许多标明"绝句"的诗,堪称律绝的并不多,有些是拗绝,另一些则是古绝,如《三绝句》组诗的前两首:

前年渝州杀刺史,今年开州杀刺史。群盗相随剧虎狼,食人更肯留妻子?

二十一家同入蜀,惟残一人出骆谷。自说二女啮臂时,回首却向秦云哭。

就格律而言,押仄声韵,平仄不谐,与高适的《营州歌》相类似,而题目却分明是"绝句"。

拗体绝句,这是律体绝句形成之后出现的。所谓"拗",是指声调不合律。平仄不合律的诗句叫"拗句",句与句之间排列关系不合律、即"失粘"的诗篇叫"拗体"。

拗体绝句，通常认为创自杜甫。董文焕《声调四谱图说》云："拗绝一种，与七律拗体同为老杜特创。"翟翚《声调谱拾遗》云："七言绝句，源流与五言相似，唯少陵所作，特多拗体。"其实，拗绝并非杜甫所首创，也非杜甫所独有。就七绝名篇而言，王昌龄的《采莲曲》（二首）、《浣沙女》，王维的《送沈子福归江东》《凉州赛神》《送元二使安西》，李白的《山中答俗人》《长门怨》（二首其一）、《少年行》《送贺宾客归越》《宣城见杜鹃花》《哭晁卿衡》《山中与幽人对酌》等等，都"失粘"，有的且有"拗句"。

当然，在近体诗形成之后，绝句无疑以律绝为主流。今人作绝句，不应该以古代原有古绝、拗绝为由，为自己压根儿还不懂格律进行辩护。然而，某些精通格律的人为了追求音节峭拔、拗折以表现特定的情趣而有意运用古体、拗体，也确实写出了别开生面的好诗，你却讥笑人家不懂格律，那便是错误的。如果认定所谓绝句仅限于律绝，选历代绝句，凡不合律绝格律的佳作必须一概摒弃，那更是有害的。这部辞典，就以见于《玉台新咏》的《古绝句》冠首，选了一些古绝、拗绝精品。特别是唐代部分，那些至今传诵不衰、一贯被视为绝句而其实并非律绝的名篇，大都入选了。

至于律绝，一般认为是律诗形成的唐代才有的。比较流行的"截句"说，就认为先有律诗，然后截其一半为绝句。然而事实上，早在齐梁以来诗歌律化过程中就已有完全合律的绝句出现，顺手举几个例子：

心逐南云逝，形随北雁来。故乡篱下菊，今日几花开。

——江总《长安九日》

日月光天德，山河壮帝居。太平无以报，愿上万年书。

——陈后主《入隋侍宴应招》

杨柳青青着地垂，杨花漫漫搅天飞。柳条折尽花飞尽，借问行人归不归？

——隋无名氏《送别》

至于基本上符合律绝格律的作品，在六朝乐府民歌和文人创作中更屡见不鲜。由此可见，律绝的形成早在律诗之前。

这里有必要谈谈律绝的格律。

包括律诗、律绝在内的近体诗的形成，把我国古典诗歌的发展推向新的阶段。诗，它的优势之一是具有音乐性。诗人直抒胸臆，发于自然，纯乎天籁，其作品当然也有音乐性；然而这无法保证一定能够臻于完美。因此，古代诗人无不为了强化诗歌的音乐美而艰苦摸索。晋宋以后，更重声律。及至齐梁，沈约、周顺、谢朓、王融等人作诗，讲究四声，强调"五字之中，音韵悉异；两句之内，角徵不同"（《南史·陆厥传》），加速了诗歌律化的进程，终于形成了近体诗的完整格律，使诗人对音乐美的追求从必然王国进入自由王国。

律绝的格律，主要表现在如何押韵和如何协调平仄。

就押韵说：双句的最后一个字（韵脚）必须押平声同一韵部的韵（韵母相同）；第一句可押可不押。第一句不押韵的，如王之涣《登鹳雀楼》：

白日依山尽，黄河入海流。欲穷千里目，更上一层楼。

第一句押韵的，如杜牧《山行》：

远上寒山石径斜，白云生处有人家。停车坐爱枫林晚，霜叶红于二月花。

这样，同韵的韵脚作为诗句的最后一个音节在一首诗中反复出现，既加强了节奏感，又具有回环美。

就平仄说：四声中的"平声哀而安，上声厉而举，去声清而远，入声直而促"（《文镜秘府论》引初唐《文笔式》）。以平声为平，合上、去、入为仄，平仄交替，便形成抑扬顿挫、错落有致的节奏旋律。

所谓平仄交替，指平仄音节的组合。五言绝每句三个音节，七言绝每句四个音节。凡是双音节，决定平仄的主要是第二个字。

律绝的平仄律，可以概括成如下三点：

一、在本句之中，平仄音节相间，

二、在对句之间，平仄音节相对；

三、在两联之间，平仄音节相粘。

五绝和七绝，都有平起式、仄起式和首句押韵、不押韵之别，因而通常各列为四式。其实，首句押韵、不押韵，只是在首句的后两个音节上有些变化，其他各句都是不变的。

就五绝说，如果首句仄起，不押韵，其平仄格式便是：

仄仄｜平平｜仄

平平｜仄仄｜平

平平｜平｜仄仄

仄仄｜仄｜平平

很清楚，每句的平仄音节都是相间的；第一、第二两句的平仄音节是相对的，第三、第四两句的平仄音节也是相对的，两联之间，即第二句和第三句的头一个音节是相同的，这叫相粘。

如果首句起韵，则把后两个音节颠倒，变成"仄仄仄平平"，以下各句都不变。

这样，五绝仄起首句押韵与不押韵的两种格式便都清楚了。

如果首句平起，不押韵，其平仄格式便是：

平平｜平｜仄仄

仄仄｜仄｜平平

仄仄｜平平｜仄

平平｜仄仄｜平

如果首句起韵，则把后两个音节颠倒，使全句变成"平平仄仄平"，以下各句皆不变。

这样，五绝平起首句押韵与不押韵两种格式，也就清楚了。

根据"同句之中平仄音节相间"的原则，在五言律句的头上加两个字，便是七言律句。比如五言句"平平仄仄平"要变七言句，便在头上加两个仄声字，变成"仄仄平平仄仄平"，其他可以类推。因此，懂得了五绝的四种格式，也就掌握了七绝的四种格式。

从格律上说，绝句是律诗的一半。把一首绝句的格式重叠一次，便是律诗的格式。这样，四种五律格式与四种七律格式，也可以推出，不必死记。

以上用最简单、最易理解、最易记忆的办法谈了律绝的格律，这对鉴赏绝句的音乐美是必要的。

关于绝句的特点和优点，前人论述颇多，这里只引杨寿楠《云蘧诗话》中的一段话以见一斑：

五绝纯乎天籁，七绝可参以人工。二十八字中，要使篇无累句，句无累字，篇若贯珠，句若缀玉，意贵含蓄，词贵婉转。鸾箫凤笙，不足喻其音之和也；明珰翠羽，不足喻其色之妍也，烟绡雾縠，不足喻其质也轻也；荷露梅雪，不足喻其味之清也。有唐一代，名作如林，……此皆千古绝唱。旗亭风雪中听双鬟发声，足令人回肠荡气也。

这里讲到的含蓄、婉转、音和、色妍、味清等等，都是绝句的重要特质。绝句作为古典诗歌中最有魅力的艺术品种，其突出特点是短而精。要用寥寥二十字或二十八字作成一首好诗，说大话、发空论、炫耀才学、卖弄词藻、铺排典故，都不行；必须情感真挚，兴会淋漓，神与境会，境从句显，景溢目前，意在言外，节短而韵长，语近而情遥，神味渊永，兴象玲珑，令人一唱三叹，低回想象于无穷。唐代绝句，成就最高，流传至今的总数多达万首（见《万首唐人绝句》），其中的大量佳作，在不同程度上达到了这样迷人的艺术境界。宋代绝句，别有风韵，王安石、苏轼、黄庭坚、陆游、范成大、杨万里诸大家，各有独创性，传世之作，至今脍炙人口。辽、金、元、明，相对于唐宋时代而言，古典诗歌处于低谷，然而绝句这种小诗仍然繁花盛开。清代、近代，古典诗歌又进入新的繁荣昌盛时期，流派纷呈，争新斗奇，绝句的创作也大放异彩。

绝句这种小诗以其易读易记而韵味无穷的优点获得了永恒的艺术生命，至今仍为各种不同文化层次的人们所偏爱。然而，至今还不曾出现《历代绝句精选》一类的书以满足广大读者的需要。我们有鉴于此，本来想编一部《历代绝句选注》。后来考虑到在每首绝句之后附一篇鉴赏文章，就比仅仅加几条注解对读者更有帮助，因而用两年时间，集全国百余位专家之力，完成了这部《历代绝句精华鉴赏辞典》。

在唐代之前，选了少数有代表性的乐府民歌和著名诗人的作品，以显示绝句形成的主要脉络。

唐代，共选200多位诗人的1000多首作品；宋代，共选112位诗人的375首作品；辽金元明时期，共选100多位诗人的300多首作品；清代，共选99位诗人的230首作品；近代，共选36人的113首作品。一般都是一首诗附一篇鉴赏文章，偶有几首诗合写一篇鉴赏文章的，在总数中只占极少数。

作品中的典故和较难理解的词句，一般结合赏析阐明，不另加注解。

鉴赏文章，当然讲到有关的写作背景，但为了文字的简练，不系统介绍作者，故于书后附有本书入选诗人小传。诗人小传的排列，与正文中诗人的排列相同，都大致以生年先后为序。

近几年来出现了古典文学，特别是古典诗歌的鉴赏热，有关书籍畅销全国，方兴未艾，表明广大读者迫切需要从祖国文艺宝库的无数珍品中发掘精神财富，汲取心灵营养。这当然是令人振奋的可喜现象。然而搞文学研究而鄙薄文学鉴赏，甚至泼冷水的人也是有的，因而有必要再说几句话。

文学鉴赏，在整个文学活动系统中占有极其重要的地位，不容忽视。所谓"文学活动系统"，是由生活、作家、作品、读者四个相互关联的要素构成的。作家从激动过他的社会生活中吸取素材和灵感，创造出文学作品，为人们提供了精神财富。然而不言而喻，不管这作品如何杰出，如果无人理睬，那就毫无意义。大家知道，文艺作品之所以可贵，在于它有极高的审美价值和社会作用。但这一切都不过是一种"潜能"，不可能"自动地"实现。要实现，必须通过读者的阅读、理解和鉴赏。从文学反映社会生活并反作用于社会生活的全过程来看，反映生活的过程，是通过作家的艺术创造完成的，反作用于社会生活的过程，是通过读者的艺术鉴赏完成的。文艺作品只有通过文艺鉴赏，才能使读者沉浸于美的享受中，陶冶性情，开阔视野，提高精神境界，文艺作品潜在的智育、德育、美育作用，才能得到实现和发挥。

文艺鉴赏的意义还不止如此。对于作家来说，常常从文艺鉴赏反馈的信息中领悟到更高层次的审美情趣和审美理想，从而反思自己的成败得失，把此后的创作推进到新的领域。

高水平的鉴赏必须建立在对作品本身以及作家经历、社会背景等等彻底了解的基础之上，因此，校勘、训诂、考证以及各种相关问题的研究等等都是必要的。然而归根结底，这一切，其作用都在有助于对文艺作品的鉴赏，使其潜在的社会功能得以实现，并指导创作。这是一个方面。另一个方面，对作品的理解还不等于高水平的鉴赏，文艺鉴赏乃是一种艺术的再创造，而不是对作品内容的刻板复述。文艺作品描绘的一切有其确定性的一面，这种确定性的东西愈是显而易见，读者的鉴赏就愈有一致性。正因为这样，古今中外的名作才能被不同时代、不同民族的读者共同欣赏。然而一切优秀的作品都具有含蓄美，用接受美学的术语说，就是都具有"意义不确定性和意义空白"。鉴赏家的艺术再创造，就在于从作品实际出发，凭借自己的艺术敏感和审美经验，调动有关的生活阅历和知识库存，驰骋联想和想象，细致入微地阐明作品的象征、隐喻、暗示和含而未露、蓄而待发的种种内容与含义，并补充其"空白"，突现其隐秘，甚至发掘出作者压根儿没有意识到的东西。当然，鉴赏者的这些阐明、补充和发掘，即使有一些是作者不曾意识到的，却应该是符合作品的客观意义的。在这里，应该坚决反对的是主观随意性。

对文艺作品能否鉴赏和鉴赏水平的高低，取决于鉴赏者的主体条件。刘勰在《文心雕龙·知音》的开头便慨叹"知音其难哉！"马克思在《1844年经济学—哲学手稿》里则说"对于不辨音律的耳朵说来，最美的音乐也毫无意义，音乐对它说来不是对象，因为我的对象只能是我的本质力量之一的确证"。因此，刘勰强调"操千曲而后晓声"，马克思指出"如果你想得到艺术的享受，你本身就必须是一个有艺术修养的人"。

鉴赏文学作品，当然需要懂得文艺学、语言学、心理学、哲学和文学发展史，鉴赏古典诗歌，还得通晓历史、地理、音韵训诂、考据、书法、绘画乃至宗教、民俗；而通过长期精读名作培育起来的艺术敏感和通过亲身的创作实践积累起来的心得体会，往往能在鉴赏作品时迅速透过外在形态而把握其内在意蕴，捕捉其象外之象、言外之意、弦外之音；而确切的审美判断，即寓于无穷的艺术享受之中。

由此可见，高层次的文学鉴赏并非一蹴可及，然而又并非高不可攀。鉴赏水平较低的读者在扩大知识领域、加强艺术修养的同时结合高质量的鉴赏文章精读名作，日积月累，就会不断提高自己的鉴赏水平。

如前所说，绝句这种只有二十个字或二十八个字的小诗要写得好，必须语言明丽，音韵流美，含蓄蕴藉，耐人寻味。因而要领悟其象外之象，言外之意，味外之味，弦外之音，特别需要高层次的鉴赏进行艺术的再创造。正是基于这样一些认识，我们编辑了这部《历代绝句精华鉴赏辞典》。也正是基于这样一些认识，我们约请尽可能多的名家为这部辞典精心撰稿。只要翻阅目录，便可看出在数以百计的撰稿人中，包括七位博士研究生导师、五十多位硕士研究生导师和不少著名学者、著名作家、著名诗人。不难想象，他们的工作异常繁忙、时间异常宝贵，却都欣然应邀，为本书撰写了高层次的鉴赏文章。作为主编和第一位读者，谨向他们致崇高的敬意和诚挚的谢意。

（原载《唐都学刊》1991 年第 4 期）

人生与诗

中华向称"诗国"。早在遥远的古代，我们的先民对诗的特质便有精深的理解。《尚书·尧典》中说："诗言志，歌永言；声依永，律和声。八音克谐，无相夺伦。"《诗·大序》进一步说："诗者，志之所之也。在心为志，发言为诗。情动于中而形于言，言之不足，故嗟叹之；嗟叹之不足，故永歌之；永歌之不足，不知手之舞之，足之蹈之也。"此后如钟嵘《诗品序》所说的"气之动物，物之感人，故摇荡性情，形诸舞咏"；《文心雕龙·物色》所说的"春秋代序，阴阳惨舒，物色之动，心亦摇焉"等等，都是对"诗言志"的继承和发展。概括地说：人受外物刺激而抒发强烈的情志，便形于言；言之不足，便发为咏歌和舞蹈。大家知道，原始诗歌是与音乐、舞蹈结合的，后来舞蹈退出。但直到现在，中华诗词的音乐美还有不应低估的艺术魅力。

既然如此，那么人生一世，怎能没有强烈的情志？有了强烈的情志，怎能不用音乐性的诗来表现？民歌告诉我们："种田郎辛苦唱山歌""唱个歌子来充饥""唱条山歌做点心""唱个山歌当老婆""唱个山歌散散心""山歌不唱不宽怀""信天游，不断头，断了头，穷苦人无法解忧愁"。甘肃还有这么一首《花儿》："河里的鱼儿离不开水，没水时它咋能活呢？花儿是阿哥的护心油，没它时咱们咋过呢？"这就是说，作诗乃是一种宣泄情志的有效方式，因而具有调节情绪、平衡心理的特异功能。钟嵘在《诗品序》里讲得实在很精辟："嘉会寄诗以亲，离群托诗以怨。至于楚臣去境，汉妾辞宫。或骨横朔野，魂逐飞蓬。或负戈外戍，杀气雄边。塞客衣单，孀闺泪尽。或士有解佩出朝，一去忘返；女有扬蛾入宠，再盼倾国。凡斯种种，感荡心灵，非陈诗何以展其义？非长歌何以骋其情？故曰：'诗可以群，可以怨。'

使穷贱易安，幽居靡闷，莫尚于诗矣"。

"人生不如意十常八九"，所以古人诗，便发现十之八九都是心理不平衡时写的。这一类诗，也容易写好，所谓"愁苦之词易工"是也。当然，人总有得意的时候。这时候，心理是平衡的，写出那股子得意劲儿，自然更开心。读古人诗，也有这类作品；但像杜甫《闻官军收河南河北》那样动人的佳作却不多，所谓"欢愉之词难好"是也。

诗，堂堂正正的定义很多。比如，诗是战鼓，是朝代的晴雨表，是歌颂光明的乐章，是揭露黑暗的匕首。如此等等，不一而足。我却从调节情绪、平衡心理方面大发议论。有人会说"把诗的社会功能缩小到这种程度，岂不是对诗的歪曲！"我的回答是否定的。鲁迅讲过："从血管里流出来的都是血。"一个人只要是心理健康的、情志崇高的，对祖国、对人民有责任心和使命感的，那么他的心理之所以不平衡就不仅仅是个人问题。比如南宋爱国诗人陆游，因投降派把持朝政而"报国欲死无战场"，常常为此感到愤懑、忧虑、焦灼，心理不平衡；而他那些激动人心的爱国诗篇，就是在这种心态中写出的。他写完《书愤》之类的诗，写完许许多多在梦中驰骋沙场、收复失地的诗，其忧愤、焦虑之情肯定会得到暂时的宣泄；然而使他忧愤、焦灼的政治原因依然如故，于是继续写。其目的，当然是想消除那些原因。当时和后世的读者如果是在同样的社会情势下读那些诗，所产生的积极效果是不言而喻的。从心理上和客观原因上由不平衡而求平衡，诗之功用大矣哉！

在我们的中华诗国，人人都用诗来宣泄情志、平衡心理，其结果便是人人都爱诗、读诗、写诗，因而我们的文学，我们的文化，我们的生活，便无不洋溢着诗情、诗意、诗美，美好的和谐社会，便大踏步向我们走来。

亲爱的朋友们，让我们诗化人生吧！诗化社会生活吧！为中华诗国增光添彩吧！

（原载《中华诗词》2010 年 10 期）

诗用数词的艺术特点

诗人进行艺术构思，就时间而言，"寂然疑虑，思接千载"；就空间而言，"悄焉动容，视通万里"。而"千""万"之类的数词，不论是表述时间或空间，都十分需要。正因为这样，在诗的言语中，数词占有相当重要的地位。唐代诗人，如"初唐四杰"中的骆宾王，就由于"好用数对"，被人称为"算博士"。值得注意的是，作为诗人，即使被称为"算博士"，他运用数词，仍与数学家和历史学家、地理学家等等运用数字大不相同。诗中的数词，乃是"诗的语言"的组成部分，具有诗的语言的特点。它固然可以指客观事物的数量，但在更多的场合，则服从表情达意的需要，允许在不同程度上夸大或缩小。因此，企图根据唐人诗句考证唐代酒价的做法，虽然至今仍有人为之辩护，但毕竟是不可取的。

且看中唐诗人周匡物的《及第谣》（见《全唐诗》）卷四九〇）："水国寒消春日长，燕莺催促花枝忙。风吹金榜落凡世，三十三人名字香。遥望龙墀新得意，九天敕下多狂醉。骅骝一百三十蹄，踏破蓬莱五云地。物经千载出尘埃，从此便为天下瑞。"写及第后的狂欢，更有甚于孟郊的"春风得意马蹄疾，一日看尽长安花"。十分有趣的是：这两首诗都写了马蹄，而写法不同。孟郊强调马蹄的"疾"，"疾"到"一日看尽长安花"。以此表现那股子"得意"劲，因此无须计算马蹄的数目。周匡物要写出同榜"三十三人"成群结队，驰骋骅骝，"踏破蓬莱五云地"的热闹场面和欢乐气氛，所以不强调马蹄的"疾"，而强调马蹄的多。实际上，三十三人，自然各骑一马，共三十三马。"三十三"这个关于马匹的数目，是不能夸大的。然而如实写出马数，就不够壮观；所以他不用马匹的数目而用马蹄的数目，来了个

"骅骝一百三十蹄"，其声势立刻改观，自足以"踏破"那"蓬莱五云地"了。一马四蹄，"三十三"乘"四"，其得数是"一百三十二"，不是"一百三十"。诗人不说"骅骝一百三十二蹄"，因为他写的是"七言诗"，也不说"一百卅二蹄"，因为音调不如"骅骝一百三十蹄"明快而响亮，于是竟然舍去两蹄，连别人会不会讥笑那三十三位新进士中有两人各骑三条腿的马，或者有一位骑两条腿的马，也不去管他。如果是数字演算，这当然闹了笑话；而在诗歌创作中，却是可以允许的。因为这里需要的不是数字的精确，而是意境的真切以及由此产生的艺术感染力。

由此联想到杜甫《古柏行》中的"四十围"和"二千尺"。诗的前几句是这样写的："孔明庙前有老柏，柯如青铜根如石。霜皮溜雨四十围，黛色参天二千尺。云来气接巫峡长，月出寒通雪山白。"很明显，诗人是用夸张手法描写老柏的高大，为在结尾抒发"古来材大难为用"的感慨蓄势。在这里，"四十围"和"二千尺"，更不同于周匡物所说的"一百三十蹄"，然而对这两个数量词，历来则聚讼纷纭。《梦溪笔谈》（卷二十三）里说，"四十围"乃是径七尺，径七尺而高"二千尺"，太细长。《靖康缃素杂记》辩解说，三尺为围，"四十围"即一百二十尺，按"围三径一"计算，其径是四十尺非七尺，怎能说太细长？诸如此类，都从写实角度考虑问题，而忽略了艺术夸张的特点。当然，也有认为是艺术夸张的。《学林新编》云："子美《潼关吏》曰：'大城铁不如，小城万丈余。'岂有'万丈城'耶？姑言其高。'四十围''二千尺'者，亦姑言其高且大也。诗人之言当如此，而存中（《梦溪笔谈》作者沈括字存中）乃拘拘然以尺寸校之，则过矣。《诗》曰：'崧高维岳，峻极于天。'第言岳之高耳，岂果'极于天'耶？"这种议论，自然十分中肯，但仍然有人反对。赵次公引《均州图经》及《太平寰宇记》所载武当古柏"大四十围"、巴郡古柏"高二千尺"的资料，认为杜甫"用柏事（用关于柏树的典故）以形容今柏之大"。近人高步瀛则进一步强调："沈氏所算失误。……《释文》引崔氏曰：'围环八尺为一围。'则四十围当三百二十尺，

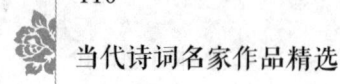

姑为周三径一计之，则径当百六十九尺有奇，亦不得如存中所算径七尺也。要之，古人形容之语，固不容刻舟求剑，然此不云十围、百围、千尺、万尺，而实指之曰'四十围''二千尺'，则不得泛然以'小城万丈'及'峻极于天'例之。存中所言数虽不合，不当如王氏、朱氏之言，认为假象，斥其不应以尺寸推寻也。"（《唐宋诗举要》卷二）看起来，他认为"四十围""二千尺"都是实指，而非夸张。

赵次公说"四十围""二千尺"是用典，朱长孺则说"皆假象为词，非有故实"，即并非用典。在我们看来，杜甫即使用典，仍具有夸张性质。"霜皮溜雨四十围，黛色参天二千尺"，是夸张；"云来气接巫峡长，月出寒通雪山白"，是在此基础上所作的进一步夸张。如果说前两句是写实，那么难道后两句也能算写实吗？

夸张的描写，也是可以当作典故运用的。黄克晦《嵩阳宫三将军柏》首联云："人间柏大此全稀，老干宁论四十围！"王紫绶《汉柏》首联云："二树中天倚翠微，霜皮宁论几人围！"显然都是借用杜甫"霜皮溜雨四十围"来赞叹嵩山古柏的粗大。加上"宁论"两个字，是说其树干之大，又岂是"四十围"所能形容的。这就是用夸张的典故作更大的夸张。嵩山嵩阳书院那株被称为"二将军"的汉柏，我亲眼看过，的确大得惊人，当时就默诵了杜甫的诗句；但是否真有"四十围"，或者超过"四十围"，却不曾量。大约杜甫当年看孔明庙前古柏，也不曾量。黄克晦写出"老干宁论四十围"的诗句，也只是抒发他的观感，赞叹汉柏的雄伟，而不是记录他实地丈量的结果。艺术真实反映生活真实，但并不等于生活真实。对待诗中的数词，不能不注意这一特点。或夸其大、多，或夸其小、少，要看艺术表现的需要。

（选自《诗刊子曰》）

新声韵组诗《金婚谢妻》"附注"
及与《中华诗词》主编的通信

附注：我四十年代上大学时，《中华新韵》已颁布，故作诗偶用新韵，读《唐音阁吟稿》可见。近十年来提倡用新韵者日众，我作诗按《中华新韵》押韵也多于往年。当然，海内外老诗人和许多有成就的中青年诗人（如《海岳风华集》诸作者）仍用平水韵，不能强求一律，我自己也并非常用新韵。问题在于：倘押平水韵，则句中旧读入声的字自然一律按仄声处理；而既按普通话押新韵，则句中旧读入声的字便得一一按普通话读音区别对待，不能新旧夹杂。比如毛泽东诗用平水韵。所以《和柳亚子先生》七律第三句"三十一年还旧国"的平仄是协调的。假如用新韵而用普通话读音衡量此句平仄，便只有一个"旧"字是仄声，连单句的末一个字也成了平声了。因此，我体会到押新韵应该用新声。只提倡用新韵，显然是不够的。这组诗用"新声新韵"只是想搞一点实验，得失如何，希望听到各方面的意见。

附：霍松林、杨金亭关于新声新韵的通信

金亭先生如晤：

赐诗极佳，谢谢。奉上近作七首，通过庆金婚追溯数十年艰苦历程，而国家之巨变，人民之遭遇，亦约略可见，与假、大、空及口号式颂歌有异。就艺术表现而言，亦有意转变诗风：（1）用今语写今事，适当吸收尚有生命力的古人语词乃至典故，互相融合，形成一种明畅而不俚俗的语言风格，与快板、顺口溜、数来宝之类相区别。在今春纪念"五四"的座谈会上屠岸先生曾说，"传统诗是文言诗"，一点不假。用今语而不丧失"文言"的韵味，

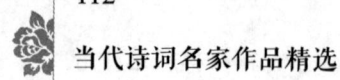

是相当困难的，但仍应设法克服这个困难。（2）试图既押新韵，又用新声，我手头有《诗韵新编》，即按此《新编》押韵；而旧读入声的字，则查《新华字典》以区分平仄。您多年来积极提倡新韵，对普通话的韵部、平仄很熟悉，请审阅我自称"新声新韵"的这几首诗有无搞错的地方。作传统诗，平水韵还不能硬性禁止。贵州的《爱晚诗词》最近一期发表文章，把我们十几个评委评出的《世纪颂》状元之作斥为不押韵，极嘲讽挖苦之能事，正暴露了作者的浅薄、偏激。那首七律只能说押平水韵，怎么能说不押韵？然而作传统诗用新声新韵，肯定是正确的方向。当然，这是方向，还不是现实。要变成现实，必须做较长时间的试验、推广。我的这几首诗，就是搞试验的。您是诗词家，看看这试验如何。如果认为有成功之处，值得发表，就请写一篇短文做一点评论，以示提倡，如无必要，就算了。

现代诗词进校园的可能性很大。一旦进校园，我想老师学生都会讲普通话，干脆用新声新韵，这简单易行。但对中文系学生来说，恐怕还得懂平水韵，懂旧声旧韵，对任何想有较高成就的人来说，也是如此。要不然，就不但不能很好地读唐诗、宋词，连毛泽东的诗，也会像一些人那样读不出韵来，甚至可以说不合平仄。乞回信，顺颂千禧。

霍松林
1999 年 12 月 18 日

尊敬的霍老诗翁：

您好！请允许我代表编辑部同人祝贺您和胡主佑教授的金婚之喜！

蒙赐大作《七律·金婚谢妻七首》（新声新韵）并来示，拜读再三，喜出望外。首先，大作来得恰逢其时。正在着手编辑中的千禧之年的开卷第一期《中华诗词》，能够得到您这位当代诗词大家的一组力作，以光篇幅，当然是编者的一大快事。何况，刊物得到的确实是一组难得的好诗。这个组诗写的虽是夫妻之间的爱情亲情，却从这个贯穿古今诗歌的永恒主题中，开掘出了富于时代感的新意。诗人以"三杯何幸庆金婚"的规定情景为诗的切入点，面对患难扶持、共同度过了半个世纪的爱妻，往事萦回，奔涌而来的诗意，沿着抒事主人公夫妻生命之舟所经历的几个旋流险滩，依次展开，通过数十年悲欢历程的回溯，揭示了老一辈革命知识分子历经劫难，但爱国主义、社会主义信念坚不可摧的人格力量，尤其可贵的是组诗中表现出的这种与时代同步的国家忧患之思，历经沧桑之感，所构成的思想倾向，不是议论说教式的直接倾泻，而是通过赋、比、兴化而用之营造出的意象意境中，自然而然地渗透给读者的，所谓"含不尽之意于言外，使人思而得之"，这正是大家手笔的特征所在。

尤其难得的是，这个组诗是《中华诗词》"新声新韵"一栏的奠基之作。当代诗词界呼唤了十多年的诗词声韵改革，目前，还停留在《平水韵》《词林正韵》的某几个韵部合并调整后，力求韵脚与普通话韵部趋同的阶段。至于平仄声律的运用，依然以古汉语平、上、去、入旧四声为审音用韵标准。所谓严格以现代汉语阴、阳、上、去新四声为审音用韵标准的创作，还多是纸上谈兵。偶尔收到几首这方面的习作，仍多见古今声韵夹杂的现象。即使有的声韵都合格了，又往往苦于诗的意境未能过关。这样的作品发出去，只能给那些反对诗韵改革者以攻击的口实。因此，本刊拟议设立的"新声新韵"一栏，久久未能推出。目前，在编辑部讨论明年刊物栏目的出新问题时，孙轶青会长鼓励我们加大诗韵改革力度：2000年一定要把《新声新韵》栏目推出。您的这组即将在明年第一期和读者见面的新作，做到了全新的生活题材，严格的律诗格式与现代汉语新声新韵完美和谐的统一，和用旧声韵写出的作品相比，令人读起来更流畅自如、朗朗上口，从而也就更平添了几分诗歌艺术的音乐美。这样，您的这组新声韵力作的发表，将有力地打破所谓"平水韵"是动不得的"祖宗成法"的神话，可以给改革者以鼓舞，给初学者以垂范。相信今后将有更多的新声新韵佳作问世。这对促进新声新韵的推行，对诗教

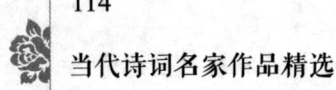

传统的发扬光大,进而推动当代诗词事业的发展,功莫大焉!

衷心感谢您对《中华诗词》杂志的支持。

谢谢!

杨金亭
1999 年 12 月 26 日

(原载《中华诗词》2011 年第 1 期)

贺敬之自选诗词

饮兰陵酒

一九七六年十月"文革"结束,十一月我获解放,解除监督劳动归来后,得饮家乡兰陵美酒,并诵李白诗:"兰陵美酒郁金香,玉碗盛来琥珀光。但使主人能醉客,不知何处是他乡。"

太白何处访?兰陵入醉乡。
我来千年后,与君共此觞。
崎岖忆蜀道,风涛说夜郎。
时殊酒味似,慷慨赋新章。

(一九七六年十一月)

赠诗友

诗心未负江山债,诗人非属江郎才。
历难更开新诗境,黄河九曲诗汛来!

(一九七六年十二月)

陕西行(五首)

一九八二年十一月党的十二大后,有陕西之行,途中作以下诸诗。

谒黄陵

风云四十载,几度谒黄陵。
古柏今犹绿,战士白发生。
不问挂甲树[①],但听征马鸣。

指南车又发，心逐万里程！

注：①黄陵轩辕庙内有一古柏，树身满布战甲状斑痕，相传汉武帝西征归后曾挂甲于此。

登延安清凉山

我心久印月①，万里千回肠。
劫后定痂水②，一饮更清凉。

注：①清凉山上有"月儿井"，井旁有印月亭，自亭边透过石缝下看十余丈，有月影自水底涌出。

②"定痂泉"为清凉山又一景。相传有僧割己肉救饥鹰，伤口不愈，来此泉一洗而结痂，因以名之。

访西安八路军办事处

死生一决投八路，阴阳两分七贤庄①。
四十二载访旧址，少年争问路短长。

注：①原西安八路军办事处所在地名七贤庄，一九四〇年作者经此投奔延安。现为纪念馆。

皇甫村怀柳青

长安县皇甫村，为作家柳青同志长期深入生活并死后归葬之地。

床前墓前恍若梦①，家斌泪眼指影踪②。
父老心中根千尺，春风到处说柳青。

注：①柳青弥留前作者到病床前探望，此次来墓前默哀。

②王家斌，柳青长篇小说《创业史》人物梁生宝原型。

陆疗小住

挥泪别张垣①,高歌进沧州②。

醒来骊山下③,梅花一床头。

情亲梦中现,泉暖心上流。

老兵登程去,回望白云楼④。

注:①②睡梦中再现解放战争时,作者经历张家口(张垣)撤退和解放沧州战役情景。

③西北军区陆军疗养院在临潼骊山脚下。

④白衣战士心如其服,洁如白云。

(一九八二年十一月)

青岛吟(七首选六)

访黄岛开发区

青山几番复完璧,黄岛一瞬增明珠。

开怀尽纳五洋水,炯目长龙善澄污①。

注:①新扩建远洋石油码头。

八大关漫步①

碧桃雪松几重关?烽火烟云恍惚间。

行到落樱小憩处,又见海鸥搏云天。

注:①八大关为宾馆、疗养区,有八条街道分别以"居庸关""山海关"等著名关隘为名。

应题居庸关路居处

关山花如云,海天壮客心。
居庸岂庸居?老骥洗征尘。

望石老人礁岩①(二章)

一

观海喜见潮,听松乐闻涛。
风雨寻常事,石老解逍遥。

注:①青岛市区东濒海有一巨大礁岩,形如老翁。

二

观海心涨潮,听松胸满涛。
笑谈牛山泪①,兴寄岱峰高。

注:①齐景公登临淄博牛山,北望流涕云:"何滂滂去此而死乎?"后人讥之。

游崂山

黄山尽美恐非真,山川各异似才人。
崂山逊君云如海,君无崂山海上云。

(一九八五年四月二十四日至六月十日)

胶东行（八首选六）

咏烟台（三章）

一

神驼待飞饮碧海①，向天大道此日开。

佳音惹人尽东望，高耸驼峰是烟台。

注：①山东省城图状如骆驼。

二

经天纬地重安排，多少雄略英俊才。

知有黄金足招远①，亦需文章胜蓬莱②。

注：①招远，烟台地区黄金主要产地。

②李白诗："蓬莱文章建安骨。"杜甫诗："忆献三赋蓬莱宫。"另，蓬莱县，现属烟台地区。

三

不令儿辈朱颜改，还向红旗写壮怀。

明日飞过三山去①，犹带昆嵛歌声来②。

注：①古代传说东海有蓬莱、瀛洲、方丈三神山。

②昆嵛山为胶东著名革命根据地之一。

登蓬莱阁

果然蓬莱神仙境！沧桑却与人间同。

五日东坡悲灶户①，十年南塘戍水城②。

将军斗书浇块垒③，元勋珠句慰平生④。

我今登阁增感慨，江山多难复多情。

注：①北宋苏轼（号东坡），来蓬莱任登州府守仅五日即他调。在此五

日中作《乞罢登州榷盐状》，请朝廷废盐官卖，以解民困。灶户，即以煮盐为生者。

②蓬莱水城，宋至明代海军基地。明民族英雄戚继光（号南塘）任蓬莱军职时，在此练军并指挥抗倭斗争。

③一九三四年五月，冯玉祥将军手书大字"碧海丹心"刻石于阁内。

④一九六〇年与一九六四年，叶剑英与董必武同志先后为蓬莱阁题句、赋诗。

登成山头（二章）

一

天涯地角成山头，千古兴亡去悠悠①。

秦桥入海渺难辨②，雾笛长鸣过新舟。

二

山言海语论不朽，英雄异代各千秋。

甲午悲歌沉"致远"③，日主祠下起高楼④。

注：①史载秦始皇两次巡此，汉武帝亦来过。后历经三国至清代，多次为兵家相争之地。

②成山头南侧峭壁下有四巨石排列于急流中，相传为秦始皇造桥渡海之遗迹，恐不能确信。

③成山头正东海面为甲午海战之战场，邓世昌沉没"致远"号舰殉国。

④秦始皇周游天下，曾建庙祀八主，其中三座在胶东。导游言建于成山头者为日主祀，因已无遗迹，有学者持异议。

荆州行（五首选四）

去荆州、洪湖道中

身游云梦千年境①，思涌洪湖浪打中②。

访古问今增豪气，不虚此日荆州行。

注：①荆州、洪湖一带属古代云梦泽范围。

②歌剧《洪湖赤卫队》："洪湖水，浪打浪。"

访郢都纪南城废址①

阡陌纵横纪南城，莲根深处是楚宫。

江山几度劫火后，《哀郢》一赋不尽情②。

注：①荆州城战国时为楚都郢，纪南城即楚王宫。

②屈原作《九歌》之一：《哀郢》。

谒洪湖烈士塔

洪湖涡漩甘苦泪①，长江帆行顺逆风②。

尺纸片时难尽写，征程万里心湖中！

注：①洪湖革命烈士塔左右临近洪湖与长江。

②洪湖革命烈士，土地革命中除牺牲于敌人手中者外，不少是一九三一年在"左"倾路线下肃反中冤死者。

题荆州博物馆

灿烂中华史，万代足自豪。

须识楚文化，始能全风骚。

（一九八五年十月二十日至二十六日）

三峡行（八首）

访三峡工程指挥部

久梦平湖出高峡[1]，禹牛待命望京华[2]。

屈子回棹向故里[3]，神女俯身欲浣纱[4]。

注：[1]毛泽东一九五六年《水调歌头·游泳》："更立西江石壁，截断巫山云雨，高峡出平湖。"

[2]西陵峡有黄陵庙，旧有大禹及神牛塑像。

[3]西陵峡中段秭归县，为屈原故里。

[4]批巫峡神女峰。

秭归访屈原祠

隐约江声似《九歌》[1]，此去汨罗路几何？

《招魂》当应归乡赋[2]，寻迹到此热泪和！

注：[1]屈原祠在秭归城长边江。《九歌》屈原作品，根据其生前流行于此地及楚国南部民间祭神乐歌加工创作。

[2]《招魂》《楚辞》篇目，作者宋玉或疑为屈原。

访昭君村

妙手香溪抛翠带[1]，千山系得我心来。

昭君村里新井水[2]，马上琵琶不复哀。

注：[1][2]昭君村在秭归县香溪水上游，村中旧有昭君井。

游小三峡[1]

神女思嫁眸映霞[2]，巫山北望意中家。

此去巫溪仙乡路，宁河百里小三峡。

殷勤主人伴我游，惊见此处风景佳。

轻舟如云入梦幻，归来还梦舟再发。

峰峦滴翠润红颜③，天泉飞雨消白发④。

一重景色一声叹：美到何处是天涯？

返问云端归宁女，夫家称心含笑答。

临别举杯可此曲，愿伴年少舞轻纱。

注：①小三峡，在巫山县境，大宁河北溯至巫溪县一段峡谷。

②神女峰在巫山顶上。

③④"峰峦滴翠""天泉飞雨"为小三峡著名景点。

至奉节闻远方讯有思

史读"托孤"忆蜀忧①，诗诵"依斗"感杜愁②。

不尽长江今来我③，白帝叶红第几秋？

注：①蜀帝刘备在白帝城临终前托孤（阿斗）于诸葛亮，现城上有此段史事群塑。

②杜甫《秋兴八首》中句"每依北斗望京华"。后在奉节城南门外长江岸立有"依斗门"，迤东山巅上为白帝城。

③杜甫夔州诗之一《登高》："无边落木萧萧下，不尽长江滚滚来。"

奉节东望①

奉节东望瞿塘口②，谁歌"长江勿空流"？

恍见老彭船头立③，重送李杜别夔州④。

注：①③到奉节当日谒彭咏梧烈士墓后作。彭为川东地下党负责人，同志间称呼"老彭"。

②奉节县，古为夔州治所，东南望为瞿塘峡口。

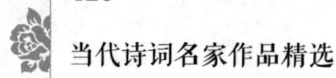

④李白、杜甫前后久暂不同均居夔州,离前或离时各有著名诗篇表现喜悦心情,离后则希冀破灭,潦倒不能至终。

登白帝城答友人问候①

列阵群峰激壮心,高城千尺竞登临。
目送杜甫长江浪②,袖扫宋玉巫山云③。
但倚赤甲呼征鼓④,岂对白帝输病身?
夔门又雨何足畏⑤,滟滪千堆过来人⑥!

注:①城在白帝山上。东汉初,公孙述踞此称帝,自号白帝,建此城,因以名之。

②杜甫《登高》,诗中意见前。

③宋玉《高唐赋序》中述楚怀王梦巫山神女,"旦为朝云,暮为行雨"。

④赤甲山,瞿塘峡群山之一。

⑤瞿塘峡口,两侧石壁对峙,是为夔门。

⑥滟滪堆,在瞿塘峡口江流中,为长江著名险滩。

访长阳①

此行此生记长阳,山长水长情谊长。
青山多留巴人迹②,少年还唱贺军长③。
歌向何处路何方?心同人亲话衷肠。
生日何须问生地④,长阳亦是我故乡!

注:①长阳土家族自治县,有新石器晚期中国古人化石"长阳人"。土地革命时期为湘鄂黔红色根据地之游击区。改革开放以来,经济发展,文化工作有新经验。

②巴人,古族,相传周代以前居长阳武落终离山,现仍有古城堡等遗迹。

③指创建湘鄂西根据地时的贺龙同志。

④来访次日,为作者六十一岁生日,主人已先知。

饮射洪酒口占

我饮射洪酒,恍登幽州台。

请与子昂对①,举杯歌未来。

注:①陈子昂《登幽州台歌》:"前不见古人,后不见来者。"

南粤行(七首选五)

访深圳蛇口区

我有梦魂系南国,伶仃丹心今如何①?

蛇口仙境频拭目②,夜语女娲思绪多。

注:①文天祥诗《过零丁洋》。

②蛇口区海滨拟建女娲塑像,人首蛇身,喻女娲补天之意。

宿大鹏湾小梅沙

快哉南风至,此岸归仙槎①。

十年话沧海,一宿小梅沙②。

注:①②古代传说汉张骞乘槎泛天河不归。小梅沙大酒店造型如船。

访珠海市留赠

明珠沉沉藏心海,一朝心开明珠来。

访此更解春风意,心花宜地处处栽。

访中山市

有超先生百年志,无负侨胞万里心。

翠亨一椽引思远①,凌霄几重此登临②?

注:①翠亨村中山故居有中山先生手书楹联:"一椽得所,五桂安居。"
②访此当晚登中山国际大酒店十三层旋转餐厅。

重访石湾美术陶瓷厂

此花如心洁不染①,塑得灵魂历大千。

重访陶都忆陶铸②,又诵"无私天地宽"③。

注:①参观时在门前荷塘留影有感。
②一九六二年经陶铸同志介绍,与小川、柯岩同志曾访此。
③"文革"中陶铸同志受迫害致死前有句"心底无私天地宽"。

哲盟行(六首选三)

访木里图镇

塞外访明珠,惊见木里图。

嘎查一夕话①,北京十年书。

注:①嘎查,蒙语"村庄"之意。

访霍林河煤城不达①

通辽北向霍林河,情漾草原似牧歌。

扎旗遇雨煤城阻,却探心矿知金多。

注:①去霍林河煤城途中遇大雨,到扎鲁特旗后路毁不能前往。蒙旗委同志热情招待,交谈甚欢。

游大青沟[1]

天降碧宫隐沙海,塞外桃源待时开。
新妆菊娘为东道[2],笔会八方少年来[3]。

注:①大青沟为沙漠绿洲,哲盟著名风景区。
②此地流传的神话之中女神菊丽玛,为保卫草原与女魔尼格勒格斗而死,其身化为大青沟,其血化为枫叶,其泪化为泉水。
③参加"草原笔会"的各地少数民族作家多为青年人,来此同游。

老人节访延边(十七首选十四)

定"八·一五"为老人节,始自延边朝鲜族自治州。作者于一九八六年应邀赴此节日盛会。

过镜泊湖

君心未眠奔地火,曾误君名为静波。
心托明镜非冥静,日运月行此中泊。

车行长白林区

谁道林海新绿生,风景从此不言红?
来看万松根到籽,抗联血沃色赤诚。

题赠延边州委

山山金黛莱,村村烈士碑。
红心振双翼,延边正起飞!

节日前夕访延边大学

长白长倾天池水，延边"延大"桃李园。
老人节忆少年日，恍见延安凤凰山①。

注：①延安时期有延安大学，亦简称"延大"，校址在延安凤凰山麓。

长白山天池短歌（十章）

一

千里林海万丈山，长白天池耸云端。
神峰仙岭抱天水，异雾奇霞遮水天。

二

谁封五岳压群山？黄山已屈五岳前。
关塞远隔未深知，长白天池自非凡。

三

云移雾开瞬息间，惊见天公显奇观！
疑为瑶池东分水，恐是银河北溯源？

四

美景缘自火山发，祸福异变堪惊讶。
自然原本无神女，人世却需"日吉娜"①。

注：①民间传说：往古每年七月十五日，地喷大火，焚毁山川田园。有一民女名"日吉娜"（杜鹃花），抱冰投身堵火山口，从此火山熄灭，天降甘霖，顷刻成湖，是为天池。

五

冰冠雪巾云衣衫，白头诸峰领众山。
亦有误人失望者，天文峰上鹰嘴尖①。

注：①天池东侧，天文峰顶有悬崖名"鹰嘴尖"，为火山灰聚成，质地松软，踏足其上，如不慎易跌落。

六

树中刑天岳桦林①，烈风酷寒百战身。

高山冻原虽已下②，仍需摄此示儿孙。

注：①刑天，古代神话中英雄，战斗中被断首，仍不屈，以乳为目，以脐为口，操二戚（干即盾，戚为斧）而舞。陶潜诗："刑天舞干戚，猛志固常在。"

②长白山麓海拔一千七百至二千米间，称为岳桦林带。由于高寒，风力大，其他树木难以生存。在其上，海拔超过二千一百米者称为高山冻原带，高寒永冻，生物稀少，略似北极。

七

仰观悬河来远天，滔滔史卷并诗篇。

几经炎凉解深意，读瀑凝思天豁前①。

注：①天池水流经天豁峰，下注为大瀑布。再以下称"二道白河"，为松花江源，水温低寒。傍其右有温泉群，水热近沸点。

八

雄峰巨涛在云顶，俊石羞波浓阴中①。

大小天池俱神异，豪情柔情皆诗情。

注：①小天池在天豁峰下不远，有密林浓阴围绕。

九

唯有此等好河山，堪为中华写容颜。

灿烂往昔千山后，光辉来日万水前。

十

半生常饮未深醉，纵有千喜与万悲。

为筹环球大同宴，来倾天池试醉归①！

注：①别天池答敬酒。

（一九八六年八月）

游石林

览史忆战阵，访滇游石林。挥仗指万象，走马阅千军。
向天皆自立，拔地深连根。入林识战友，叩问听友心。
问石立何位？问林何成因？结群基一我，众我成大群。
主、客二体合，个、群互为存。天运此正轨，人运亦同轮。
峥嵘井冈路，风雨天安门。正、反思得失，"人"字论纷纭。
忽见"救世"者，大言指迷津。西寺讨旧签，何诩"启蒙"新[①]？
废己固遭祸，唯私必沉沦。中华再崛起，大我振国魂。
拨乱非易帜，石林响正音。感此热血沸，挽石入人林！

注：① "全盘西化"声中，有照搬西方而自称所谓"新启蒙"理论者，甚嚣尘上。

（一九八九年三月）

富春江散歌（二十六首）

我于去冬体检发现重疾入医院治疗，今春出院赴杭州疗养。四月底病情稍苏，应邀试作富春江游。

近年浙江省开辟富春江、新安江至千岛湖旅游一条线，称"两江一湖黄金旅游线"。海内外游人如织，多有再加西湖、钱塘江而称"三江两湖"者。

作者此行往返千里，畅览水光山色，饱见昔奇新胜。目接心会，感奋不已，不禁乘兴有作。行笔仍如以往，不拘旧律，因以"散歌"名之。待向方家求教前，姑且自书、自诵之，抑或疗病之一法耶？

（一九九二年五月二十七日记于杭州）

一

富春江上严陵濑，东钓台旁西甪台①。

我来观鱼鱼观我②：子非柳子缘何来？

注：①严陵濑，或称子陵濑，东汉隐士严光（字子陵）垂钓处，在富春江中游桐庐县境内。临江峭岸上有台状二巨石耸出，是为东台、西台。东台即严子陵钓台，西台为谢翱遥祭文天祥恸哭处。谢翱，字皋羽，宋末爱国志士，曾参加文天祥抵抗军。

②毛泽东《七律·和柳亚子先生》（一九四九年）："莫道昆明池水浅，观鱼胜过富春江。"

二

名之行之思之江①，绝信折水富春光。

昆明池畔喜解缆，桐君助我溯钱塘②。

注：①之江，即钱塘江，因江流曲折状如"之"字故名。又，毛泽东《新民主主义论》："二十年中有三次曲折，走了一个'之'字。"

②桐君，古代民间药物学家，相传为黄帝时人，居桐庐县富春江畔。

三

平生总为山河醉，非酒醉我万千回。

三江澄碧今痛饮，不借韩囊岳家杯①。

注：①湖畔有岳飞墓。岳飞任职期间曾与部下约："直捣黄龙与诸君痛饮耳。"被诬下狱后，韩世忠自请罢官，时跨驴载酒囊，纵游西湖上。岳飞冤死后，世忠在灵隐寺飞来峰缘岳飞"特特寻芳上翠微"诗意建"翠微亭"纪念之。

四

长啸畅笑消病颜，云月八千有此缘；
三江两湖梦之国，千岛万峰情之巅。

五

西湖波摇连梦寐，千里秀美复壮美。
山回水洄少壮回，鹭飞瀑飞壮思飞！

六

三江口下数客船①，千年云帆几往还？
忧乐范公潇洒去②，谪仙濯月沧波间③。

注：①钱塘江与富春江相接处，有浦江汇入，此处称"三江口"。

②范仲淹《岳阳楼记》有名句"先天下之忧而忧，后天下之乐而乐"。北宋仁宗时范知睦州（州治在今新安江畔之梅城镇），写有《潇洒桐庐郡十咏》。

③"谪仙人"李白诗《古风（之十二）》有句："昭昭严子陵，垂钓沧波间。""使我长叹息，冥栖岩石间。"

七

应解子陵"客星"忧①，当消灵运"客儿"愁②。
无恙江山系众我，昂首春江第一楼③。

注：①严子陵少时曾与刘秀同游学。刘秀即光武帝位后请子陵入宫拟授以官职，夜邀子陵叙谈并与之同榻寝卧，子陵眠后足加帝腹上。诘旦，太史入奏"客星犯帝座，状甚危迫"，光武不以为意，而授子陵为谏议大夫，子陵坚拒不受，归富春江耕钓。

②晋朝山水诗人谢灵运幼儿时，其父信宿命"不宜子息"，为之取名"客儿"，寄养于杭州灵隐寺。

③"春江第一楼",古建筑,在富阳县城东,下临富春江。

八

车窗船头望如痴,可在大痴画卷里?①
朱墨春山新诗意②,富阳新纸写淋漓③。

注:①大痴:黄公望,字子久,号"大痴道人",元代大画家,传世名作有长卷《富春山居图》。

②一九三三年鲁迅诗《赠画师》:"愿乞画家新意匠,只研朱墨作春山。"

③富阳土纸历史悠久,改革开放后,新式造纸业发展甚速,其中民间造纸专家蒋放年结合电脑技术创新法造印刷用宣纸,质地甚优。

九

景人相看两妩媚①,江映鹳山双郁碑②。
谁诵鲁诗唤合影③?春山恒美贵横眉④。

注:①李白诗:"相看两不厌,只有敬亭山。"辛弃疾词:"我见青山多妩媚,料青山见我应如是。"

②富阳为二十世纪二十年代"创造社"时期革命作家郁达夫故里。鹳山,在富阳县城西富春江侧,山麓有郁达夫及其兄弟曼陀两烈士纪念碑亭。两人在抗战期间分别在印尼和上海被日本侵略者杀害。

③④一九二四年十月鲁迅诗《自嘲》中有名句:"横眉冷对千夫指,俯首甘为孺子牛。"诗末附言:"达夫赏饭闲人打油偷得半联凑成一律以请亚子先生教正。"

十

云天今古共此情,山结桐庐江沉钟①。
桐君隐名留药在②,悠悠我心荡钟声。

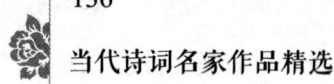

注：①②相传桐君采药求道，止于富春江畔桐庐县城东山，结庐桐树下居之。有问其姓名者，指桐以示之，因名其人为桐君，山亦名之为桐君山。《隋书》《旧唐书》列《桐君采药录》为典籍。现桐君山上祠内有同仁堂等全国几大中药店联合售药处。又，桐君山踞富春江与分水江汇合处，山脚下江水深处名桐君潭，相传潭下有沉钟一口。据《潇洒桐庐》书载：明嘉靖时常乐寺钟移置于桐君山上，倭寇入侵曾盗此钟，甫装船，钟忽自发轰洪之声，寇大惊弃钟逃去，钟遂沉入潭底。

十 一

五洲客游神仙洞①，赏我新景问仙踪。
家山自重立天柱，笑延四海飞来峰。

注：①此一旅游线上多有岩洞可观，最佳者为桐庐县之"瑶琳仙境"、建德县之"云栖洞"等。此处所指不限于此。

十 二

桐庐夜宿辨远音，谁言境似小杜吟①？
我岂"笛吹孤戍月"，但笑"犬吠隔溪村"！

注：①牧诗《夜泊桐庐先寄苏台卢郎中》："笛吹孤戍月，犬吠隔溪村。"

十 三

幽水来汇诧胥江①，潮神讵料似赧郎。
不遭无道何曾怒②，应知将军本柔肠。

注：①富春江上游有一支流，自新安发源，名胥江。相传春秋名将伍子胥曾在江畔躬耕，因以名之。

②伍子胥助吴王阖闾夺取王位，国势强盛。吴王夫差时被疏远，赐剑命其自杀，相传其魂化为钱江潮神。

十 四

春江三峡姐妹行①,巾帼英雄今俊装。

波颦峦笑峰头唱,云外谁歌"延水长"②?

注:①富春江上游七十里,名七里泷,有"小三峡"之称。

②为纪念毛泽东《在延安文艺座谈会上的讲话》发表五十周年,沿途各县市从四月起相继举行纪念活动。"延水长",为抗战初期延安流传之新歌《延水谣》中一句。

十 五

烟雨楼头南湖心①,长河水源白云根②。

窗开万厦须两手,挽此云水净埃尘。

注:①嘉兴南湖湖心岛上有烟雨楼。我党一大秘密从上海移至南湖,在游船中继续举行。

②白云根:严子陵钓台隔江相对有芦茨村,为晚唐诗人方干故里,因范仲淹赋诗称此为"白云村",后人遂雅称之为"白云源"。

十 六

富春江接新安江,仙乡梦乡似故乡。

宝塔山分两相望①,主人熟诵我诗章。

注:①两江相接处在梅城镇(古睦州,宋时改严州),夹岸南北两山各有古塔,状如延安宝塔山一身分二。

十 七

我有归魂非迷魂,清江一滴是我身。

新安坝下静夜游①,江灯知我万里心。

注:①新安江水库大坝及水电站一九六〇年建成。坝下江水清凉幽绝,

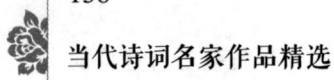

新增夜间游艇。

十 八

古来万卷山水图，偏多贫瘠伤心处。

肤施誓愿又入梦①，热泪今涨千岛湖②。

注：①施，即延安。传说古时天下大饥，陕北尤甚，有饥鹰垂死挣扎来清凉山哀鸣求食，一僧割自身肌肤饲之，后遂以"肤施"为地名。"誓愿"，指作者在延安入党宣誓。

②千岛湖即新安江水库。

十 九

建德新市胜海市①，蜃楼人居傲仙居。

"高峡平湖"诗思久②，湖山历历巨人迹③。

注：①来访当日，恰值建德县改市举行有关活动。市区新建筑栉比鳞次，延至千岛湖边。

②一九五六年六月，毛泽东《水调歌头·游泳》词："更立西江石壁，截断巫山云雨，高峡出平湖。"

③新安江水库工程自始建至建成后，周恩来、叶剑英、李先念等同志先后来此视察。

二 〇

无限情丝迎客雨，迎我千岛湖中去。

西湖入袖驰望眼，西子千身展千姿。

二 一

笑谈范蠡泛五湖①，我泛此湖惹公妒？

陶朱信是千秋业②，争奈越、楚国俱覆③！

注：①春秋时政治家范蠡，助越王勾践刻苦图强，雪耻灭吴，后辞官隐去，相传携西施泛舟游五湖。

②范蠡至山东定陶后改名陶朱公，以经商致富，后因以称商业为"陶朱事业"。

③范蠡为楚人，范离勾践后，越亡于楚，楚又亡于秦。

二 二

蜜山岛上感相遇①，澜波撒骨郭题句②。

请教再问"甲申祭"③，黄河渡后今何夕④？

注：①②蜜山岛，为千岛湖较大岛屿之一。参加工程指挥的水利部已故副部长刘澜波同志遗言将骨灰撒入千岛湖内，现此岛上有刘澜波纪念亭。郭沫若同志曾来此岛，离千岛湖前赋诗题留。

③郭沫若著《甲申三百年祭》为延安整风学习文件之一。

④一九四五年日本投降后，延安干部分赴全国各地。作者被分配参加赴华北干部大队离延安东渡黄河，当时刘澜波同志为大队领导人之一。

二 三

对我遥指云飞处，乌龙战垒影可睹①。

方腊碧血腾碧浪，梁山易帜后何如②？

注：①②宋末方腊农民军起义于新安江一带，至今留有多处遗迹。此处指新安江北岸乌龙山。山东梁山宋江起义军投降朝廷后奉命征伐方腊，两军在此激战。

二 四

问何如？观何如？泪如注，心如烛。

我思河山旧图画，我念山河新画图。

二　五

思未足，念未足，再望两台云欲呼：

严公请作任公钓[1]，谢翱泪洗日星出[2]！

注：[1]"任公钓"：据《庄子》，任公子为大钩巨纶，钓于东海，得大鱼，使民足饱。谢灵运《七里濑》诗："目睹严子濑，想属任公钓。"

[2]"日星出"：谢翱《西台恸哭记》有"化为朱鸟兮"句，朱鸟系朱鸟星，寓文天祥《正气歌》意："天地有正气，杂然赋流形。在地为河岳，在天为日星。"

二　六

壮哉此行偕入海，钱江怒涛抒我怀。

一滴敢报江海信，百折再看高潮来[1]！

注：[1]富春江归后，又赴海宁县盐官镇海堤观钱塘江潮，未逢大潮已足壮观，因应索题："壮哉钱塘潮，小览亦开怀。确知潮有信，相期高潮来！"

（一九九二年五月一日至三日作，六月四日抄于北京）

咏南湖船

极目长河，惊骤洄巨折！

逆风狂，浊浪恶，百舸几沉没？

念神州，心千结此船应无恙：勿迷航，莫偏斜；

当闻警排险，岂容自损身，暗沉不觉？

驾驶者，曾是阶级先锋、民族脊梁、时代英杰。

未负　红色盘古　创世大任，

久葆　东方"安泰"[1]地子本色[2]。

看南湖，望北国忆七月烟雨③，思六月风波。

两番长征，重重险关重重越。

七十载过数不尽　累累先烈骨、滚滚同志血。

征程历历昭来者真伪明，成败决，

须察　千态万状，当经　史检民择。

而今寰宇更待再拨疑云迷雾，净淘断戈败叶。

志无移，步无懈；信河清有日，归燕终报捷。

哦

无须问我：鬓侵雪、岁几何？

料相知：不计余年，此心如昨。

今来几度逢队日，此情俱与少年说。

紧挽臂，登船同看：电光闪处当年舵；

烟雨楼上听万里涛声，共唱心船歌。

注：①②安泰，希腊神话中大力神，大地之子。

③南湖有烟雨楼，七月一日为党的生日。

（一九九二年初稿，一九九七年十月修订）

故乡行（十一首选九）

一九八七年秋，心载京中数月所感而偶有故乡山东之行。几年来见喜、见忧，心绪繁纷，尤以此番为最。此行数日内，或应人索题，或情不自已，匆促间草成"打油"多首。见之者问何不发表？我以"诗无律而思有邪，不敢广为示人"答之。实则诗无律事小而思有邪事大，因反资产阶级自由化又一次夭折，身处当时境遇，不得不避免又送"辫子"，再遭谣诼，以致又牵连其他同志也。

两年半之后今日，情况已远非昔比。《东风》副刊多次催稿，久却不恭，

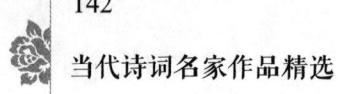

现将此旧稿重新抄出勉为应命。但不知为往事之点滴记忆,还值得读者一顾否?

济南会友

泉城多真水①,历下少虚情②。

故人故心在,故乡问征程。

注:①②济南市处历山下,向称"泉城",传有七十二名泉,市内自来水源多直接取自泉水。

应大明湖索题

湖想稼轩北固楼①,泉思易安舴艋舟②。

唯愿二杰愁写尽,从今鲁歌无隐忧。

注:①南宋大词人辛弃疾为济南市人。大明湖南岸遐园西北,一九六一年建辛弃疾纪念祠。弃疾号稼轩,有句:"何处望神州?满眼风光北固楼。"

②李清照号易安居士,其词《武陵春》中有句:"只恐双溪舴艋舟,载不动许多愁。"

曲阜夜

思接千载抚鲁壁①,心游万仞攀岱峰②。

往事如涛曲阜夜,起听新歌《大道行》③。

注:①鲁壁即孔子宅壁。据《汉书·艺文志》载,汉武帝时鲁恭王从壁中掘出古文经书多种,推论为避秦火所藏。清以后的学者多有怀疑此事者。

②岱峰,泰山之峰。

③参观曲阜后宿孔府旧址,久不能寐。起看电视播映山东艺术节舞剧《孔子畅想曲》。该剧以《礼记·礼运》篇"大道之行也,天下为公"全文为主题歌。

登泰山南天门即景[①]

此境天生抑人生？相遇竟在不遇中。

月观峰上观落日，日观峰下逢月升。

注：①时值中秋节前二日，登上南天门时恰见日、月正东、西相望。

天街纪事[①]

飞车如霞人似仙，天街邂逅众声欢。

暗云何能损岱岳？到此亲眼识泰山。

注：①乘空中缆车登南天门后，步行至碧霞洞，此段名"天街"。各路游人多会经此处再攀岱顶。

登岱顶赞泰山

几番沉海底，万古立不移。

岱守自挥毫[①]，顶天写真诗。

注：①岱宗即泰山，古以为诸山所宗。

岱顶夜骤寒

身似归云眠岱顶，不测夜寒骤起风。

难阻日观峰上去，纵目万里海浪中。

日观峰上

望岳偏遇望人松[①]，观日却上日观峰。

青松红日对我望，齐报骨坚心透明。

注：①"望人松"在五松亭西侧山坡上。

寻辛弃疾旧踪

南奔有志岱峰壮，北归无期灵岩哀①。

今寻幼安擒叛地，午梦点兵呼我来。

注：①辛弃疾参加耿京的抗金起义军，根据地即在灵岩至泰山一带。耿京被叛徒张安国所害。辛弃疾勇擒叛徒，南奔于宋。不意竟被宋廷嫉斥，空怀恢复之志而终老江南。

②辛弃疾字幼安。其《破阵子》一词，写醉中忆昔在抗金军中之战斗豪情，有"沙场秋点兵"句。

（一九九〇年二月五日日记）

访石花洞①（二首）

一

北国岩洞无盛名，塞下芦笛万目惊②。

最喜有别桂林处，黄河石涛自家风③。

注：①在北京市远郊房山区山中，旧名"潜真洞"。一九八七年国庆节，经整修后开放。

②指桂林最佳岩洞芦笛岩。

③石花洞内有巨大石幔如黄河怒涛，景观取名"黄河之水天上来"。

二

欲探真美入下层①，地心深与人心同。

谁道劫中尽失落？寻到此处便相逢。

注：①石花洞甚深，景观有多层，愈下愈佳。

（一九八七年十月二十三日）

再访桂林（四首）

再游芦笛岩

看尽乱云数尽山，洞天终信在人间。
芦笛声唤寻者人，逐水桃花自无缘[①]。

注：①芦笛岩洞外有桃花江流过，夹岸有桃树。

兴坪联欢[①]

兴坪渔火连篝火，一夜新歌接旧歌。
二十九年情与梦[②]，漓江小友知心多。

注：①兴坪，为漓江自桂林至阳朔段内风景最佳处。此次来桂林，参加诗配乐电视风光片《桂林山水歌》拍摄，东道主安排与桂林青年诗友和歌手在此联欢。

②拙作《桂林山水歌》一九五九年写成至一九八八年已二十九年。

阳朔风景[①]

东郎西郎江边望，大姑小姑秋波长。
望穿青峰成明月，诗仙卓笔写月光。

注：①东郎山、西郎山、大姑山、小（玉）姑山、明月山、卓笔峰，均为阳朔境内漓水两岸之风景点。卓笔峰相传为李白之笔所化，实则李白未来过此地。

登伏波山

漓江醉我，对景当歌。
水思分湘[①]，山忆伏波[②]。

江山再画，巨笔重握。

往矣昔人，壮哉来者！

注：①见前《重访桂林·访灵渠》注。

②指汉伏波将军马援。

（一九八八年四月）

四园诗①（四首）

一

燎原星火似重现，忽作银河倾碧天。

诗入奇境知何处？我乡枣庄石榴园②。

注：①此诗四段，每段结尾均为"园"字。

②枣庄市万亩石榴园在峄城区，史载始自汉代。作者为峄县（现峄城区）人，前诗《故乡行》指省籍。

二

花焰光透匡衡壁①，籽液甘涌贾氏泉②。

繁叶万顷根千载，遍阅九州唯此园。

注：①榴园南区谈村有汉代经学家、政治家匡衡墓。史载其家贫好学，曾凿壁偷光夜读。

②榴园内有贾泉，明代著名文士贾三近在泉边石上题字。（一派学者考证认为贾三近为《金瓶梅》作者。）

三

秋风未闻寂寞吧，春光自持无媚颜。

君怀殷红粒粒籽，剖心待我园中园①。

注：①"园中园"在大石榴园中心。

四

共叙河山腾飞愿，谁听改色变蔚蓝①？
榴花尽染先烈血，熠熠红旗识故园。

注：①时电视片《河殇》反复播放，鼓吹"全盘西化"，以西方所谓"蔚蓝色文明"取代民族文化和社会主义制度。

（一九八八年秋）

云南行（五首选三）

登大观楼①

入怀滇池四海水，骋目大观天下楼。
西山美人睡应醒②，拓东英雄未白头③。

注：①大观楼在昆明市滇池畔。
②西山风景名胜区在昆明市区，山势状如睡美人。
③昆明古为拓东城。南诏时期置有拓东节度。

楚雄夜话①

应燃火把照征程②，勿损马樱花泪红③。
齐问文苑今何往？楚雄夜听万民声。

注：①与楚雄彝族自治州各方面同志座谈，听到对文艺工作意见，呼声强烈。
②③座谈中观看彝族火把节实况及舞剧《咪依噜》录像，"马樱花"为该剧中主角。

访大理

苍山惊我如山在,洱海赠我耳似海。
此生念念寻大理,心泉终信万蝶来。

(一九八九年三月)

游老龙头①

千劫河未殇,万代城不朽。
猛志越山海,伟哉老龙头!

注:①老龙头为山海关长城尽头,城堞碉楼入渤海波涛中。

(一九八九年七月)

笑说铁观音

一九九二年为毛泽东同志《在延安座谈会上的讲话》发表五十周年,全国各地举行纪念活动。"五·二三"当日我在浙江湖州,参观当地群众举办之纪念展览。展地在湖州铁佛寺内,大殿中有铸于宋代著名铁观音像。

老兵延河子,铁佛观世音:
今日五二三,江南见此君。
觉君净瓶浅,难贮我情深。
笑君空五内,何怪我铁心!

(一九九二年五月二十三日)

川北行（二十首选八）

抗日战争初期，我离开家乡山东流亡大后方，于一九三八年底入四川，沿川北古金牛蜀道，经广元、剑门关、剑阁到达梓潼止留。一九四〇年由此北上，经原路奔赴延安。五十三年后的一九九三年秋，沿此线重访川北故地，并顺游九寨沟，又访江油李白故里。

咏广元（四章）

一

北去过此忆半世，广元新颜惊不识。
红军碑林红军渡，巴山泪雨诉情思。

二

皇泽寺下则天坝①，嘉陵江畔花竞发。
乘舟踏浪举头望，新凤飞出明月峡②！

注：①皇泽寺在广元市郊嘉陵江边，唐时由川主庙改建，有女皇武则天石雕像。不远有白沙里，后称则天坝。

②一九八八年广元市中心凤凰山上新建凤凰楼，高四十二米，风格新颖，振翼欲飞。明月峡在广元市北嘉陵江岸，有古栈道，为自北入川之著名险关。

三

千山开放万壑改，长街远出旧关隘。
五丁开道励新世①，负力失国警后来②。

注：①据史载与民间传说：秦时蜀王遣勇士"五丁"劈山开道，北与秦通。缘此，陕南宁强县境内有五丁峡、五丁关。

②川陕间此古道称"金牛道"。传说秦惠王为灭蜀计，以石牛粪金并美女诱蜀王。蜀王负力沉溺财色，国衰被灭。

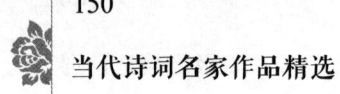

四

南江新岸楼外楼[1]，红颜红心慰白头。

共话文明双飞翼，喜望利州亦义州[2]！

注：[1]广元市区位于嘉陵江与南江交汇处。近年建设以南江沿岸为重点，广厦重楼，其中有广元大学、市图书馆、影院、体育场等文教设施。

[2]广元古称利州。

游九寨沟（四章）

一

白水江源岷山首，神州此处有"神州"。

九寨风光谁异议？瑶池三山俱点头[1]。

注：[1]西天王母瑶池和东海三神山（蓬莱、瀛洲、方壶）为神话中之"仙境"。

二

银峰雪谷会众神，重海叠瀑醉客心。

我行步步白发减，彩池一照少年身[1]！

注：[1]五彩池，为九寨沟最绚美之景观。

三

何境尽消魂中垢？何域遍呈心中幽？

梦耶幻耶今曾见，此山此水九寨沟！

四

西望未远红军过[1]，曾如九寨缚妖魔[2]。

诺日朗念"千里雪"[3]，万瀑竞和长征歌！

注：[1]九寨沟西不远为松潘草地，一九三五年红一、四方面军会合后继续长征时经过。当年九月中央"俄界会议"及一九三六年一月的中央决定，对长征中分裂中央、实行逃跑路线和后来叛变革命的张国焘进行了有效斗争。

②九寨沟有一山名魔鬼山，传说为一被降伏之妖魔化成。

③诺日朗为九寨沟最著名的大瀑布群。又毛泽东《七律·长征》："更喜岷山千里雪，三军过后尽开颜。"

（一九九三年）

百年纪念

纪念毛泽东同志诞生一百周年，应陕西延安精神研究会嘱题。

百年改天地，三代察废兴。

四海风云变，更思东方红。

（一九九三年十二月）

咏黄果树瀑布

为天申永志，为地吐豪情。

我观黄果瀑，浩荡共心声。

怒水千丈下，破险万里征。

谁悲朱前跟，长流终向东①。

注：①瀑布水下注打帮河，汇入北盘江，曲折南下红水河，再入广东西江，东向入海。

（一九九七年十月）

题茅台诗会（二首）[①]

一

香漫九州溢四海，依然好酒数茅台。
新篇诗颂真国酒，酒魂诗魂两无猜。

二

酒节酒都会诗才，缘酒论诗各抒怀。
深采民间源泉水，酿出诗中茅台来。

注：①与柯岩合作。

（一九九八年九月四日）

致魏巍同志（三首）

一

群山巍巍耸群峰，魏巍矗立势峥嵘。
百年人民文学史，君在亿万民心中。

二

太行红杨上甘松[①]，东方破晓击晨钟。
世纪问答谁可爱？笔绘地球飘带红[②]。

注：①魏巍在太行山时期用笔名"红杨树"。
②指魏巍名作《东方》《谁是最可爱的人》及《地球的红飘带》。

三

清流几见浊流涌，夕阳翻作朝阳升。

我访三门遥致敬，中流砥柱思君容。

（一九九八年九月二十日于三门峡）

鄂西北纪行（五首选三）

过古隆中诸葛庐

偶行荆襄道，此山感兴多[①]。

示究两南阳[②]，但念一诸葛。

天末战云近，隆中新对何[③]？

司马识空城，勿嗔老军耻[④]。

注：①②隆中山在襄阳县西，古属南阳郡。另，河南省南阳县古有卧龙冈，相传为诸葛亮躬耕处，《辞海》中有解。

③诸葛亮出山前向刘备提出发展战略，史称《隆中对》。

④京剧《空城计》诸葛亮对老军唱词中原有："国家事不需要你等关心"。

登武当山

七十二峰朝天柱[①]，曾闻一峰独说不[②]。

我登武当看倔峰[③]，背身昂首云横处。

注：①武当山有七十二峰，最高者为天柱峰，上有太和宫、金殿。

②③在天柱峰东南，俗称"犟山"或"倔峰"，又名"外朝山"。

访神农架

神农招访神农架，燕子邀客燕子垭[①]。

天桥飞跨似泸定②,一览万山听步伐。

注:①燕子垭,在神农架原始森林红坪风景区,海拔二千二百米,旁为燕子洞,常年有大量特异金丝燕栖息。

②泸定桥,四川泸定县大渡河上之铁索桥,一九三五年五月红军长征途中强渡此桥。

(一九九九年)

闽南行(五首选二)

乌石荔枝园①

酒未成仙愧饮人,何物甘我忽如神?

结缘乌石树枝树,敢为四海解苦辛。

注:①福建漳浦乌石镇所产荔枝品质优良,海内外闻名。

漳州南山寺

似见影,如闻声。思危寻陶铸①,居安警陈邕②。漳州南山寺,钟鸣向几重?如闻声,似见影。痛思陶铸殒,惊见陈邕升。天高阴霾重,谁击南山钟?

注:①一九二九年至一九三三年,陶铸先后任福建省委书记、漳州特委书记,组织领导了厦门越狱斗争,建立了闽南游击队和闽东人民武装力量。在此期间,漳州南山寺为其隐蔽活动的据点之一。

②《漳州府志》载,唐开元年间太傅陈邕在家乡漳州南山建私宅,规模宏大仿皇宫,被人告他僭越之罪,其女谏改为寺院,即南山寺。

(一九九九年)

记杭州孟庄创作之家①

处处思乡处处乡,杭州最忆是孟庄。

灵隐入"家"家人在,"三生"归来茶未凉。

注:①"家"在灵隐寺旁孟庄,我住此疗养时,常到不远处之"三生石"下晨练,于此每每触发不禁之遐思。

观张文俊巨幅山水

天地若怀怀天地,江山如画画江山。

文俊巨笔指万里,催人长征再开颜①。

注:①毛泽东诗《长征》:"三军过后尽开颜。"

(二〇〇〇年九月)

游黄山感怀

2014年我年近九旬,入春一场病后,蒙友人相助,于5月15日起赴徽地疗养,乃有平生第一次黄山二日之游。

神游黄山境,真见迎客松。问我何方来?万里思征程。延水育年少,今成九旬翁。百惭一自豪,未负始信峰①。宝塔山下路,同道偕壮行。云海任变幻,天都②继攀登。

注:①始信峰,黄山群峰之一,明代黄习远游至此,故信黄山大美其绝,故以"始信峰"名之。

②天都峰,黄山主峰之一。

(二〇一四年五月)

贺敬之自选诗论

贺中华诗词学会成立

林林、周一萍同志：

　　欣逢中华诗词学会成立，谨致贺忱！

　　继承我国汉语古典诗词的优良传统，运用并发展这种诗体、诗律和诗艺，以表现新时代的新诗情，这不仅是可能的，而且是可以产生伟大诗篇和伟大诗人的。这已经为"五四"以来直到今天的实践所证明。在今天，许多佳作不仅受到广大老年和中年读者的欢迎，而且也受到不少青少年读者的欢迎。因此，在我们大力提倡和发展新体诗的同时，应当支持并开展对古典诗词的理论研究工作和用古典诗体和词体反映新内容的创作工作。这是发展社会主义的民族的诗歌艺术的必不可缺少的一部分，是促进诗歌百花齐放的重要一环；因而这对于建设具有中国特色的社会主义文艺是有重要意义的。以上浅见，不知当否？敬请教正。

　　我因出国访问，不能参加学会成立大会，失去向各位前辈和诗友学习的宝贵机会，十分遗憾。

　　此致

　　敬礼！

贺敬之
一九八七年五月二十四日

《贺敬之诗书集》自序

我从学写新诗以来，在形式方面曾作过各种尝试和探索，其中包括对我国旧体诗词的某些因素和特点的借鉴与吸收。二十世纪六十年代以后，特别是近十多年以来，除在新诗写作中继续这样做以外，我还直接采用长短五、七言形式写了一些古体诗。收进这本集子的这些篇章，就是从这些年所作之中选出来的。

旧体诗对我之所以有吸引力，除去内容的因素之外，还在于形式上和表现方法上的优长之处，特别是它的高度凝练和适应民族语言规律的格律特点。无数前人的成功作品已经证明运用这种诗体所达到的高度艺术表现力和高度形式美。不过，同时也正由于它诗律严格，所用的书面语言与现代口语距离较大；因此，能熟练地掌握这种形式，得心应手地写出表现新生活内容的真正好诗来，是颇不容易的。特别是对才疏学浅的我来说，更是如此。

那么，作为一个原本是写新诗的人，我为什么要作这种力所难及的尝试呢？回顾起来，这不仅是由于旧体诗词在今天仍有众多作者和广大读者这一事实的启示，还由于自近代迄今已经出现的写旧体诗词的许多大诗人和许多成功作品的鼓舞。此外，自然也由于我从自己的尝试中也多少获得一点粗浅体会。约略言之，就是：旧体诗固然有文字过雅、格律过严，致使形式束缚内容的一面；但如果不过分拘泥于旧律而略有放宽的话，它对表现新的生活内容还是有一定适应性的。不仅如此，对某些特定题材或某些特定的写作条件来说，还有其优越性的一面。前者例如，从现实生活中引发历史感的某些人、事、景、物之类；后者例如，在某些场合，特别需要发挥形式的反作用，即选用合适的较固定的体式，以便较易地凝聚诗情并较快地出句成章。

所谓"合适的较固定的体式",对我来说,就是这个集子里用的这种或长或短,或五言或七言的近于古体歌行的体式,而不是近体的律诗或绝句。这样,自然无须严格遵守近体诗关于字、韵、对仗,特别是平仄声律的某些规定,这是不言自明的。但由于人们往往不区分古体与近体,特别是对四句或八句的古体和近体不加区分,一概按近体的律诗或绝句的格律来要求。为此,我曾几次借集内某诗发表之机说明是"不拘旧律",甚至还说过我是"诗无律"(见《故乡行》小序)。其实这原可不必,并且这样说也是不够准确的。因为,这些诗不仅都是节拍(字)整齐,严格押韵(用现代汉语标准语音),同时还有部分律句、律联。就平仄声律要求来说,绝大多数对句的韵脚都押平声韵(不避"三平"),除首句以外的出句尾字大都是仄声(不避"上尾")。因此,至少和古代的古体诗一样,不能说它是"无律"即无任何格律,只不过是不同于近体诗的严律而属于宽律罢了。

一九八八年发表《游长白山天池短歌》时,我在前言中曾说:

关于运用旧体诗词形式写作是否必须绝对沿守旧格律,近年来有歧义。创作中的实际情况,有许多作者现在多已不再严遵旧律。从文学史上看,自唐代近体格律诗形成后,历代仍有许多名诗人的名作不尽遵律。对此,有识之士未予诟病,亦有以"古绝""散绝"称之者。因此,对我们今天来说,我以为遵律严者固佳,不尽遵律者也应有一席之地。

现在,在这里还可以作一些补充:一、就平仄声律来说,由于历史发展造成的语言变化,按照现代汉语语音来读古典诗词,已有不少不能谐和之处。相反,如运用现代诗歌朗诵技巧来处理,不仅这些诗,别的不讲求平仄声律的诗,也都是可以读出抑扬、轻重、长短,以及相互的配合,从而达到声调和谐的效果的。二、就格律从严要求的本身来说,也是需要并可能根据生活和语言的变化而加以发展的。格律的形式美,不仅来自整齐,也可来自参差;不仅来自抑扬相异的交替,也可来自抑扬相同的对峙;不仅来自单式的小回坏,也可来自复式的大回环,如此等等。因此,不仅对古体诗,即使是对近体诗来说，也是可以在句、韵、对仗，以及平仄声律等诸方面进一步发现新的规律，以改变并发展原有的格律，而不应永远一成不变的。

当然，首要的问题还是在于内容，在于形式和内容的协调一致。这对包括格律诗在内的任何艺术都是一样的。判断一首旧体诗的优劣高下，不能只是形式方面要求的诗律，还必须要有从思想内容方面所要求的诗思、诗情；更必须要有使这种诗思、诗情得以艺术地显现的诗意；这才有可能从内容到形式做到整体表现的诗味。这些关于诗思、请情、诗意和诗味的话，也许已经是老生常谈了，但我以为却是不应不谈的。而正是在这重要的方面使我感到惭愧。因为，这本集子里的这些东西实在是水平不高，可以说大部分都是诗思不深、诗味不醇的粗陋之作，是不敢轻易与读者和方家见面的。因此，它们中的大部分都被长期抛置而未曾发表。

现在，我之所以终不揣浅陋竟将它们结集付梓，除去由于几家出版社，特别是中国文联出版公司同志的鼓励之下，毋庸讳言，也还因为自己略有敝帚自珍之意。这就是：它们从某一侧面、某一片段多少反映了若干年来，特别是这十多年来我的某些经历，多少记录了我在这段历史大变革时期某些方面的所见、所感、所思，从而多少显现了一丝半缕的时代折光。尽管它们思想艺术质量都不高，但比起以往来，我更为自觉地注意到不仅见喜，也要见忧；不仅见此，也要见彼。尽管所见不广，所感不深，所思不远，特别是能表现出来的不过一鳞半爪，但却是来自真实、出自真心的，即大家常说的"真情实感"。同时，其中既有我之所思，也就不能不有我之所信。就这一点来说，现在回头来看，尚觉思无甚谬，信无稍移。这正如集内一诗中所道："一滴敢报江海信，百折再看高潮来！"

序末，附带再说一事，此集收进我毛笔自书原诗若干篇，是为诗、书合集。这样做，我曾犹豫再三。因我虽素喜书法，但始终未曾入门。只是想到也许可作调剂版面之用，才勉强鼓起了勇气。倘若因此而反使读者不快，即除诗拙外又添字拙，那就更需敬请读者和方家批评指正了。

一九九三年四月八日

《贺敬之诗书二集》自序

一九九六年中国文联出版公司出版的《贺敬之诗书集》，是我的第一本古体诗歌创作和书法作品的合集，是从一九六二年至一九九三年期间所作之中选出的。现在的这一本是它的续集，其中除一小部分是一九九四年以前未收入上一集的以外，大部分是自一九九四年至今所作。有些篇章曾在近几年来的报刊上发表过，多数则未曾面世。

在上一本《贺敬之诗书集》的自序中，关于我为什么要尝试写古体诗，特别是为什么要采用自己的这种写法，其中包括对声律的变通运用，我都较为详尽地陈述了自己的浅见（此序文曾被多处转载）。现在续编的这一本，总体上仍然是延续先前的看法和写法，故而在此序中不再赘述。

但有一点想略作补充说明。前一本所有各篇都是采用整齐的五、七言（个别有四言）句式，按传统说法是归于"诗"的体裁范围。而这一本却有几篇是采用长短句，即按传统说法应属于"词"或"曲"的一类。其中如《咏南湖船》《怀海涅》两首篇幅较长，接近古之所谓"长调"。不过，不论篇幅大小，都不是"填词"，即按古词牌或曲牌的格式填写，而是仿效古人"自度曲（词）"和今人"自由曲（词）"的写法，即自由地变换字数、灵活地运用长短句式，同时也不受篇幅长短的限制。对于这样做，诗友们认为按照传统诗、词、曲的分类，已不宜再叫它"新古体诗"，而应称之为"新古体词（曲）"了。但照我个人想来，这二者都是我不成熟的尝试，实在当不起赋予什么正式"称号"的。我之所以想这样写，主要还是内容的需要。由于感到词、曲这一形式，除去它的自由度较大外，还在于它易于造成某种特殊的语感、节奏、气氛和情势，有利于表现具有某种特殊意味的某些特定的内容。

而从艺术本质上说，这二者都应属于诗的一类。由此，这本续集仍像上一本一样，尽管自知思想和艺术的质量仍然不高，而仅就大的体裁归类来说仍可用"诗书集"（二集）字样，不再另起新的书名。

我正式公开发表的古体诗作品一九九二年的《富春江散歌》（二十六章），当时曾受到刘征、贾漫、杨子敏、杨金亭等同志的鼓励。第一本《贺敬之诗书集》出版前后，陆续有吴奔星前辈及其他许多同志给予支持和指点，使我在感激的同时深感自己的不足。有的评论指出的缺点之一是用典过多和注释太繁，这是在细微处给我的帮助，也是我同样应当感谢的。

如何解决好在表现现实生活的诗词中用典的问题，这对我来说，的确是应当进一步学习，甚至可以说是需要从头学起的。上世纪八十年代初，在我向臧克家前辈讨教的交谈和通信中，我多次谈到他写的旧体诗生活气息浓郁，语言朴实而警策，诗意深刻而诗味隽永。相比之下，看到有的作者在作品中常用很多典故甚至僻典却不能使我在内容上有深切感受，因而对此颇不以为然，有时竟情绪化地表示过对用典一概不能接受。但是，在随后的几年中，经过进一步学习，特别是结合自己尝试写古体诗的实践，才感到不应如此，而当取深入研读、加以分析的科学态度。

诗，特别是抒情诗，其内容特点当然是以情为主。但情之所生和思之所出是离不开景、境、物、事和人的引发的。对于表现新生活内容的抒情诗来说，当然应当以抒写对现实生活的映像和感受为主。但现实生活是由历史生活发展变化而来的，感受现实不可避免地有时也会因感今而忆往，由抚今而追昔，以古往的历史轨迹、经验教训、精神和智慧等作为感今、鉴今的重要资源之一，作为激发诗情诗思的重要触媒之一。这是从古诗传统和今诗经验中都可证明其不谬的。何况在现实生活中，特别是在历史悠久的中国大地上，不仅留有丰富的典籍和口碑，还有着无数珍贵的历史文化的实物遗存（古迹、名胜、馆藏等等），它们发挥着唤起民族记忆以推动现实发展的作用，一定意义上也成为现实生活的一个组成部分。因此毫无疑问也就必然会是诗人关注的抒写对象之一。作品只要不是误用或机械地搬用典故、旧事和古语，不是如古人所忌的"獭祭""饾饤"式的堆砌障目，自然也就不应像前述我那样的不以为然。

然而，对于我来说，认识有所提高之后如何落实到创作上却绝非易事。因此多年来在这个问题上总是感到把握不大，心自存疑。直到前年我在写《访平顶山》的一组诗中，第一首一连引用和化用了七八个出于当地的历史掌故，就写作当时的所感所思而言是不能不如此的，但写出发表后却感到十分惶恐，不知道这样做是否妥当。因此，连同其他作品和其他方面一起，我一直期待着和寻求着读者及诗友们的批评指正。

与此相联系，还有注释嫌繁的问题。早有诗友提醒过，注释条目过多或注释文字过繁都会使读者感到吃力甚至会厌烦。为此，我曾考虑过大加删削甚至绝大部分根本不加注释。但后来却不能不又想到，这样做对于阅读水平较高的读者是可行的，而对于文史知识和鉴赏水平不高的读者来说则未必适当。古代的许多诗集在问世当时或以后陆续都有许多注释本随之而来，恐怕也是由于考虑到这一点的吧。总之，究竟如何是好，还是期待方家和读者在各方面给予指点。

再说一遍：我需要进一步学习，需要再一次从头学起。

贺敬之

二〇〇四年二月十七日

《新船歌集》自序

二〇〇四年年底，作家出版社为我出版了拙作六卷本的《贺敬之文集》，第二卷为《新古体诗书卷》，其中包括《贺敬之诗书集》和《贺敬之诗书二集》两部分。前者曾于一九九六年由中国文联出版公司出版，后者未曾作为单行本面世。此次由线装书局出版的这本《心船歌集贺敬之新古体诗选》，则是从这两个部分中删除书法后选出来的。

此次将书名冠以《心船歌集》，取意于集内《咏南湖船》一诗中结句："烟雨楼上，听万里涛声，共唱心船歌。"

我原本是写新诗的，虽曾在新诗范围内作过某些不同形式的探索，但尝试写这种现已被大家所通称的"新古体诗"则是很晚的事，主要是在新时期开始后。我为什么要这样做？这在我先后为《贺敬之诗书集》和《贺敬之诗书二集》所写自序中有所说明，现作为附录收入本集中，这里不再赘述。

另有一篇我写给中华诗词学会成立的贺信，信中简略地表达了对古典诗词继承和发展的看法，和上述两篇自序的意思是一致的，也一并收入附录中以备参考。

几年来，我的这类质量不高的诗作和有关的浅见，曾受到过专家和读者的支持和鼓励，同时也受到过质疑和否定。不论是何者都给予我可贵的启示和教益。我虽属耄耋之年，但只要微力尚存，必将继续学习。

感谢线装书局出版这本集子，使我得以借此再次向读者和专家求教。

贺敬之
二〇一一年七月一日

丁芒自选诗词曲

一、绝句

石桥暮归

南石桥高挹落霞,苍茫寺角晚烟斜。
暮钟撞碎轻波月,邀得清风到我家。
(15岁作)

湘西金鞭溪

金鞭岩下金鞭溪,云溅笑颜水溅衣。
微雨添蓝苔入石,泉声一路到潭西。

西安碑林

黑雷拥压气如山，笔力崩腾彩阁间。
我自千碑丛里过，铮琮满耳尽波澜。

兰州掬月泉

月在泉中泉在手，掬将水月随侬走。
金花散瓣落深杯，溶得新圆香入口。

阳关夕照

苍茫古堡立新秋，满目焦云锁圮楼。
回望阳关斜照里，吟鞭指处是凉州。

丝绸之路

古道西风走远天，汉唐锐意竞开边。
丝绸一缕赠春去，博得香飞亿万年。

严陵钓台中秋夜

追月彩云照钓滩，澄江似练独依栏。
箫声何处因风至，一缕轻烟出浅山。

赠扬州踏青诗社

三月阳春好踏青,纤纤细草触风生。
岸边谁染江波绿,都是寻诗觅画人。

咏长城

群山锁起供磨刀,砺我中华剑气豪。
枕畔千年风雨夜,城头十万马萧萧。

江南诗山

岩是锦章花是句,诗如彩瓦列罗帏。
名山天下当千百,唯有敬亭挟韵飞。

敬亭湖

敬亭水泊柳如梳,画艇烟桥远近浮。
纵是秋来风景异,一林鸟语泻成湖。

浙江平湖西瓜灯会

雕碧为灯别样工,平湖风韵忒玲珑。
满街青影徘徊里,一袭琴箫入梦红。

为《女子诗词选》题词

玉骨冰肌入韵浓,铁枝疏影颇凌风。
古今才女半天下,一卷收来万朵红。

赠一退休干部

告别官场得自由,清风满袖度金秋。
一生未做亏心事,夜夜欢歌梦里浮。

桃花潭怀李白

君别汪伦我忆君,千年潭水见深情。
同声共唱人间好,颊染桃花天放晴。

春探苗乡(二首)

心随天籁去探花,五月晴风绿正哗。
三道品茶人已醉,笙箫满耳是谁家?

入耳潺潺绿正流,苗山轻雾绕窗浮。
虫声伴我寻诗韵,心逐芦笙上小楼。

北海滩拾石

千年磷藻今沉碧,日日潮来浪竞奔。
奇石掌中开妙悟,携归一座小乾坤。

致灵山海防战士(选二)

一岛如钉镇版图,水灵山上举枪呼:
我因祖国守疆海,风雨平生好结庐。

百里海疆一望收,惊涛恶雨伴春秋。
只因世上多风浪,我以铁锚定沉浮。

二、律诗

媚香楼即兴

方辞桃叶渡，又赏媚香楼。
幽兰迎客放，溪水载诗流。
朱色渲新阁，清波恋古舟。
秦淮今再造，一扫百年愁。

诗 箴

诗非下酒菜，入世始称优。
泪眼收民瘼，焚心计国忧。
思深境乃阔，情极句方遒。
一字三吟得，何妨早白头。

广德竹海

眼系青鹰翼，波涛万里行。
浪随山脊涌，风逐海声轻。
春雾翳晴影，秋氛滴露鸣。
潜身入冷翠，不觉已冰心。

为马立祥画《幽谷晨曲》题

曙色临幽谷，朦胧发紫烟。
微风抒绿羽，轻露湿红笺。
探笑花延颈，试声鸟啄弦。
谁裁霞一朵，化蝶舞翩翩。

《中大校友诗选》首发式即兴

回首百年雨，一招万里风。
故园张大宴，诗史录群雄。
意寄三山外，韵涵四海中。
国家已入世，吟魄更飞红。

九溪秋游

双车直指秋山道,落叶追风到处飞。
龙井清泉凉入齿,狮峰湿雾绿沾衣。
九溪水瘦流红去,十八涧深载冷回。
读罢文章惊回顾,漫天细雨正霏霏。

随 感

胸罗四海气如山,壮岁风华指顾间。
两脚量天游万里,一肩载月度千关。
梦飞弹雨燃心热,神着刀光照胆寒。
阅尽沧桑人未老,丹忱似水自潺湲。

坚持苏北敌后

敌军压境沉沉黑,破雾穿云一线红。
闯路机枪呼急雨,攻城大炮震秋风。
纵横战道通千里,壁立寒村怒百峰。
游击战争方一载,烧牛火阵已熊熊。

淮海战役回顾

雪压中原古战场，蒋家残局近昏黄。
援军覆没双堆集，右臂摧丧大碾庄。
蔽野饿尸填瘠壤，满沟污血结浓霜。
包围圈里残存者，喜见红旗泪万行。

繁昌渡江战

雄师直薄大江旁，战罢梁山小麦黄。
明月张灯悬野渡，长风挥策着帆樯。
神州雷动洪波鼓，青史辉煌炮火光。
才饮中流三掬水，前锋已报下繁昌。

从军乐

投身革命乐无穷，历尽艰辛意自雄。
荒岭暮炊锅底月，沙原晓逐马蹄风。
沁心水冷青溪路，催梦泥香峭壁松。
最是奇花开夜景，万千炮火映天红。

十人桥

云飞陇海起狂飙，桂系"王牌"气已凋。
断渡惊焚群鼠胆，凌河怒立十人桥。
酸风射眼无回顾，恶浪摧身不动摇。
万马千军肩上过，碾庄遥望火如潮。

苏州河北

苏州河北暗云浮，落叶秋风一片愁。
几个高官天上滚，万千部属釜中游。
从来未厌金条重，此际翻嫌太太稠。
抢上轮船方喊佛，谁知炮火又兜头。

黄山写意

岂敢为诗甘守拙，欲从云雾乞空灵。
先攀悬壁三千级，再数飞流万片金。
远岛沉浮腾海沫，高松呼吸作天声。
吾今始得黄山意，实在虚中更有神。

水田行军

人踏水田影踏天，流云缝里缀花边。
风吹凉气唏嘘湿，日照晴光俯仰眩。
路滑耸身作鹤舞，沟宽联臂学鹰旋。
时闻哗笑相踵起，小鬼犀泥跌下田。

张家界

云绕深溪雾绕峰，湘西夏日绿偏浓。
青岩紫草吹鱼浪，黄石丹砂拂鹰风。
罗汉金鞭挥落日，古枫幽径醉秋红。
人生不到张家界，百岁何能叫老翁。

注：此诗刻碑，立于张家界大门内侧。

述怀（二首）

花甲区区未足奇，关山回首却嘘唏。
挥戈未悔匡时志，废弃犹吟战斗诗。
壮岁两番偏忍死，老来一愿化为泥。
能扶青竹千竿翠，既慰江山又慰妻。

江浒海陬渺一沤，妄图蘸笔染春秋。
虽蒙炮火留残命，终付斗争作楚囚。
几句真词常感戴，一椽陋室亦公侯。
平生恶运当头罩，反使泪珠不惯流。

游九曲溪

三十六峰争泼绿，溶成九曲碧琉璃。
冲滩碎影飞空细，送筏轻歌掠水低。
神话弥天开妙悟，遐思得象启玄机。
收来十里罗纹纸，写尽胸中半日奇。

注：程千帆教授言此诗气象宏丽，当即书以石刻，并作诗跋。

敢把春风自剪裁

江外轻雷江上雨，催人放眼逐波来。
冷亭香橘铭心醉，沧海奇葩入梦开。
腕底龙蛇腾急浪，胸中寒暑尽飞埃。
大千在握今酬志，敢把东风自剪裁。

感咏浦口珍珠泉

定山老蚌沉潭久，日日珍珠作泪抛。
古藻千行摇碎碧，鲜苔万缕织琼瑶。
鱼轩杯冷残年梦，龙吻影飞现世潮。
愿此真情常泼洒，人间装点更妖娆。

岂惯无聊白发吟

砍去年华不复寻,童心未泯却堪惊。
诗魔敲骨情犹在,文狱焚身气早平。
马后虽无人放炮,牛前且顾自弹琴。
物昂名贱催余老,岂惯无聊白发吟。

回收岁月煮残红

平生不惯太从容,漏却韶光岂再逢。
分秒常能萌妙句,瞬间亦可造高峰。
思多如网罗新意,神到飞灵夺巧工。
我欲抛绳牵去日,回收岁月煮残红。

离休吟

离休未必肯离心,满目纷纶尽寄情。
风月无暇挥自去,新诗乘兴爱长吟。
宁为折戟甘沉世,不作弯钩苦钓名。
回首苍茫云上路,健翎未铩已堪惊。

屯溪青影

屯溪青影绕窗流，一篙春风过画楼。
远近飞峦成浅渚，高低爱眼觅盟鸥。
平桥怀月抒长志，小叶题诗散细愁。
未入黄山先沐雨，万般香梦滴心头。

谒蒲松龄故居

一贫如洗满肠肥，留得金刚两剑眉。
夜雨秋风喧白屋，明枪暗箭插荆扉。
高人一等藏真假，入骨三分判是非。
善鬼美狐吾也爱，回眸遍顾是阿谁？

书愤（选五）

一年四季人皆有，唯我平生尽是秋。
亢直未防刀架颈，真诚反惹祸临头。
明枪暗箭家常饭，忍气吞声泪倒流。
最是离休身渐朽，十方优宠尚难休。

尾巴夹紧无人赏，船破犹憎未卷帆。
局守灵畦栽苦竹，操从幽谷蕴香兰。
神驰国事心常热，泪洗余羞唾自干。
却向狂流争苟活，几回灭顶几回还？

曾将名利作戈铤，砍我胸头一寸丹。
革面洗心因讨好，搓圆踏扁供他玩。
廿年夺笔思无悔，两度追魂惜未残。
名利今番成正果，可怜工具变愚顽。

笔力能穿千叠纸，偏无半舌语玲珑。
喉头阻塞如吞炭，肺叶烧焦不透风。
咽唾自知难灭火，折腰献媚竟成龙。
遥看鼠辈登仙去，泪尽荒斋一拙翁。

人生有术亦神仙，八面玲珑会赚钱。
无作作家称一级，正厅厅长只三鞭。
等身"巨著"包咸菜，落魄新诗絮破毡。
盖个沽名钓誉印，笑看纸上冒红烟。

听 雨

征程遇雨寻常事，叶下悠悠侧耳听。
曲膝青荷狂作鼓，擎天红萼笑无声。
霆泉倾盖潺潺泪，肃气挥云历历晴。
慢咽凄风收冷翅，盈怀奔宕有雷鸣。

寄望于《中华诗词》

一片云霓已望来，好花从此有枝开。
春风在握勤吹煦，秋草当途应剪裁。
旧叶肥源根发达，新声润雨韵徘徊。
诗坛高帜张天下，袅袅丝丝也是雷。

溧阳擎天界

擎天界上可擎天，四顾云霞信手牵。
林海苍波腾碧落，龙潭玉色袅银烟。
八方风雨来颔下，百里山河列眼前。
脚底红尘高万丈，开怀一笑越千年。

生平资料托赠南通档案馆

屈指离乡六十年，人生风雨浩无边。
功名得失鸡虫事，长短流飞晓雾烟。
整理灵思耕寸地，集成汗血剖心篇。
忽闻桑梓声声唤，卷起三魂揖馆前。

释人生

人世何能不结庐,境由心造爱由书。
盘餐咸淡随他去,唾沫稀稠任我糊。
跳出利名无敌手,避开牙眼不为输。
高风在抱临天下,那管加减与乘除。

常德诗墙赞

沅江波浪开新酿,十里诗墙说古今。
历代流光凝石语,百年铁血铸哀音。
满堤珠玉腾香韵,附壁龙蛇走壮情。
碧水洗碑浮海去,映天彩句灿如星。

花岩溪

岩上草花醉不收,碧螺旋顶气沉浮。
蝉声穿夏随烟淡,雁影横秋蘸雨稠。
观景台高翔远梦,涉溪水暖却重愁。
压林万羽风吹绿,一笑金陵白鹭洲。

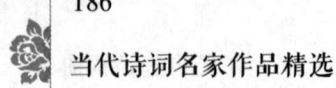

韩愈赞

八代绮靡未足鲜，天街小雨润千年。
构思奇崛开新路，个性张扬独奏弦。
反璞归真非复古，刚柔互济出天然。
韩公格调临当世，也是光芒万丈篇。

注：郑州张世兴出资建韩愈碑林，应邀为诗并书。

自寿诗

拼搏一生力未穷，文章百万敢书空。
稀疏毛发留情在，板直腰身尚顶风。
纵笔畅书邀墨客，摇唇游说起诗雄。
春雷联阵排云上，欲簪老夫一朵红。

乙酉岁末游徐州戏马台冻雨迷蒙有思

破秦已自立丰功，争霸偏和竖子逢。
垓下败亡非战罪，鸿门失算见怀红。
一朝奸狡行天下，岂让愚仁唱大风。
戏马台前飞冻雨，云深难得辨英雄。

丁亥春节寄兴

一年一度独登楼,昂首舒眉对九州。
岁月悠悠江上水,世情汩汩眼中秋。
笑看魅影藏身后,坐拥温情充腹流。
敢问乾坤谁个大?纵横自诩一沙鸥。

纪念抗日战争

云霞拥处忆烽烟,血洗河山恨八年。
流火飞熛吞虎口,奔雷驭电走龙泉。
坎关小袭霜锋紫,绝路围歼浩气玄。
百万英躯填破国,枪挑落日马头悬!

三、古风

人生四吟

直道吟

何必言朝露，人生应有求。千金来复尽，富贵如云浮。众目开衡鉴，品格置一流。尽瘁身以献，行高格自遒。佞幸恃权者，心境却如囚。念吾二三子，相扶幸相猷。谋身以直道，精钢不作钩。宁为牛马瘦，不上顺风楼。

恕道吟

何为耽孤傲，人生如共舟。举头仰白日，奋臂快中流。无私宽膈膜，有志豁明眸。狭路避身揖，康庄已自留。鸡肠易内热，睚眦结千忧。内耗难齐国，楚歌困世囚。谋身宜恕道，一笑泯恩仇。宁吃眼前亏，不作刺儿头。

理解吟

何必言孤诣，人心应互求。肚皮如隔山，处境各千秋。何不畅胸襟，开窗豁亮眸。推心置腹去，沥胆输肝酬。相看血已热，一语泪自流。人间烦恼结，理解释千忧。谋身宜顺达，纤芥弃还休。风帆能相得，奈何独行舟！

奉献吟

何必言得失，人生应有求。生命诚可贵，一死万事休。金钱脱手尽，权力逐浮沤。可怜百年敛，不堪一朝流。价值独长存，毁誉万载留。奉献标高格，索取足贻羞。谋身宜自好，肝胆付寰球。莫道无神鉴，人言鼎千秋。

七十自寿歌

年少但知七十稀，七十临头却自疑。顶发萧疏云犹黑，颊影参差蕴红霓。三遭浩劫气未凋，等闲消受腹背刀。未屈男儿金膝盖，居然阔步到今朝。没齿未忘消化功，心脏加冠一笑逢。最是灵台如活水，滔滔汩汩向笔锋。血写真言酒写诗，甘当外号叫书痴。三无大夫干到底，不扯半边顺风旗。何况知交天下有，得心一语泪双流。苦丁斋里面壁坐，八方风云一望收。朝赏鲜霞暮听竹，诗书适性犹未足。更倡骚坛一路风，传统新潮一齐促。平生只解酿真红，掬心摘肺漉酒工。为向人间奉一醉，自信醇香老愈浓。何处逍遥布衣族，两顿干饭一顿粥。闲来吟唱三两章，神仙不解余之乐。

饮茶歌

人生似一杯，万事恍如水。其中酸辣甜，日日沉肺腑。逗欢将进酒，抒郁酌咖啡。茶水清且纯，独能融百味。一杯润齿颊，香气透脑醉。两杯方入肚，

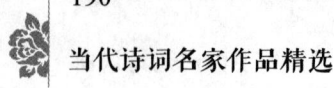

暖意叩心扉。三杯荡回肠，隐隐声如雷。一壶且三续，品透人生味。澄志向明日，轻帆疾似飞。

沙湖之歌

涉遍沙山恨无水，历经巨泊终欠沙。为渚为滩聊慰目，称湖称海且当茶。谁能提取江南水，染绿塞北万顷沙？谁能移动沙万顷，去添江南一抹霞？想是天公欲点化，造个沙湖给人夸。提水移沙成形胜，纵观咫尺已天涯。身沐玄黄思造化，艇飞青碧织蒹葭。扪天有塔云在手，掬水无声玉为花。鸟衔山影牵岚气，鱼啄波痕乱绣霞。雾绕丛苇隐翠岛，沙旋篝火照人家。仰天睡佛讽梵意，守户青鸥信有牙。笑指沙湖作蓝本，童山万里放奇葩。几年开发西疆后，你乘火车我乘槎。

四、词

天仙子·空军（二阕）

日月星辰兜满怀，重云密雾为君开。方惊电击长空外，搜海角，索天涯，又挟风雷逐地来。

朝出巡天雾为裳，暮回基地月添光。欲知两翼何芬芳，白灿灿，亮芒芒，载满山川万里霜。

舞马词·骑兵（三阕）

山高月黑霜浓，林深坡陡谷空。战士巡边夜出，铁骑来去如风。

英雄立马腾飞，长刀劈断斜晖。天外一声霹雳，鞍旁俘得人归。

草原飞雪如刀，帐中塘火正高。只待天明出击，将军夜看马槽。

西江月·太湖

极目烟波浩淼,太湖水势横空。一天日影满湖风,万片鳞光跃动。马岛四蹄腾举,鼋头忽若游龙。澄澜堂下浪花丛,朵朵飞成好梦。

南歌子·西湖晚泛

山暗疑云坠,水红溶夕晖。垂杨轻拂晚风微。且向波纹乱处看霞飞。停桨凭风送,听莺着意啼。蓝桥水树暮烟低,不觉霏霏细雨湿人衣。

蝶恋花·倩儿新婚

恰是紫琅张盛举,爱女于归、嫁得慊慊婿。快客倾杯欢几许,暖风过处满城雨。

道是无言似有语,强作叮咛、难觅叮咛句。老柳犹吹三月絮,痴痴还向梦中去。

一剪梅·六十自遣

浅涉人间六十年,红褪腮边,白染鬓边。遍尝苦辣与酸甜。喜在眉尖,愁在心尖。

半是书生半是仙,血写真言,酒写诗篇。还将老骨去肥田。播个秋天,长个春天。

蓦山溪·赠人

腮红未褪,怨意眉梢坠。颊畔敛金风,吹白了、双潭秋水。娉婷却立,又是几多岁。夜不寐,心常碎,惯了愁滋味。

倾腔一泪,竟是无能辈。说甚远归来,意绻绻,抒肝吐肺。殷勤执手,徒恨十年前:心如昧,舌如醉,一错终生悔。

蝶恋花·红豆咏

十载悠悠长与守,风雨晨昏,眼里新霞透。雾染斜枝疏影瘦,梅园又是花时候。

红烛摇光恍若旧,弄笛调筝,爱作双重奏。梦里犹窥人背后,暗开锦盒数红豆。

高阳台·秦淮行

百代干戈,六朝金粉,秦淮怎耐消磨。回首秋风,迷茫一片烟萝。桨声灯影无觅处,空留下梦里山河。媚香楼掩映桃渡,枉费猜摩。

欣逢得意回天手,竟索还风月,重整规模。何必后庭,入时自有新歌。流连夹岸花争发,满星河、笔底婆娑。问诗人,当此缠绵,雅兴如何?

浣溪沙·述怀

耿介生平未泊舟，吟酬战笔不知秋。忧民一泪即风流。
岂肯弥灾枉曲直，敢从苟活计沉浮？愚顽何幸望登楼。

雨霖铃·永远怀念臧克家

今冬何冷，冰封湖水，雪遍梅岭。都门欢聚曾记，温言犹在，韵入香茗。执手相期，指点处、天海霞影。怎忍受、千里音波，霹雳一声破荧屏。

诗河开辟夸君劲，更挥戈遥领探天庭。方期爝火长照，星坠了、朔风凋杏。愧立床前，怎为骚坛祝福延颈？况灾厄、十载相凌，难卜此生命。

注：臧老暮年将我们的合影挂在床头。每访，必指说："我天天看到你！"臧老逝世时，我正罹新难。

五、曲

[越调] 小桃红·春梦

帘前春雨自潇潇，古柳垂新条。恍惚婆娑过画桥，水波摇，初红湿破莺声小。沉胸万语，盈怀百笑，染梦更妖娆。

[南吕] 梁州序·徐州东南阻击战

一个是瓮中冒火，一个是墙下生烟，区区十里难相见。机枪扫地，火炮冲天，小兵浴血，司令挥鞭。黑压压一望无边，闹哄哄满耳喧阗。又谁知坦克碰头，偏不料枪炮傻眼，更难堪弹雨淋肩。哦呀，老天！撬开钢盖摔榴弹，解放军浑身胆。要跳这铜墙实在难。鳖老弟，你只好玩儿完。

注：淮海战役第一阶段，敌黄伯韬兵团被我围困于碾庄。徐州守敌出援，被我军阻击于徐州东南。两敌相距不足十里，终未能越过这堵铜墙铁壁。

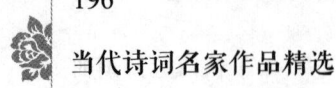

[中吕]普天乐·自得

墨香浓，书味重，诗开霞红，纸走蛇龙。看绿窗泻影，絮滚帘栊，笔底软漾过堂风。这生涯怎不叫人心动！莫管他唾黑尘红，只把那冷嘲热讽，当作是清夜闻钟。

[双调]驻马听·春山行

激水飞红，风送花光涂石壁。肥山泼绿，雨融草影染溪流。鹧鸪声里湿云浮，烟桥横处梅枝雪。春来后，藤萝常络朦胧月。

[仙吕]醉中天·文隐

挣脱世纠缠，做个活神仙。八尺楼台舞翩跹，头顶一方天。这滋味儿真个蜜样甜。墨满端砚，诗满玉笺。

[正宫]黑漆弩·爱吾庐

侬家玄武湖边住，举目是鱼鲜菜素。市声喧，恰被花风吹作江南烟雨。[么]倚层楼，冬夏春秋，一望江山如数。且调和翠影红尘，都融到诗情里去。

[黄钟]人月圆·月夜

云藏丽句风藏韵,月下奏秋声。桂香绿密,菊须黄卷,染就吟魂。婵娟相守,嫦娥相共,酌酒听筝。一章草罢,举头万里,白水孤村。

[越调]柳营曲·忆游击战

比夜静,比云轻,似风似烟无片痕。才宿西村,又入东村,飘忽若浮尘。轰隆隆夜袭炮火明,砰叭叭阻击枪声紧,呼噜噜潮水奔,哗喇喇火焰腾,忽丝丝转眼悄无声。

[般涉调]耍孩儿·夜行军

马蹄儿裹布软绵绵,左臂上白带儿缠。茫茫夜海大军行,影绰绰一溜烟。恰似轻风掠过了草尖,碰落个露珠儿也听见。只小鬼机灵,拉住马尾,挨上个梦边。

[正宫]甘草子·渡江战打兵舰

大军动,似箭雄心,直把那风帆送。灰茫茫夜雾起,影簇簇波涛涌,热乎乎半边风扑脸,黑压压一座飞来峰。悄没声儿向前拱,枪榴弹儿往上捅。今日个木杵撞铁瓮,打得你吐火飞红。

[双调] 沽美酒带太平令 · 海峡两岸

诗友杭州聚会

西湖是我怀，吴山是我扉。叱去浓翳平旧垒。迎风一揖，大笑拥得彩云归。

[过] 四十年望穿秋水，一千里梦逐浪飞。方壶里融几许清泪，月圆下邀此番共醉。听箫管低吹，诗韵徘徊，依依，莫忘这八方风雨佳节杭州会。

[双调] 秋江送 · 读书自得

花香浓，帘影动。阳台露水重。轻雾送，细雨蒙，更染得书斋暮色浓。心追高栋，意得随风，眼镜儿当马任纵横。我是个吞书的神龙，何必去苦脸愁眉心计穷，又何必零耗整抛白把光阴送？一卷在手，中外古今我为雄！

[中吕] 齐天乐带红衫儿 · 偶感

丁斋底事偏苦，都被真情误。只懂读书，不懂乘除，只好呜呼。仍抓着者也之乎，自糊。弹雨中奔波，稿纸上消磨。二十年劫难，四十载功夫，换来长恨歌、白头赋、废纸两三橱。

[过] 紫禁城中住，奈何桥边去。樽中酒待沽，阳台花已枯。万事殷勤有老妇。得糊涂，且糊涂，上帝从无错处。

[中吕] 醉高歌带喜春来·报国情怀老更浓

笔尖儿奔骋如风,诗兴儿赶来起哄,真情滚滚似潮涌,词彩儿听凭调动。
[过]一腔热血淋漓送,人生至此不算穷。撩一缕昆仑云,掬一杯长江水,涂一抹夕阳红。且莫言闲受用,报国情怀曾未忘、老更浓。

[越调] 酒旗儿·迎二十世纪最后一年

新岁云霞涌,照我一身红。窗下奔波笔趁风,大快人生梦。阎王的请帖年年落空,小鬼的破刀砍不动。高楼门上,立一朵开不败的芙蓉!

[双调] 十棒鼓·"小平您好!"

"小平您好!"声冲云霄,山川鼎沸,万目争眺。飞流急湍,由你扶正了轨道。云昏雾晓,高擎着个灯来照。这一望妖娆,春风秋月,是你亲身造。慰你一世辛劳,这句话,我在心中揣到老,百载难消。

[正宫] 十二月带尧民歌·水乡情思

三桥对耸,酒舍帘红,几十座临河木楼,六七株绿树摇风。隐隐的丝弦争迸,原来是软语呢哝。
(过)水中岸影忒朦胧,一叶渔舟独纵横,青篙一杆破鸿蒙,斗笠红衫唱年丰。从容,歌入茉莉丛,撒遍江南梦。

六、自由曲

除夕小景

厨房里响着刀勺，电视里敲着锣鼓，笑脸儿照着玻璃，笑语儿滚着珍珠。国事家事、新事旧事、倒进了火锅，一股脑儿沸沸地煮。油香透鼻，闻不清是姜是醋；酒味穿肠，尝不出是甜是苦。窗外月色朦胧，窗畔花光模糊。眼瞪着镜中白发，心追着生平颠簸，一丝一缕，仔细灯前数。数了前，忘了后，小孙儿做不清这算术。认这根，瞒那根，老妻自拨算盘珠：只说盖顶乌云密遮天，淹没了星星无数。一阵笑声过，心中更清楚：年年人增寿，白发自稀疏。平生未被白发误，更何况春风犹照斜阳渡？这记忆，何必一年一度地梳？这幸福，何必一丝一缕地数？倒不如学那张旭，脖子一挺，头发根根竖。把旧年顶破，把新岁喊苏。纵白发三千丈，也蘸着稠墨，把乾坤浓浓地涂！

牛德颂

天生万物，唯牛最勤。木栏泥棚，甘系身心；碎草杂刍，曷论枯青。不想有木琴乱耳，只听从鞭子命令。与太阳同其起居，共大地承其旱霖。一株禾苗，一方蹄印。稻粱供万民享用，汗血把坎坷填平。夕阳红，乃人间所颂；老来梦，见鞭影犹惊。难免以肉作脯，供贤哲切齿；尚敢以皮充衣，庇寒素孤清。勤者之功至大，忍者之志犹深。惜万人歌德，牛心何寻？

丙戌新春纵笔

一生跋涉泥途，咽下了千般苦。心无算珠，岂懂得加减乘除。指缺利爪，学不会剔抉耙梳。腰有骨刺，不肯练曲膝功夫。眼罹近视，只懂念者也之乎。猪狗不如，人人敢唾。老婆也骂把她青春误！呜呼呜呼，都是我的错！无奈直肠穿肺腑，脑后横反骨。天公不垂爱，自有心作主。唾面自干，血痂自落，用不着擦拭摩抚。心胆未裂，骨骼未酥，尽管去我行我素。纵无人三顾茅庐，也不甘高吟梁甫。一管毛锥向天去，恍若悟空舞金箍。拼残躯，战寒暑，逐雷电，扫云雾。追攀过杜李辛苏，学步于孙毛胡鲁。掌上观诗坛，笔下创新途。一米八的铁杵，三十载的功夫，才磨成这根针，想领着线走路。把河山破损处，缝补；把断桥流水处，重铺。

有人嫉妒，有人咒诅，使明枪，打闷棍，乾坤颠倒，弥天大雾。想淹死揍死噎死逼死，区区一个我。一世吃遍苦，倒也不在乎，可把阎王气得捶胸跺脚眼发怵！

糊涂，糊涂！弄错！弄错！只因线路错，害他一世苦。上帝大发怒，罚我为他添寿一百五。查查生死簿：这生龙，这活虎，还有好长一段路！瞧他年届八十二，红颜黑发气还粗，弹筋敲骨如擂鼓，脑中灵感飞春絮，笔下墨痕作蛇舞。打人者，恒短命；挨打者，反受补。一鞭补一年，算算多少数？！

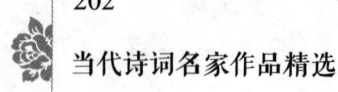

瞧他除夕欢聚一家人，祝福的电话来无数。听着电视敲锣鼓，抱起孙儿就跳舞……你别瞎叨咕，你还不认输？

心　锈

天下事，无奇不有；亲儿女，却嫌母丑。黑头发要染黄烫皱，三点式，得露脐显沟。垃圾食品不嫌臭，流行派对学泡妞。最是洋文不离口，深扣、拜拜、好丢丢。报刊电视乱起哄，领着社会往外走：汹涌澎湃的洋名"秀"，连篇累牍的汉字"谬"。瞅昏了头，堵生了锈：瞧，这就是优秀！这就是潮流！价值观，打了折扣；道德观，不分美丑。民族传统长了霉，中华文化发了臭！这篇天下大文章，谁不跟着走？只怕这独木桥，通不过万人流！莘莘学子瞄前程，掏心掏肺去超优，把 ABCD 刻上了脊骨，把汉字母语扔下了阴沟。一条新闻响如雷，惊得社会猛一抖，目瞪口呆眉毛皱：某大学，考汉语，中华学子落了后，外国学生竟占了鳌头！谁能信？谁肯信！不信也得信，如吞污、如吞蝇，那咽得进咽喉！古国文化沉积厚，汉文更是天下秀。外人崇拜来研究，炎黄子孙却嫌丑：自卑！自羞！自戕！自丢！莫怪解不开这谜样的锁，只因为人们心里生了锈！

小局长

《报刊文摘》载《半月谈》二十三期报道：一些学校出现官宦子女被称"小局长""小主任"并被厚待的现象。

三座大山早推翻，又谁知阴魂未散，如今又有新发展。单说封建等级观，多少人心痒难抓，管什么价值与道德，管什么价值与道德，官大赛过亲爹娘，倾家破产谋特权，头破血流往上爬。一朝抓印把，就能霸一方，颐指气使小意思，生杀予夺任你玩。旗锣伞盖有人扛,酒色财气都跟趟。人生至此无遗憾。愁的是:这特权,怎能长? 这衣钵怎么传?

官们宦们你莫慌:自古王侯泽五代,何况当今有榜样,凤子龙孙处处都沾光,别听三申五令瞎嚷嚷。追根究底咱中国人,不知"民主"长啥样,既然祖宗有真传,照葫芦画瓢已习惯。君不见,咱们已经这么干……

娇滴滴的令媛,气昂昂的令郎,点名列前茅,座位排中央,班长由他干,分数加个圈。至于称号嘛,照他爷娘的唤:局长叫"局长",主任书记顺自然,只冠一个"小",代表赞美与期望。还叫全班同学一起喊! 一齐赞! 一起让! 一起扛! 就像你首长坐大堂。

贵族学校价太昂,咱们把它普及化,贵族学校教享受,咱们塑造人生观。盼只盼,来视察,家长会上你主讲,表扬教改新发展,抓此典型作示范。你放心,保你代代能做官,咱沾光,多批几笔助教款!

农 仙

过去是:面朝黄土背朝天,灰头土脸;现在是:眼观八方,耳听四面,土地老爷变神仙! 君不见:一排排,一缕缕,那些个电线,别以为还只是:"楼上楼下,电灯电话",了不起装了个电视机! 哎呀呀,你是落后的眼光,不朝前,那是电讯网络通到户,全世界都揽在我身边!

国内的政策,国外的新鲜,汇入我心嚼一遍;市场的价格,世界的行情,计算机上炒翻天! 生意做到云端去,钱包鼓起作枕眠! 这就是新农村的美景,我就是新社会封上的农仙!

丁芒自选诗论

汉语诗歌发展的"哥德巴赫猜想"
——在一次纪念"五四"新文化运动会议上的发言

　　五四运动是中国由旧民主主义革命转变为新民主主义革命的转折点，也是彻底地反对封建文化的新文化运动。意义重大，影响深远。中国诗坛则"罢黜旧诗，独尊新体"一刀切断了诗传统的龙脉，开始了自由诗的新纪元，迄今已九十年了。用唯物辩证的观点，分析研究这段漫长的诗歌历史，辨清矛盾运动的基因和态势，才能实事求是地继承"五四"精神，继续推进中国诗歌向正确的方向顺畅地发展。

　　新诗诞生以来，诗坛的争论从未停歇过。概乎言之，以20世纪80年代改革开放为界线，其前是新诗内部的多次争论，如格律化与自由化之争等，改革开放初期关于朦胧诗的争论，达其高潮，从而催促了旧体诗词的复兴。以后的矛盾运动则表现在新旧诗坛之间。虽尚堡垒分明，各行其是，但矛盾运动的形态渐趋缓和，且呈相互转化、互重互容之势。总而言之，"五四"以来，诗坛矛盾运动的实质，就是民族化与西化之争，继承与借鉴之尊黜、用弃之争。

　　我认为继承与借鉴，都应为创新所用，否则，其本身没有独立的价值。当代诗人要发扬的是五四运动的创新精神，而不必在上述矛盾运动上继续絮絮不休。

　　中国诗歌应视作一个整体，包括新诗、旧体诗词、民歌、歌词等各种形式。应相互尊重对方的客观存在和价值，倒是应该深刻探究其优长与缺失，相互学习，取长补短。那么当代诗坛新诗与旧体诗词两大主流诗体，各有哪些优长与缺失呢？

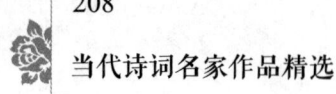

新诗有三大优长，恰恰是旧体诗词的缺失：

其一，从创作心态来看：新诗人多能充分释放个性，而旧体诗坛却有大量诗人个性不解放，"趋同"心态严重（包括趋古、趋政、趋时、趋上），或囿于陈习，或慑于时风，或悸于政令，而成思维定式，因循成习，缺少独创精神。其二，从艺术形式来看：新诗形式自由，人自为体，纵横捭阖，各逞其情。而旧体诗则音律化趋向了极端，成了模式化，形式要求驾乎内容之上，在对格律不大娴熟的诗人笔下，形式便变成内容表达的桎梏。其三，从意象建构来看：一般来说，好的新诗往往意象非常丰富，而且能深度建构意象群，达到意象之间的因果联接和呼应、暗示、象征诸种艺术审美接受效果。而当代大量的旧体诗，意象化功夫不足，相反，抽象化的趋向却相当严重，传情达意因而过分直落，空洞，诗意非常浅薄。

新诗也有很严重的缺点，尤其是那些所谓现代诗、后现代诗，跟着洋人故弄玄虚，不但把新诗原有的缺失推向极致，更添加了许多秽声腐气。择要言之：其一，个性解放走向极端，达到封闭化、庸俗化的程度。封闭化，如强调专写所谓"心中的奥秘"；庸俗化，黑洞派，下半身写作等等。其二，绝对的无目的论：反传统，反主流意识，抛弃社会，玩弄玄怪，甚至抛弃自我，抛弃诗本身，抛弃语言而写一字诗、无字诗等等。其三，意象建构的无序化：意象丰富，深度建构，本是新诗的优长，而现在有些新诗人恰恰使这一优长走向反面，杂乱、堆垛、怪异、无序，故意制造意象迷宫，这是造成晦涩难解的原因之一。其四，只重语义，无视语音，造成诗的音乐感彻底消失。诗本来就是口传文字，汉字的特点是一字一音一义，语言的组合是音和义两轨的结合。汉语诗歌音义并轨，正是其独特的优长。而某些新诗人却把"音"轨断然抛弃，甚至连"义"轨也肆意糟践，颠倒，错乱，生造，凌割，于是词不达意，一塌糊涂。这种故意制造晦涩的行为，实在令人费解。

旧体诗词在这些方面却完全相反：它因与民族审美传统的深度契合，在审美接受方面，较之新诗，固然完全处于优势。而形式艺术的高度完美，恰恰表现在音义双轨的密切结合，其音轨形成格律（包括体式排列，平仄节奏律和韵律），又在规范化了的音轨约束下，锻炼"义"轨，使语言高度诗化和浓缩。

综上所述，我们可以明显地看出：新旧诗各自的缺失，恰恰是对方的优长。我长期接触新旧诗，亦读亦作亦思，早年就有互补之想，到二十世纪八十年代中期，就提出了关于汉语诗歌如何发展，创建新的主流诗体的预期——我的"哥德巴赫猜想"。具体地说就是新旧诗界不应继续当前各自为政的状态，而应自行解构，向对方学习、靠拢，互融互补。

在文学各种样式中，诗歌的形式艺术特别见重，新旧诗互补，是大势所趋。而近二十年来不少新旧诗坛的有识之士，或先或后已经行动起来，新的诗形式，如光辉的新星，已在历史的天空陆续出现。新诗界产生了八行体、新词、新古典主义等，旧体诗界更多，如新古诗、自由曲、自度词、格律化民歌、新声体、新咏诗等。正如某教授在网上所说的：当代诗坛，新诗，旧体诗词和新体诗歌"三花并放"的局面，已初步形成。

这说明：从"五四"以来，新诗的发展已到达一个新的量变阶段，即从解构到建构新体的阶段。这阶段的趋向，将仍然沿着新诗的河床前进。新旧诗不会永远呈平行线地各自发展，更不会从此原地踏步和永远地去复古与拾洋人唾余。食古不化和食洋不化，同样没出息。这正如邓小平同志所说："发展是硬道理。"

建构汉语诗歌新的主流诗体的理想要求，我认定的标准有三条，即民族化、大众化、现代化。民族化，不仅是审美主体和审美接受的自然要求、自然规律，也是使汉语诗歌的独特光辉，能熠耀于世界民族之林的根本、基座。愈是民族的，才愈是世界的。大众化，当然指应被全世界汉语人群普遍喜闻乐见，利于接受和利用。但也不单纯是针对审美接受而言。汉语诗人是汉语社会中的一分子，写诗不光是为了自己抒发感情，更不是其精神垃圾污秽的排泄，诗发表出来自然影响他人，甚至搅乱社会，其中的利害、进退、成败、得失，诗人脱不了干系。也可以说：大众化这一条，正是对诗人的历史责任感、社会良心以及价值观、道德观的要求和拷问。现代化，则要求从内容到形式，不但都应表现当代、适应当代需求，还能引导当代社会、人性，向精神的高位攀登。

建构民族化、大众化、现代化新的主流诗体，决非一蹴可成。我国的诗歌史，就是一部新旧主流诗体更换的历史。古诗、汉赋、唐诗、宋词、元曲，每次更换，都要历经数百年的酝酿、试验、筛选、完善、泛化的过程。五四运动诞生新诗这一主流诗体，才九十年。加之它先天不足：即使从黄遵宪提出"诗界革命"算起，也不过二十余年，酝酿、试验、推广极不充分。后天失调："五四"是以狂飙式的方式来进行主流诗体的更换的，索性把旧的连根斩除，而从西方拿来一种与汉语诗歌传统毫无关联的诗形式来，硬栽在中华大地上。因此，近九十年来，中国诗坛一直在西化与民族化的基本矛盾中困顿颠扑，举步维艰。我们是在新诗这一主流诗体并未充分发育，却又无法自我解决矛盾的情况下，来进行主流诗体的更换的，因此也可能要几代人的努力。但发现和提出这个美丽的"猜想"越早，必然会缩短量变的期段，相对较快地达成更换的目的。

前文谈到当今新旧诗界已经出现了几种新体诗歌样式，已呈多元化局面，并且都在努力推广，也陆续出现了一些广受群众喜爱的优秀作品。以诗接受者是否接受为重要标准，逐步筛选，并促进这些试验体式达到高水平的成熟度，这是个长期的反复的过程。筛选最后产生诗人运用度、公众接受度最高的一种或几种新体诗歌，就自然形成新的主流诗体。当然，主流，只是主流而已，过去的或新创的各种体式均可延续。

2002年，我曾在野曼先生与犁青先生主办的第七届国际诗人笔会上，向来自12个国家和地区的八十多位著名诗人，讲述过我关于汉语诗歌发展的这一"哥德巴赫"猜想。我原以为这些观点只是我对国内新、旧诗界观察、探讨的一己之见，恐怕不能与新诗界，尤其是海外华文诗人所思所虑相契合，也许会引起争论。出乎意料的是大家听得很仔细，场内肃静无哗，讲毕更响起一片掌声。当我回到座位时,屠岸先生首先站起来和我握手,连声说:"你讲得好!讲得好!"美国诗人远方先生也赶来向我祝贺说:"你讲的都是我们所想的。我特地赶来,这手是非握不可的。"

2007 年 7 月

丁芒诗歌改革言萃

  我素来主张中国诗歌要现代化、要向前走,就应改故创新,新旧诗互补,甚至突破旧格律束缚,创制新体,但这终极目标,必须循序而进。这"序",对旧体诗来说就是先入后出,先内容后形式。何况,古典诗词从思想感情到语言形式,值得继承者固多,而惰性传统亦复不少;何况当代旧体诗作品中,除去百分之七十的概念化外,还有百分之二十的泥古之作,虽是概率估计,也足以说明形势总态:目标与现实相距尚远。所以我对当代诗词改革之度,大体定在:明确目标后的强调先入,内容的改革、思想感情的现代化,却应放在首当其冲的地位;形式上,语言的改革领先,韵律则应慎重,因为这是古典诗词形式艺术的精华,必须在充分熟练后,逐步捐弃其中不适的部分。

  律诗是中国传统诗审美观念集中的体现,是中国诗词形式艺术的典型规范。"律诗练功力,绝句见性灵"这话不全对,写什么诗都应追求深深渗入性灵,但写律诗,确是锻炼功力的好途径。律诗像旧体诗词中森严而坚固的核心堡垒,攻克律诗,全盘皆活,不但利于傍及其他诗词形式,也利于"出",利于改革推进。可不可以说,掌握律诗精窍,是实现繁荣旧体诗词创作的短期目标,和进行诗词改革、实现新旧诗接轨、创建新体的终极目标的首要问题。

——摘自《丁芒文集》理论批评卷《革新思想指导下的精严》一文

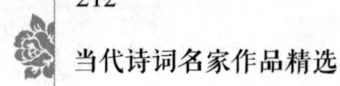

当代诗词改革已进入实质性的阶段，标志是：从单纯理论探讨进入实践性的试验；从声韵的小改小革，进入体式的大改大革。尽管历届诗词研讨会，大多数人的观点仍然集中于微观因素的研究，而关于体式改革的试验已经进入多年之久，并且由点及面，影响逐渐扩大，品种也逐渐增多。

诗词改革主要在于内容改革，但由于中国诗词形式的特殊完美，并因此带来的僵化、封闭、难于突破、利于因循，使当代改革不得不受许多限制。体式改革是许多微观改革的集中与高度的体现。体式改革的实践，因上述原因，也不得不呈现出渐进性，不可能一步到位。

——摘自《丁芒文集》《谈诗词改革兼论王国钦的度词》一文

我主张新旧诗应该撤去隔膜，相互吸纳、融合，并通过多种实验，逐步接轨、合流，创造出一种数种新的体式。这种新的体式以民族诗审美传统为其根基，借鉴西方的优秀艺术手法，吸收民歌的营养，用当代口语，表现当代人的思想感情。这种富于民族气派、民族风格的诗，才是当代海内外炎黄子孙都喜闻乐见、可以被普遍和较长期地接受运用的诗歌。现在就可以开步走：新诗向旧诗靠拢，旧诗向新诗靠拢，各自向接轨的目标迈进。

当今最重要的是要从观念上和实际上彻底清除新旧诗间的烟瘴，从中国诗歌整体出发，统一步调，作双向靠拢的研究和实验，鼓励创制，扶持新生，以群众接受为依归，普遍运用为准则，择其优胜者加以推廓。

——摘自《丁芒文集》《中华诗歌的回顾与前瞻》一文

我一贯主张新旧体诗相互融合，在音韵上"知古倡今"，在形式上"求正容变"。中国新、旧诗各自的缺失，正是对方的优长。相互排斥，两败俱伤；相互补益，相得益彰。我创造的"自由曲"新体式，是目前距离新、旧诗接轨点最近的中间体。如何使其逐步完善，需要几代人的共同努力！我寄希望于年轻一代的诗人们！

——为青年诗人李翔宇新诗集《永远的长征》题词

编者按：此文是丁芒先生 1980 年在一次诗歌研讨会上的发言，重点讲了我国诗歌的现状与发展。提出：继承是诗歌发展的内在规律；借鉴要以需要为前提；改革创新，是继承和借鉴的最终目的。

诗歌的继承、借鉴与创新

粉碎"四人帮"以来，诗歌和其他文学品种一样，都以前所未有的速度发展着，队伍不断扩大，题材风格，百彩纷呈，好诗迭出，近年来又出现了少数有才华的青年，写出了一些风格清新、诗味浓郁的诗，给诗坛吹来了一股新鲜的气息，令人注目。但总体来说，诗歌的进展，诗歌受群众欢迎的程度，却远不如小说。有些诗，内容越来越"小我化"（这是我杜撰的词儿），形式越来越晦涩艰深，群众不愿看，看不懂。而偏有人把这些诗看成是"崛起"，是"大潮"，是"诗歌的未来"，荒谬一至于此，真使人为之瞠目结舌。于是不可避免的争论就逐渐展开了。争论是正常的现象，应该说，它标志着诗歌在探索前进，而且可以断言，必将给重大影响于当代的诗歌创作，并且为新诗开拓更为繁荣昌盛的前景。

争论的焦点有好多方面，有些问题我也发表了自己的见解，这里再就诗歌的继承、借鉴与创新，谈谈我的管窥之见。

"五四"以来，直到全国解放，这个问题向来是诗人们争论的一个焦点。这是个学术问题，当然不能由谁来下最后的定论，但有一种论点我觉得比较合乎诗歌发展的客观规律，那就是中国新诗应该在继承民族诗歌传统的基础上，借鉴外国诗歌，创新地加以发展。近年来，随着十年浩劫后的思想解放，这个观点似乎被怀疑起来，甚至被少数人彻底抛弃了：继承吗？

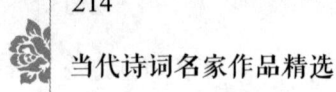

他们要打破一切传统；借鉴吗？他们要一切从外国拿来，全盘西化。创新吗？他们要中国诗歌打破国界，走向世界，与世界合流。两种观点的对立是非常尖锐的。

继承是事物发展的内在规律

我认为继承是一切事物（包括思想）发展的内在规律。木有本，水有源，种子里包蕴着母体的遗传因子；社会主义社会还存在封建主义、资本主义社会的各种余绪；无产阶级思想与资产阶级思想之间有很多内在联系，并没有截然的鸿沟。继承也包含着正反两个方面，前车之覆，后车之鉴，这也是一种继承。没有历史，就没有现实，没有继承，就没有发展。

但是，对继承也有两种不同的态度。一种是墨守成规、因循守旧的继承，认为祖宗的成法，一切都好，是不可更改的经典，只能原封不动地承其衣钵，克绍箕裘，不敢越雷池一步。对一切创造性的发展，都目之为大逆不道，洪水猛兽。从历史发展的角度来看，表现了极大的阻力和惰性。中国几千年的封建社会，就更加培养了我们民族的惰性，确实不可忽视，不然，从民主革命到社会主义革命，成百年时间，为什么在我们社会中，在人们思想意识中，到处还充塞着封建主义的余臭？这种对继承的态度，完全受制于消极保守的阻滞历史前进的惰性力量，成了绊脚石，因此不但不应提倡，而且要力加反对。我们的继承则与之相反，是以改良、发展、创新为主旨的继承，是去其糟粕，取其精华，有所舍弃，有所导扬的继承，如选种时之汰其陋劣，择其精英，是尽量运用前人的优秀成果，使这丰富的泥土，能生长根深本壮的树木；是婴儿吮吸人类长期积累的智慧的乳汁，能取得一个更高的起点，这才是我们所应该提倡的继承。

我国是一个诗国。诗歌比起小说、比起戏剧等其他文学样式，有着无可比拟的悠长历史和丰富的遗产。考察我国诗歌的发展历史，每一种新的诗潮的兴起，新的诗风的形成，新的形式的出现，都有它的历史渊源，都有它发生前期的孕育过程。唐朝是诗歌鼎盛时期，但诗的产生并非自天而降。到建安时代，五言诗已发展到它的顶点，要求有所突破；唐诗的格律则早在汉朝就有所酝酿，发展到六朝骈文，已经具备了律诗的许多主要特征，如对仗（包括内容与音韵上的对仗）、声韵等，都已经比较完备了。当格律一旦从散文领域解放出来，而与诗歌结合的时候，诗歌就获得了前所未有的生命力。没有这种继承，就不会有唐朝近体诗的鼎盛局面。

新诗无疑也应该继承民族诗歌的优良传统。我所谓民族诗歌，是包括文人诗与民歌，其实这两者在历史上并不是并行而互不关联的。而是不断互相吸收互相融合的。尤其是文人诗，不断吸收民歌营养，加以总结提高，始终形成历史上诗歌的主流。从艺术上来说，文人诗给我们留下了更多的珍贵遗产。其实我们发掘这些遗产，运用于新诗，做得非常不够，大量的还只是从形式上继承了一小部分的韵律、修辞的经验，说来说去，总是那些人尽皆知的东西，什么"春风又绿江南岸""红杏枝头春意闹"之类，从内容上，意境上，气韵上，风格上去发掘，还差得很远。李白的"举杯邀明月，对影成三人"这种抒写寂寞心情的独特构思，与李清照的"独自守着窗儿，怎生得黑"的抒写寂寞心情的深刻个性化的意境，表达了两种不相同的性格。像这样的艺术探索，我们做得太少。而这类遗产，在古典诗词的海洋中，不知有几千百万，难道都不值一顾吗？

而可悲的是：写诗人的古典文学修养，却一代不如一代。到了当代青年，经历了"文化大革命"的浩劫，文化知识贫乏得很，有的对古典诗歌真是一无所知，遑论继承？正因为继承得不多，他们的诗有的就显得功底浅薄，表达能力差。在这种情况下，而居然高喊"打破一切传统"，岂不是有点滑稽吗？这是不是"文化大革命"中那种包打天下的"英雄"目空一切的叫喊的余风遗韵呢？是不是粉碎"四人帮"后那种否定自己、崇拜洋人的社会思潮的表露呢？而居然还有些同志对这种明显的荒诞之词，顶礼膜拜，奉为圣明，加之以桂冠，许之以高望，这不能不引起我们的吃惊。

借鉴应以需要为前提

从诗歌发展的角度来看，继承是必然的内在的因而是稳定的因素，而借鉴则是偶然的外来的灵活的因素。借鉴应以需要为前提。我们需要的时候，多借鉴一些，不需要的时候就少借鉴一些，有好的就借鉴，不好的就对不起，完全拒之于门外。借鉴的方法也有不同，必要时我们也可以生吞活剥，更经常的情况是加以消化吸收，当然一时生吞活剥以后，要变成自己的东西，仍然要消化吸收。所谓需要，也有两种情况，一种是在"饥饿"的状态下，就借鉴得多些。例如，"五四"时期，为了革旧文化的命，推翻僵化、艰深的旧体诗词形式，提倡写白话诗，就向外国诗歌借鉴，创造了新诗的形式。另一种情况是"消化力"强的时候，也可以借鉴得多些。例如唐朝国势强盛，民族文化传统大大发扬，根深叶茂，因而对外来的文化就进行了广泛的吸收，加以消化，丰富了本民族的文化。如对西域的音乐的吸收，不但丰富了我国的音乐，也丰富了诗歌，成为唐诗中的明珠的绝句，就是可以配乐歌唱的。我以为这正是吸收外来文化（音乐）促进诗歌发展的最好例证。诗歌的民族传统，本身就包括历史的借鉴在内。在某种情况下（例如我们民族文化鼎盛、消化能力特别强的时期），也可以说，借鉴得多些，这个时期的诗歌就更显得活跃一些、发展得更快一些。所以，应该允许借鉴，欢迎借鉴，甚至有计划有目的地组织借鉴。

但借鉴绝不能抹杀继承，借鉴必须以继承为依归，必须为了充实丰富继承的内容，补救继承之不足。

当前，在借鉴的问题上，许多人态度也不一致。有的人根本拒绝借鉴，这当然毫无道理；有的人主张和张之洞搞洋务运动一样，"中学为体，西学为用"，只是形式上模仿西方，陈腐的内容并不更变，这实质上是以借鉴为幌子，继续维护原来的落后的东西。这种态度当然也不应为我们所取。有的人主张嫁接，在民族传统的根株上，嫁接上外国的枝条，甚至干脆移植，将外国的树苗移栽到中国的土壤上来，这些试验都应该允许其存在。但我总觉得文艺与经济技术设备不同，不能成套地简单地引进。只生长于热带的植物，移植到温带就不能成材，有些水果，移到另一个地区，味道就变了。而我认为最不可取的态度，莫过于一切拿来，全盘西化。他们往往祭起鲁迅的大旗来吓人，说什么鲁迅就主张拿来主义，好像鲁迅就是主张全盘西化的。其实鲁迅的时代与我们现在不同，何况那时拿来了，却并未全盘西化，他们继承民族传统要比现在许多人继承得还更多些。而我们现在新诗已经有了六十年的历史，无论在内容上形式上，都积累了自己的经验，奠定了一定的基础，没有理由一脚踢开，另起炉灶。其实鲁迅说的拿来主义，并不光指的是文艺，而是指一切西方先进的东西。即使文艺，鲁迅也不是说拿来就意味着丢弃自己的民族传统，一味仿效西方。其实鲁迅以及他同时代的许多文化先驱者，他们的古典文学修养是非常深厚的，在继承民族文学传统的深厚基础上，他们仍然提倡借鉴，以充实丰富自己。

"五四"以后，自然也有人主张全盘西化，不是说在有些人眼中，伦敦的月亮也比中国的圆吗？鲁迅是极力反对他们的。他们的主张事实上也行不通，叫喊了几年，留下了一些东西，也就销声匿迹了。为什么这种全盘西化的主张，在几十年后的今天又抬起头来了呢？我认为这是对十多年来禁锢政策的惩罚。这一二十年来，我们闭关锁国，抱残守缺，夜郎自大，为自己制造的种种神话所陶醉，结果，无论经济、文化，都大大落后于世界水平。一旦揭开了这道厚幕，不少人又被外界的炫目的光彩所迷，心旌摇荡，不能自持，不加剖析，不加辨别，彻底怀疑乃至否定自己，同时全盘肯定并要求仿效外国。他们的民族虚无主义包含着两个内容：一是否定我们的民族传统，一是否定中华民族文化在世界中的地位。这是一种社会思潮，历史上也有过，并不奇怪。经历过革命斗争的锻炼，唯物主义思想比较深固的同志，受这种急剧的变化的影响比较轻，从这种影响中解脱出来比较快，因而可以比较正确地对待这些问题；而饱受十年浩劫的蹂躏、思想杂乱、文化素养较低的一代青年，他们经受不了这种狂暴的风浪，就不可能清醒地看待这种突然的变幻。他们

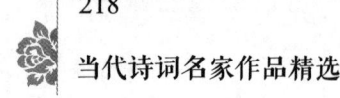

之产生民族虚无主义思想，是由于他们对民族传统的无知，也是对世界文化的无知。结果，这样的借鉴，实质上是变成了取代，变成了舍本逐末。于是，诗歌也就变成了畸形。其实，当诗歌在"左倾"文艺路线的影响，尤其是十年"文化大革命"的糟蹋之下，无论内容还是形式，都受到了重大的摧残，假大空盛行，僵化浅薄的作品充斥，诗歌确实走进了死胡同：——在这种"饥饿"的情况下，我们打开眼界，向国外多引进一些活流，来冲刷滞重的浊水，是完全可以的。并且事实上已经起到了一些良好的影响。但有些人把它的作用夸大到绝对的程度，认为一切传统都要抛弃，一切都要从外国"拿来"，这哪里是借鉴，简直成了投靠！

创新才是我们的目的

　　创新，是继承和借鉴的最终目的。如果不是为了创新，继承和借鉴都失去了意义。反之，没有很好的继承和借鉴，也就不能实现好的创新发展。如没有良种，没有雨露阳光，就不可能有鲜艳的花、丰硕的果。整个历史的发展，就是这三者不断地结合，不断地相互促进的结果。当然，在历史发展的某个阶段，继承或借鉴得多一些或少一些，创新的步子快一些或慢一些，都在所难免，正是由这时而紧促时而纡缓、时而繁盛时而萧条的节奏，构成了历史前进的步伐。任何只强调继承否认借鉴，或只强调借鉴否认继承，都不是历史唯物主义的观点；任何只强调继承、借鉴，而否认创新，或只强调创新而又否认继承、借鉴，也都不合乎历史发展的规律。

　　既然创新是目的，它就会反过来对继承和借鉴起着一种引导、抉择的作用。要走什么路？创什么新？不能不是我们继承和借鉴的根本依据，也是这二者何者为主何者为次的依据。国粹派只承认继承，根本不承认借鉴，因而无创新可言。这当然是早就被我们扔进历史垃圾堆里的观点了。而否认一切民族传统，主张全盘欧化的洋风派（姑且这么称呼），只承认借鉴，根本否认继承，岂不是与国粹派正好背道而驰的同样绝对化的观点吗？难道沾了个洋字，就当然时髦得很，足以吓人，丢进垃圾堆难免有点可惜吗？其实这两种观点，都一样的面目可憎，夏虫不足与语冰，两者都不足与谈创新。只有既承认继承，又承认借鉴（尽管对这二者的主次、先后、分量有不同看法），才能谈创新。

那么中国诗歌创新的道路究竟何在？是沿着民族化的道路，即按照民族诗歌本身发展规律的道路前进呢？还是要迎合世界走向世界？现在颇有一些人认为艺术要消灭国界，诗歌要走向世界，要与世界合流。世界是什么？是许多国家许多民族组成的，走向世界，走向谁呢？我走向你，你走向他，他走向我吗？当然也会有人说，世界是指文化最发达的那些国家。也就是说，只有他们才配得上叫作世界，他们是世界文化的总汇、艺术的巅峰。中国的诗歌应该冲破传统（国界），一味仿效他们，投入他们的怀抱，如此，才有一席容膝之地，才能分得一杯残羹。我没有把这些人列入上面所说的洋风派，仅仅是因为他们还在用汉字写诗。如此而已。可惜，其实他们连呼出来的气息里，都充满着鱼子酱的腥味的。

我认为，只有凭我们民族的特色，才能走向世界，丰富世界的艺术宝库。愈有民族特色，才愈有世界意义。拾人牙慧，步人后尘，亦步亦趋，结果永远也赶不上人家，即使赶上了，充其量也只能是一个善于模仿的鹦鹉而已。中国的传统特色，我们的气派风格，都被丢光了，而这些恰恰是世界上任何国家没有的，他们的有识之士也在研究、探求、渴望欣赏中国民族特有的艺术，而我们自己却弃同敝屣，这不是非常荒唐可笑吗？数典忘祖，莫此为甚！

创新，还要创时代之新，在历史发展的这一个时代的阶段，应该创建反应这一个时代特色的诗歌艺术。用具有时代特色的诗歌，投向历史，丰富历史的宝库。愈有时代的特色，才愈有历史意义。我们现在这样伟大的时代，不应该全力加以反映吗？中国正在经历多么伟大的变革，我们从事的"四化"，正以多么磅礴的又是多么深刻的力量，在撼动着中华民族的历史？我们不去反映它，而去炒别人吃剩的馊饭，品自己阴湿的冷泪，甚至拾外国亡灵的敝帚，扫祖国遍地的珠玑，还自命不凡，视一切传统如草芥，以为已臻艺术的顶峰，操诗歌的命脉，开一代诗风，执诗坛牛耳，非我莫属，"看不懂吗？你儿子会看懂，儿子看不懂，你孙子会看懂！"——斯人斯语，吾何言哉？吾何言哉！

现在好像谈马列主义，谈辩证唯物论，谈世界观，谈革命现实主义，都不那么理直气壮了，总似乎有点怕被人说是棍子、教条，而报以牙眼、嗤之以鼻。这是一种怪现象，一种可悲的现象。

在诗歌的继承、借鉴和创新的问题上，难道不能从唯物主义还是唯心主义的分野，去说明上面所说的两种截然不同的分歧吗？正视历史传统，正视现实，从自己的国土、自己的历史的实际情况出发考虑问题，为革命的现实服务，这不正是唯物主义的思想体现吗？反之，无视历史，无视现实，抱民族虚无主义态度，眼睛朝着外国，朝着虚幻的空想的未来，把自己强调到比一切都大，我就是一切，我要主宰一切，这不正是唯心主义的思想体现吗？

有些人还说，某些诗歌虽然怎么怎么样，但一提到艺术性，总觉得自己理亏，不得不承认其艺术性的高明。于是，似乎这种创新也应该提倡。其实，凡脚踏实地，继承民族传统，按实际需要借鉴外国优秀的东西，从而创造出为社会主义服务、为人民服务的作品，其艺术性未必低劣；而那些否定一切民族传统，以拾外国人牙慧为能事，一味强调自我，主张中国诗歌走向世界，专门在梦里雾里转悠的作品，其艺术性未必高超。我们重视艺术性，但我蔑视导人精神向下的所谓艺术性。世界上美丽的花儿千千万万，为什么偏要向罂粟呈献颂词呢？请他们用画罂粟的彩笔来画桃杏梅兰岂不更好？

1980-10-11 刊《钟山》

诗歌改革中解构思维的运用

解构观是一种对历史发展、演进规律的新的体认，当然可以用以导引具体事物的发展运动。同时，解构是为了存在、为了前进，为了重新结构，而不是为了破坏、消灭。明乎此，我们在探讨改革时就不致产生种种非理性的冲动，譬如一谈改革，心理上就产生抵触情绪之类。古典诗词审美传统，是一个几千年来形成的相当完美的封闭的整体结构，向来只能全盘接受，顶多小修小补，而不敢"大卸八块"式地解构重建。不能解构，就说不到重新建构。诗词改革的具体实施，就是从解构到创新结构的全过程。运用真善美作秤杆，用时代性作秤砣，用解构的剖刀，把传统诗词这个致密封闭的结构整体，像剖瓜似的一瓣瓣切开加以衡量，大体上可以分为四大部分：

一、应予摒弃的。与我们面对的时代完全背反的种种意识形态，如维护封建统治的道德标准、各种陈旧腐朽没落的观念、反映统治阶级政治利益的审美惯性，已被历史抛弃的形式因素等等，都应该弃而不顾。例如宫廷诗完全是为帝王歌功颂德、凑趣捧场，甚至张扬其富贵荣华、淫靡侈乐的马屁文学，根本不适应于当代。但宫廷诗的遗风仍有力地作用于当代诗坛。那些莺歌燕舞、粉饰太平的政治诗、节日诗，甚至某些无聊的生庆死吊的应酬诗，其实与宫廷诗是一脉相承的，因为群体观念的束缚和个人得失的考虑等诗外原因，某些人还乐意有的是不得不写这样的诗。再如帝王一统，八方拱宸，是封建统治者的政治思想，反映到审美意识上就是一个中心——中正、平衡、整齐、对仗、求心归一。这正是我国诗词审美传统的基本观念。这种审美观念的典型形式，就是律诗。律诗也就成为古典诗词的基础、核心形式。一直"垂训"后代，可以说其后许多诗词形式都是在律诗的基座上产生的，它也成为当代诗人最普遍运用的体式，也成为学写其他诗词体式的必修基础，与楷书在书法艺术中的地位相仿。统治阶级的观念长期拘囿、人民长期服膺，形成习惯，于是便成了民族的观念，不易更除。我并不主张摒弃律诗，但要摒弃这种审美惯性。当然，从根本上改变民族的审美观念，谈何容易，不过从我们这一代做起总是必要的，起码不能再把这种审美观念捧到至高无上的地位，绝对的尊崇和无条件运用，否则诗词改革将无法进行。历史有惊人的相似，说明发展缓慢，而历史毕竟有种种不同，尤其进入当代改革开放，一切闭关锁国时代的东西都受到挑战，都需要更新，何况反映人们心灵的诗词。可是由于上述审美惯性，人们至今还乐于重复古人的思想感情习惯，从观念，直到语言。例如，不少人写诗好用古字冷字和古人词汇，字字都要有来处，越古奥冷僻，认为越是高雅赅博，有的还以此炫耀于人。而我认为这些东西都应该抛到藏经楼去，供研究者去爬罗剔抉，诗人应与其告别，既然当代人已不说"呜呼"，就不必再"呜呼"，更不必写成"於戏"。与时代格格不入的东西，只有痛心一割了之，否则就将"泥"足不前。又如用典问题，用典是一种比附联想手法。惟其中国人特别好古，才有了这世界上独一无二的特殊表现方式。作为一种创作方式，当然无可厚非，但从不大众化、时代感不强、炫博动机等方面来看，除共知率高的已成常识或成语的典故勉强可用外，我主张一般不要用典。

二、应予改造的。这属于古今可以通用的一部分，但必须加以改造，或去逆留宜，或赋以新意。例如田园诗属于我国古典诗词中之大宗，可分四类：（1）小部分写农业生产、农民苦乐；（2）一部分是观赏自然，表现天趣；（3）大量却是士大夫阶层的隐逸遁世、颓废消沉；（4）甚至有些是曲线求名，矫情自饰之作。因此必须甄别改造，对第一种，应该接受、强化；对第二种中性诗也应妥加继承发扬。而对仕途失意、颓废退隐，散播宿命虚玄观念，还自命清高、矫情求名的作品，我们完全不必当宝贝似的捧着。其中有些诗其他艺术因素方面有可取之处，我们仍可以研习继承。再如写山川草木、花鸟虫鱼的诗，在古诗中也是大量的存在。中国人最善于欣赏自然，这与温柔敦厚、爱好和平、但求有好官、安心作顺民的民族性有关。这些诗大部分是表现这种能忍自安、自得其乐的，也有部分寄托怀春、伤秋、悲天、悯人之类的感情，有的有积极意义，也有的只是抒发无常寂灭之感。对这类诗我们都应加以分解，摒弃其消极思想感情，积极吸收其热爱自然、合乎人类人性的部分。再拿语言来说，有些诗虽不古奥生僻，意思能懂，但已不适用于当代，就要加以改造。"间关莺语花底滑，幽咽泉流水下滩"，"间关"状鸟的鸣声，是古人惯用的，我们都能理解，但当代已久弃而不用，我们写诗就得用当代语言替代之。

三、应予保留的。这也属古今通用的一部分，有的出于意识形态的时代局限，文化科学水平的限制，有的成了今人可以理解的传统象征等等，看去不适应当代，但仍可以保留运用。如古诗中说到剑，"挑灯看剑""拔剑四顾""十年磨一剑"——剑已成为雄心壮志、战斗精神、爱国忧民、刚正不阿的传统象征物，虽然当代人生活中不再有剑，现代军队也不再使用这种冷兵器了，因为我们还没有这么一种深入人心、普遍能解的公认公用象征物来代替它，因而当代诗词中仍然运用此一象征物，还是可以的。古今通用的语言，是当代诗词的主要构成部分，除了小部分需要改造，大量的都可以继续使用，这是因为语言发展非常缓慢，既然当代生活语言还有许多古今通用的语汇存在，我们没有理由摒弃。我们提倡"口语"入诗，但首先要提炼为"诗语"，口语并不一定能全部成为诗语。而诗语与古代语言尤其是古诗中运用了当时口语的语言，更为接近，有的竟是完全一致的。这正是我们能够读懂并流畅朗诵古典诗词的原因所在。对这些语言，不但可以继承，还要熟练运用，因为它同样是组成当代诗词的主要语言成分。当代散文还提倡语言的雅化，多吸收运用简练、优雅、表现力强的文言，形成半文半白的风格，何况是写诗作词呢？

四、应予激活的。古典诗词中由于各种原因，有些东西的价值没有被历史确认，因而历来被等闲看待，甚至被湮蔽，失去光辉，而现在看来却又非常适合运用，对这些传统，我们应该加以激活，不但刮垢磨光，还要加以丰富、发展。例如工业诗在古诗中极为稀少，李白的《秋浦歌》并未受后人重视，现在知道的人怕也不多。这是古代生产力水平低、工业不是社会主要经济基础的反映。但是冶炼工业起码早在商代就有了，为什么几千年来工业诗一直寥寥无几？这真是很值得研究的问题。而当代工业生产是国民经济生活中重要一环，全面反映时代生活的诗词，工业题材自不应成为空白。为了更好地开拓，我们也应力求继承这方面的优秀传统，这就需要从历史尘埋中激活这些传统，并进一步丰富之、完备之、发展之。再举个例子，中国有"诗庄词

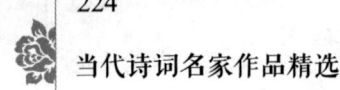

媚曲谐"的说法，固属对风格的类型分析，却也反映了历史的偏见：诗是正宗庄严的，词是艳冶悦世的，曲更是博人一笑的东西，总之是一代不如一代，越来越下着，这完全是道学先生的一派胡言。然而这观点却流传至今，影响不小。尤其是"曲"作为诗词基础上改革发展起来的先进的诗歌形式，蒙此不白之冤，一直被冷落至今。曲比较彻底地打破了诗词语言结构的陈套，变成以口语为轴，并且发展了种种适应和发挥口语功能的变通办法，最突出的就是可以增加衬字。可以说，曲的"革命"比词对诗的"革命"幅度大得多。可就是因为历史的偏见，曲一直不被正视重视，其优越的经验也得不到发扬。曲是中国诗词逐渐走向人民的发展轨迹中的最高点，沿着它的指向，最便于我们当代进行诗词改革，所以我们应该把曲从历史的冷宫中解脱出来，加以激活，大力提倡曲的创作和研究，积极总结其审美经验并加以发展。

提出上述四个层次的解构方向和在立意、取材、构思、体式、语言等方面说明解构运作的例证（限于篇幅，无法更全面地举例），目的一方面是希望大家都能运用解构思维，重新思考和解决诗词改革中各种各样的具体问题，作出类似于上述各种层次的处理判断；另一方面，也是希望在上述运用解构思维成果的基础上，进行整合，立即投入新的结构试验，以新的结构，代替旧的结构，以适应当今时代的要求。

可喜的是这种新结构的试验，全国诗词界基本上都已程度不同地投入，有的进行着理论探讨，有的已付诸实践，出现了自由曲、新古诗、度词等结构体式，虽然数量还不太多，但影响极大，相踵者日众。正如旭日东升，霞光万里，前途不可限量。这也正是从一个结构到另一个结构的历史发展规律在当代诗词方面的一种体现。

1998 年，全国诗词研讨会论文

刘征自选古风

蝴蝶问答

早起登山，有十几只小蝴蝶宛转相随，挥之不去，戏写小诗。

翩翩蝴蝶飞，恋恋随行步。我行蝶也行，我住蝶也住。或高拂衣襟，或低绕双足，或依似相携，或随若同路。掬之掌上看，不惊也不惧。纵之上青天，飞还复相逐。

与君不识面，况乃各殊族。道路偶相逢，相亲问何故？莫非乍出生，不解爪牙毒，全无警戒心，恋人如恋母？莫非天上来，世途苦不熟，贪戏百花间，辗转迷归路？莫非山之灵，幽栖在林木，感我爱山情，为唱无声曲？莫非花之精，生小同春住，知我访春来，故作迎宾舞？

我话未说完，蝶笑把嘴捂。缓缓掠鬓飞，低低作耳语：笑君何太痴，浮想全无据。把我比神仙，我实爱凡俗。四化大进军，文苑齐擂鼓。老者忘其年，七十如十五；少者显英姿，出山跳乳虎；弱者变康强，参茸不须补；病者痛若失，跑步追行伍。知君是诗迷，吟诗定无数。一路进山来，诗多恐难负。特地飞相随，为君驼诗句。

（1978 年 8 月，香山）

大白井歌

井在九华山，传李白登山时，曾就此井饮水休息。

我游晋祠才昨日，水母宫前水如碧。狂歌痛饮不同时，独抚唐槐三叹息①。长风浩浩路三千，乘风来上九华山。山色满襟云满袖，太白井里掬清泉。诗骨崚嶒傲权贵，暂向名山寄踪迹。曾思江水化春醪，一井清清岂君意！我掬清泉广君心：愿将井水蒸作满天云，厚如崇山涌如大泽波涛奔。散作红黄紫白花千亿，幻作琼楼玉宇众仙来往飘衣裙。炎蒸遮阳旱作雨，茫茫八表均春温。愿将井水化作美酒流滔滔，莲花竹叶红葡萄。千杯万杯酒花溢，千里万里酒香飘。巨海作壶山作盏,九州万姓欢歌笑语无忧劳。往古梦魂飞不到,如斯乐国而今举目能见手能招。愿将井水快磨千石墨,尽招天下诗人写新作,太白井畔结诗社,何以名之名"太白"。

①李白《忆旧游寄谯郡元参军》诗中有"晋祠流水如碧玉"句。

(1982年8月,九华山)

黄河赞

为开封翰园碑林作。

伟哉黄河,中华之魂,寒通溟渤,壮夺昆仑。疏凿有禹,襁褓斯民,摧颓跬折,奋抗跃伸。风樯电驶,草树扬芬,岂因暂蹶,辄屯骥奔?雷惊九域,浪涌千春,望而可及,清涟锦鳞。矫矫飞龙,跻月乘云。

(1988年6月)

题《三友诗翰》

欧阳中石、沈鹏二同志各书余诗一长幅,裱为长卷,赋诗题尾。

长安五月晦风雨,宾馆评书仍小聚。座中群彦骋高谈,鹏君石君始相遇。鹏如古鹤清且癯,意态闲云自卷舒。石如山泉绝尘滓,偶然咳唾皆玑珠。小言戋戋不我陋,邂逅何期得耕耦。兴酣展纸看挥毫,一笑相倾忘白首。

沉沉雨巷古槐青,来踪往迹纷交横。诗函书幅不暇接,欣然忘暑如飧冰。宣州长笺一丈雪,崩浪奔雷恣洒墨。两君为我书我诗,顿看素壁双虹堕。

鹏书拓境空前雄,化古取精兼用宏。娲石碎裂冻雨溜,苍藤古木缠云风。石书风花信飘洒,欲寻无迹行空马。游刃山阴笔阵严,惊倒米颠刷醉札。我赞君书惭我诗,不三不四偶为之。君书我诗也相契,但写真趣不趋时。

幽窗夜静舒长轴，盆花点头如欲语。高情绝艺一已难，我两得之快然足。古贤留墨苦无多，为之涕泗为之歌。此卷若历千劫在，后之揽者当如何？！

（1989年9月）

谈诗，赠陈伯大同志

问诗果何物？答曰我不知。斤斤究诗义，必定不知诗。诗如天上云，曼妙比罗绮，逢春不化雨，光影徒迷离。诗如田中粟，万姓赖疗饥，终因朴无华，花下不成蹊。诗欲臻佳境，情采须相依，但如刻意求，龟尾曳涂泥。来如萍末风，微息听惊雷；行如出山泉，随势成矩规；止如飞来石，著地万牛回。毗陵有诗客，吟苦乐不疲。千里来京门，踏雪叩我扉。再晤在姑苏，春夜雨霏霏。但觉世尘远，剧谈一伸眉。示我诗一囊，雌黄竟我期。相倾忘老拙，乱弹元墨徽。长夏旅碣石，访古欲生悲。涛声壮吟笔，放言遗所思。

（1990年8月，北戴河）

鸣沙山玩月

海上看明月，月碎如鳞片。山中看明月，崖谷多奇幻。城市看明月，长街灯火乱。书室看明月，月为窗所限。我登鸣沙山，恰当七月半。沙头看明月，平生所仅见。

东月缓缓升，西霞渐渐暗。黄沙抹银灰，青天落幽幔。月上孤伶伶，两间唯我伴。皎如夜光杯，柔若轻罗扇。庄拟古佛颜，媚若娇女面。似近身边坐，无语惟流眄。似远隔关山，精魂梦中现。久看如微笑，稍露瓠犀粲。细听如悲歌，轻轻叩檀板。

我身亦一月，月我忽相感。我向月奔来，月向我召唤。我与月相融，渺渺清光眩。

（1992年，敦煌）

大龙湫放歌

久闻雁荡有双龙，大者尤足夸奇雄。挂天直泻三百丈，晴雨飒飒雷隆隆。千里神驰今咫尺，流沫欲以涤尘胸。讵知三月骄阳炙，蛟潜鼍走绝淙淙。平生际遇多枘凿，人之所弃求宜从。判无大腹贪江海，何悭斗勺娱衰翁？

入山相携二三子，大竹夹道青摩空。山回路转龙湫见，果见涧壁如烧铜。忘归亭上坐叹息，唇焦口燥无欢惊。层巅忽见坠崩雪，移山谁使昆仑东。悬丝下注疾于电，飞流一线遂连通。百尺以上受阳日，紫蓝黄绿飘垂虹。下作千珠万珠落，碧潭零雨敲丁冬。赋形随势多变态，斜飞漫卷轻摇风。如帝劝酒天女醉，金樽推倒泻瑶琼。如轩辕奏钧天乐，弦张天地为焦桐。

同行瞠目皆骇叹，微愿竟已达天聪。儒冠自嗟误生理，登临未觉吾道穷。清欢片刻得已足，翩然野鹤脱樊笼。千寻绝壁垂细水，惜哉巨斧削春葱。会须惊天作雷吼，吟诗为起丰隆慵。

（1992年，雁荡山）

艺梅叟

去岁正月，龙潭湖赏梅。听公园主人说艺梅叟故事，回思颇有余味，为写长歌。

艺梅叟，欲言不言嗟叹久。古雪横眉醉颊红，目光耀电声如钟。长车载梅走千里，身是秦岭艺梅农。

山崖坠石天风烈，悬肠高与青霄接。夜眠岩洞枕星河，晓拾枯枝煮冰雪。

刘征自选古风

百年甘露育灵根，缠风溜雨生龙鳞。劈天雷火烧不得，木魅来守熊来蹲。飞索腾身来斫取，丁丁天外吴刚斧。棕绳系结白茅包，取根须带连根土。苍根许嫁接梅枝，护暖藏娇生长迟，冰消草长春惊梦，始是勾萌绽绿时。三年五年徒长叶，唯见青青影稠叠。催花几度祷花神，思花夜起占星月。

寒暑迁移岁又添，冰凌百丈压寒山。枝头初见一花发，老眼矇眬拭泪看。明珰玉佩云端落，背立黄昏情澹泊。还将清韵度幽香，翠袖单寒殊未觉。怕因风损手来扶，老手龟裂血模糊。娇女如花悲早逝，梅如娇女伴翁孤。八年九年梅长大，冰姿铁骨元章画①。盆栽转运赴名都，乐将奇芳供天下。昨宵旅舍守青灯，雪漫风帘梦乍成。开门忽讶不是雪，万片梅花下太清。千家万家芳华遍，花香乱扑如花面。画师呵冻泼丹青，诗人觅句拈须断。花飞四面坐花间，如饮仙酿回朱颜。梦中笑醒仍思梦，吉祥已兆不须占。

朝来运向城东路，市声鸦噪人蜂聚。岂料盆梅列道旁，熙来攘往无人顾。对花无语空自嗟，万般红紫属豪家。千斤争买发财树②，锦幄唯陈富贵花。向晚收花花欲泣，夜风吼怒飞沙起。思即归山怎舍花，长安大是居不易。

感君设酒怜路人，醉中心曲为君陈：来朝一炬葬花处，持酒酹花我与君。叟兮叟兮且更酌，赠君一捧开心果。愿君火下且留花，人间自有知花者③。

注：①王冕，字元章，元代画梅大家。
②发财树，树名。
③这批梅花，后售与龙潭公园。

（1993年）

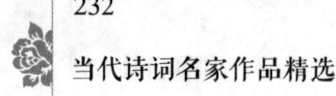

海天旭砚歌

近得金星金晕歙砚,刻为海天旭日之形。恰于波涛处皆为金晕,妙趣天成,为制长歌。

犹记东游临碣石,春天万顷涛头白。晓来风定无纤云,兀立苍崖看出日。海天接处青濛濛,一痕划破胭脂红。神乌振翼吐大火,珊瑚射焰烧龙宫。欲诗无诗画无画,撼魄惊魂徒叹诧。乃知丹青等儿戏,人力无由追造化。

定是荒古来画仙,欲画此景心油然。百丈云笺铺雪色,天女秉笔来倚肩。图成弃掷不自有,堕地天教鬼神守。化为灵石閟幽泉,时有虹光射牛斗。歙州石工艺通神,求石相肤兼相心。震霆破山开大璞,图画天然万古新。

老夫诗癖兼砚癖,世皆我嗤天独惜。携来自向案头陈,拱璧明珠等闲弃。开匣晃如旧所遭,海涌金轮犹未高。砚呼我名作人语,宛然故旧非新交:愿君之生也,犹如旭日升天东,白浪如山鲸吞鳌噬常自逄逄奔走无忧容。愿君之文也,犹如扇海之长风,敢歌敢笑敢哭敢骂以庄以谐以雅以俗呼号万窍声砰訇。我闻对砚忙施礼:敢以陋质期西子!征也有愿愿甚微,愿作砚池一滴水。

(1993年)

巴西木
赠刘章同志

章君访越南,归暂都门住。归来何所携,一段巴西木。以刀截断之,两截各尺许。一截留寒斋,一截君持去。盛以白玉盆,埋以黄金土。吹以清凉风,洒以甘甜露。渐渐出新芽,枝头生青突。渐渐长新叶,片片峨眉绿。渐渐叶肥阔,居然为小树。置之几案间,相与共朝暮。我喜木婆娑,我忧木凄楚。我醉木相扶,我歌木起舞。我吟骂世诗,木摇为桴鼓。我写诙谐文,木笑似相许。适接章君书,书中有佳句。也说巴西木,相对如亲故。两木本同株,同株分两处。一在洨水湄,一在燕山麓。迢迢千余里，参商易寒暑。但愿木葱茏，两地春常住。

（1994 年）

大钟歌
咏北京大钟寺永乐大钟

京城之西大钟寺，高悬大钟六点七五米。距今已有五百九十年，既大且古世无匹。旧不曾见见照片，如望岱华隔云烟。今年长夏经僧院，萦怀旧梦遂得圆。

盘螭欲飞白云上，桓桓巨灵高难仰。周身铸经三十六万字，森如太空罗星象。千钟万钟殿前陈，大者如瓮小者如罍樽。龙蟠虎伏各异状，大钟膝下环儿孙。

大钟大钟，汝身庞然如山阜，汝口开张如怒虎，何不更大千千万万倍，何不一鸣震寰宇？人间风雨晦千秋，水容惨淡山容愁。愿汝一鸣扫阴翳，天晴气朗好花不谢春长留。人面多忧鬼面笑，蚤肥如牛牛拜蚤。愿汝一鸣清世尘，踢者撕者咬者吞者爪牙俱落无一存，捧者拍者溜者舔者吹无喇叭抬无轿。嗡吰镗鞳大钟鸣，千钟万钟齐和声，三千大千一部交响乐，低眉附耳众星听。牛女闻之决然搬到一起住，盈盈一水焉能阻隔如山如海情？参商闻之相约谈心共朝夕，一任天花开又落，互劝三万六千金杯倾。明月闻之长圆不再缺，朗如阳日清如冰。彗星闻之碎片不再横冲直闯，如珠如玉如水晶，相逐翩翩似蝴蝶，一齐飞舞绕木星①。

大钟大笑声朗朗：君定醉矣言多妄。自古钟磬不自鸣，安得大棰横天将钟撞？

注：①这一年，彗星与木星相撞，为罕见的天文奇观。

（1994 年）

题凤尾螺

有螺名凤尾，如月笼彩云。来自大海南，论价比金银。青年见此螺，甜如吻在唇；老人见此螺，摩挲掌上珍；款爷见此螺，倾囊亦所欣；官长见此螺，以目示从人。见螺无不喜，有喜绝无嗔。嗟我为文章，雕虫妄自尊。欲扫如雷电，欲击力千钧。欲以驱狐鼠，欲以豁穷阴。愠者投冷眼，怒者脸阴沉；达者笑书生，亲者戒坑焚。比螺知自误，何必太认真？谀世自多福，旨酒合同醺。案头凤尾螺，开口笑吟吟：异哉君羡我，不知我羡君。我只余躯壳，有壳无灵魂。

（1995年7月，北戴河）

平生最爱月二十二首

一

平生最爱月，咏月诗多首。入口不同香，佐我一杯酒。

二

平生最爱月，问月爱我不？"有诗子不俗，有子我不孤。"

三

平生最爱月，明月知我心。不改旧时面，照我白头人。

四

愁觉老来多，月是儿时好。中秋拜月罢，催爷分梨枣。

五

故园明月夜，月下坐瓜棚。明灭旱烟袋，远近蝈蝈声。

六

月曾照母颜，月颜今似母。隔世相见难，胡为默无语。

七

月上北海桥，双影照春水，一吻至今甜，避人不避你。

八

曾谪黄泥铺，冷月照红山①。欲吟箝在口，流泉冰下难。

九

我醉月亦醉，我醒月亦醒。醉时月应哭，沾襟清泪冷。

十

有晴亦有雨，云暂月常明。圆缺本自然，于此悟人生。

十一

所思在霄汉，且莫笑我傻。月光有奇香，轻轻吻我颊。

十二

谁谓月无情？凝眸将我看。谁谓月如冰？着面轻柔暖。

十三

水色莹如月，月色皎如雪。愿身化清泉，终生抱明月。

十四

何曾有嫦娥，何曾有桂树？真情生幻象，愿在幻中往。

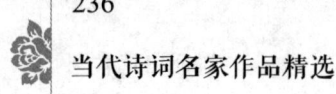

十　五

远看明如镜，近看但灰尘。环山筑楼阁，我是倚楼人。

十　六

君生万年上，定存万年下。愿我身后魂，作君星空马。

十　七

贪爱月如金，饥爱月如饼。行爱月如灯，吟爱月如影。

十　八

圆月固迷人，缺月亦可爱。一眉胜人间，蛾眉千万态。

十　九

少曾观蚁战，谐趣今不忘。借君为我眼，凭高观世相。

二　十

明月只一个，照世憾朦胧。安得千万月，现一大光明。

二十一

同来明月下，月色不相欺，太平洋作酒，万族醉清辉。

二十二

天晓月欲去，依依何所之？飞来小笺上，化作四行诗。

注：①我曾住干校，在凤阳大红山下。

（1995 年）

刘征自选古风

嘉陵烟雨歌 并序

　　11月，偕老伴访重庆，得与老同学画家宋广训重逢。宋居嘉陵江畔之画家村，即比邻而借舍。翌晨烟雨蒙蒙，景物奇绝。返京后，怅然如有失，遂有是作。

　　成都东游乘秋晴，双袖尚染峨眉青。高速行车八百里，朝发午至渝州城。画师宋君同学友，执手相看俱白首。一庵借榻画家村，灯前话旧酤泸酒。中夜浪浪雨鸣檐，梦中忽若临风泉。推妇听雨妇贪睡，跳珠溅玉和微鼾。晓起推门见松竹，小屋如巢隐丛绿。百步以外横嘉陵，湿风犹带零星雨。

　　呼友呼妇步江边，茫茫洲渚笼云烟。近看江波罗纹细，远看几点浮江船。江上青山但余影，如翼如眉如半饼。徐徐云动挟山飞，扑地苍龙醉不醒。四顾天地堕朦胧，万象隐现朦胧中。如潜海底仰望海，空明万丈游鱼龙；如蚩尤战钜鹿野，雾中虎豹搏罴熊；如众仙人游帝所，长髯高髻影重重；如盘古氏胎鸡子[①]，不知有己盲时空。

　　友说"对此应有作，绝妙诗材休错过。君诗夙捷比八叉[②]，速展长笺我磨墨"。我连摇头连皱眉，如小学生遇难题："观景千万无此景，清词丽句等尘泥。"妇见我窘掩口笑："让我说你什么好！君诗虽拙足打油，宋君定以画相报。"

　　归来复堕红尘间，满眼粉饰失天然。人生真趣岂易得？笔忽疾走如狂颠。宋君之画想已竟，画里嘉陵来入梦[③]。

　　注：[①]古书里说："天地浑沌如鸡子，盘古生其中。""鸡子"，鸡蛋也。今北京俗语中有之，不过"子"要儿化，读如"鸡子儿"。

　　[②]唐温庭筠有捷才，作诗八叉手而成。

　　[③]今宋君的"嘉陵烟雨图"已寄到。书家章谷宜君复书此歌，合为一幅，装裱而珍藏之。

（1995年，于重庆始写，回京完稿）

万亩榴花行

　　少时晓起中庭步,初晴雀噪檐头旭。半墙瓜蔓绿垂烟,一树榴花红著露。世路茫茫五十年,黄尘白雨凋朱颜。老眼看花多淡忘,时时犹梦榴花燃。周君同应梁君约,车行一夜东方白。墨缘喜结煤都人,食鱼来作薛城客[①]。

　　佳境可遇不可期,偶然福至偶得之。往日见一今见万,万亩榴花天下奇。车行初到青檀寺,石榴夹道无杂枝,含笑点头迎远客,似曾相识情依依。旋陟高丘恣远望,榴海苍茫腾绿浪。山高地燥气尚寒,叶底朱华半含放。有如天上飞来无数桃花片,深深浅浅浮波上;又如长鲸触碎百万珊瑚枝,星星点点随风漾。

　　下自山麓暖春阳,红蕊渐繁绿渐藏。欲防咫尺燃须发,烧天赤焰何煌煌。道旁一树高拂汉,婆娑半亩垂荫凉。龙盘虎卧根柯古,父老道是石榴王。但见千枝万枝着花难计数,绛珠紫玉含烟映日生晶光。或俯或仰或聚或散漫作风前舞;或笑或颦或思或梦或者羞涩如新娘。蜂儿恋花忘采蜜,蝶翅摇摇浑似醉,游人不敢大声语,绮梦空灵恐惊坠。低徊留连者久之,梁君周君各有诗。我诗迟滞久难就,改定已及暮春时。

　　考榴之初也本非中土有,《诗》无其名《骚》也否。凿空万里博望侯,西域携来始东走[②]。好风时雨年复年,土沃阳和花日繁。遂于二十四番花信外,别添花事为京观。海纳百川海乃大,划地自封宁非傻?只要花好便移来,育花何必分夷夏!

　　注:①周笃文先生和我应梁东先生之约同赴枣庄煤矿区微湖书画会成立五周年活动。枣庄,古薛城,孟尝君所居。微山湖鱼极鲜美,非虚用冯谖故事也。

　　②见《后汉书·张骞传》及《博物志》。

(1996年6月)

刘征自选古风

四犬诗

入门闻嬉闹，四犬小于猫。一色黑兼白，通体覆长毛。眼大如灯泡，鼻缩短吻翘。欢欢最骄横，无故向空嗥；庆庆每多事，推门爪自挠；丑丑时沉思，歪头默默瞧；盼盼怜瘦小，宛转爱撒娇。索抱争人立，作揖尾巴摇。得食小争斗，扑咬抢追逃。一事不体面，便溺随地抛，屡教终不改，清扫增辛劳。夜黑风呼呼，庭院静悄悄。四犬齐怒吠，忽如猛士豪。

（1997年10月，逸园）

登岳阳楼放歌，赠岳阳诸诗友

忆昨醉月西山阿，飞梦已泛洞庭波，长车辗月行千里，九州风物巴陵多。名楼四望秋水阔，平波如縠船如梭。浮云远渚光上下，青枫绿橘风婆娑。水天无际愁飞鸟，下深百丈潜蛟鼍。君山远望但浮影，湘妃舞袖拖青罗。

楼中览古顿忘倦，留题罗列如星河。杜诗范记独秀出，凛凛锵锷长不磨。感时抚事百感集，古事往矣今若何！遐荒土灶咽粗粝，连云楼馆驰华车。况闻巨蠹窃权要，后先忧乐全乖讹。主人捧觞为我寿，众方宴乐何殊科？方今国运日隆盛，岱华拔地高峨峨。净垢相依本常道，切莫扪烛遗曦娥。我辈历劫身犹健，天教山木存枝柯。雄鱼高笋罗满案，会当痛饮无拦遮。

我闻此语沉吟久，倒盏倾瓶醉颜酡。愿为此楼题"众乐"，愿乞风色常祥和，愿滋兰芷无风雨，愿繁鱼鸟无虫蛇，愿化洞庭为美酒，莲娃钓叟皆酣歌。嘎然长鸣闻鹤唳，翩翩雪翼檐前过。

（1997年11月，岳阳）

元宵饮酒歌

少时好饮酒，一饭数举觞。老来酒为忌，避酒滴不尝。人生百忌无不可，忌酒使我失乐乡。无酒春不暖，无酒花不香，无酒食无味，无酒歌不狂，无酒无佳句，拈髭三日搜枯肠。今夕元宵月下坐，无酒干嚼开心果。老伴忽施法外恩，不喝白干制曰可。葡萄酒滴珍珠红，鲜啤翻花澄琥珀。举杯邀月向天边，月在杯中对我乐。酒光潋滟影迷离，杯里难分月和我。思绪渺渺恣回翱，少时国破度元宵。邻舍无灯云遮月，漫漫大雪压衡茅。撼户摇窗风似鬼，严城远近闻狼嗥。茫然四顾问安适？半壶冷酒读离骚。二十年前殪四凶，鱼归江海辞煎烹。劫余第一元宵夜，哀丝豪竹歌月明。天宽地阔诗人老，秃笔更作峣田耕。今宵之酒何清冽，如遇故人经久别。万家灯火月中天，往事如烟鬓如雪。我欲飞天怀抱皎皎之冰轮，下视地球犹如青玉之罍樽。五洋四海化春酒，酌我大寰亿万之生民。高歌憨笑陶然扶醉同叩世纪之金门。老伴说我别犯傻，如此祝愿太廉价。既醉不如撒酒疯，拍案击节高歌兼笑骂。

（1999 年 2 月）

吃竹虫

于昆明筵上，庖人进炸竹虫一味，虫状甚丑。或不敢下箸，余泰然嚼之。

有虫如稻螟，体软长盈寸。穿竹入竹心，窃国居然朕。以竹为珍馐，以竹为衾枕，以竹为厅堂，以竹为藩溷。竹虫泰而康，荣养日肥腯；竹君苦难言，凋零日委顿。竹质坚如石，钻凿费刀刃；竹腹唯清虚，膏脂了无蕴；竹叶尸酒名，苦涩与诗近；竹肤瘦无肉，只堪书孤愤。胡为亦遭蛀，枯死化灰烬？虫也何不仁，造物何太忍！谣琢妒蛾眉，鞭笞辱神骏，贤作汨罗鬼，圣于陈蔡困。岂独竹为然，绵绵千古恨。庖丁发异想，捉虫就烹饪。袅袅倩妆女，手捧玉盘进，油炸千百虫，灿灿焦且嫩。或惊瞠其目，视虫毒如鸩；或憎欲作呕，视虫秽如粪。我谓虫大恶，逍遥法不问。而今已就烹，释我心头闷。嚼之以下酒，丑类化清韵。

（1999年6月）

醉石歌
赠钟家佐兄

邕城冬暖饶佳色，醉石斋中来作客。诗云一日等三秋，三年已是十年别。君诗清旷匹天籁，君书流转泉飞鼙。谈诗论字兴未阑，更赏藏石骇奇绝。藏石累累列高橱，未许书册专城居。大者坐地分疆土，五岳缩微入室庐。厥色幽深多苍紫，沉霞染就黑珊瑚。中有白者何高沽，明月照射沧海珠。厥形百态多奇变，或如革履或如砚。或如惊马仰长嘶，或如悬泉奔注涧。或如将军环铠甲，于拷须髯抚长剑。或如混沌诞初民，蓓蕾乍开现伊甸。有石浑圆大如斗，石纹构字俨然"寿"。更书姓名无少差，天赉贞祥宜拜受。石兮石兮！汝非稻菽不疗饥，又非珠玉非珍奇。世俗掉头不肯顾，自非达士谁知机？尘海沉浮生百幻，大地为母石不移。抽思悠悠入太古，中有至美非人为。醉石斋中灯一穗，醉石先生方假寐。石似儿孙绕膝来，或捶腰腿或扒背。平时百忧挥不去，此刻欢愉沁肝肺。小饮一盏乳泉茶，颓然高卧石间醉。

（1999年12月）

驼铃篇

宝鸡汪霞先生赠我一幅汉砖画像拓片，托江婴君带来，又托成钢君转至我手。拓片上只有一头骆驼和一个牵驼的人，无文字说明，想是两千余年前故物，前此所见许多石刻画像，没有这一种，为丝绸路上所独有。汪霞先生以其珍奇而赐赠也。灯下展玩，忽发茫想，漫笔为诗。

叮咚响驼铃，苍茫自先古。如桥咽深宵，如鐙叩空谷。一驼步跚跚，一人行踽踽。一驼共一人，形影何茕独！问驼何所之，铃语驼不语；问人去何处？摇头不知处。唯知向前方，前方有乐土。那边花不谢，长在枝头住；那边鸟不惊，唱歌胜丝竹；那边多金银，楼阁黄金铸；那边出百宝，广陌铺美玉；那边无残杀，囚笼锁豺虎；那边无欺凌，四远皆亲故；那边有真情，情人成眷属；那边有好诗，随口追李杜。何不裹糇粮？途远宜轻负；何不暂停歇？停歇恐延误。前路尚多长，但行不计数，行行重行行，行行不息足。悠悠千载下，熠熠书舍烛，渺渺闻驼铃，茫茫人生路。

（1992年12月）

逐日图歌 并序

美洲印第安人的祖先是来自亚洲大陆的黄种人。《山海经》里"夸父逐日"的故事，并非纯属神话，山海经文字与山海图都可以清楚地探寻出这一史迹的信息。中华先民东渡美洲的史迹虽仍有许多空白尚待研究，但基本轮廓已经浮现。著名画家侯一民老友，以拓印新法熔中西画艺于一炉，据此创造了巨幅《逐日图》。绝大笔力，绝大胆识，真足以惊天地而泣鬼神。观后深深感动，为作《逐日图歌》。

万八千岁开鸿蒙，泣为江河息为风。天高地旷盘古死，玄黄龙战谁为雄？炎夷弃甲曳兵走，辗转万里西复东。伟哉夸父为之首，越峡远逐日瞳瞳。大洋彼岸繁生息，印第安人传其宗。夸父逐日岂神话，《山海》图录留遗踪。征之实物若合契，中外考古渐认同。侯君泼墨构奇想，檐花夜雪春又冬。深宵捧砚来山鬼，墨海作浪腾螭龙。解衣磅礴忽大笑，丹青伟力移时空。中厅列幛十七米，雪山冰海青蒙蒙。极光如带连亚美，白冷陆桥相联通。夸族东徙艰行进，茫茫古雪添人踪。随身什物何丛杂，麋驼犬曳奔匆匆。健儿辟路迎朝阳，一一影像雕青铜。兽皮遮体草裹足，头饰三羽摇蒙茸。同俦负载步迟重，蹒跚老母携儿童。严寒彻骨困娇女，偶露半面如芙蓉。白须一丈夸父老，烂烂岩电明双瞳。渺茫远史得再现，追寻古梦摹形容。尔后三千五百载，美海始拂欧帆风。先民伟烈惜泯灭，坐使后者夸奇功。殖民肆虐猛于虎，劫掠百宝成丰隆。钩爪锯牙肆杀戮，孑遗寥寥悲途穷。侯君作画如著史，拾遗聊补太史公。我读此画三叹息，弱肉强食今古同。呜呼！万古崇山裂海峡，胡为人道一而终？我愿万族相亲如手足，乔木寸草同春荣，粪除战场树芳草，人间遍筑康乐宫。京门大雪迎新岁，天地皓皓旋风琼。缪斯不约而来访，暖茶凝碧花朦胧。漫作长歌题《逐日》，诗心跃跃不知翁。我诗字字行行飞腾逐日去，化作白雪片片尽染朝霞红。

（2000年1月）

题《竹狐图》

一民以《竹狐图》赠我。竹狐同图，古今罕见。这幅奇图，逗出我一首寓言诗来。

有狐绥绥来，来自古寓言。吃不着葡萄，曾说葡萄酸。这回大快意，身在山之巅。万物伏脚下，俨然握王权。忽向近旁看，有大竹一竿。凤尾拂云霄，百尺青琅玕。狐狸冲冲怒，与竹不共天。举爪抓竹干，干如岩石坚；张牙啃竹根，根如钢丝缠。爪牙不奏效，改用下水道：洒向大竹身，一泡狐骚尿。为怕有人见，尿罢忙溜号。边走边嘟囔，狐言撒一道："无竹令人俗，苏诗应改调；一枝一叶情，郑画也胡闹。什么君子风，原来是假冒。我从竹旁过，掩鼻急忙跑，惹得一身骚，洗也洗不掉。"大竹摇天风，不言也不笑。

（2000年7月）

百里红叶歌

访山西陵川县百里云霞红叶区，天尚暖，霜未重，娇红浓绿，蔚为奇观。

忆昔香山卧高秋，风雨乍霁恣清游。曦辉灯火继朝夕，白云红叶围书楼。登山采叶新霜后，珍藏数片至今留。开封每见长叹息，殷红依旧人白头。今到太行深山里，黄栌遍山一百里。夺火岭上红叶节，岁岁逢秋盛无比。晓行碾雾车如飞，越涧攀崖乍明晦。闻道霜轻木未寒，私憾天公不作美。岭头停车眺连峰，忽如岩电明双瞳。秋山遍访几回见，点点娇红万绿丛。转觉一色嫌单调，风情万种劳神工。魂惊魄悸忽自失，秉笔欲写愁词穷。如剪云霞铺大地，岩壑周覆不须缝。如泼重彩染巨海，锦涛五色灿晴空。如帝开筵舞魔女，抛花万亿赤黄青绿徐回风。如遍地洒玄黄血，张鳞奋甲云端战死坠蚊龙。红颜健步登峻坂，黄发嬉闹皆还童。或拾落叶缀为饰，或尝野果丹砂红，或呼俦侣共拍照，或卧芳草思朦胧。凝神叉手诗思涌，妙句天成所获丰。信步远及情人岭，云深路渺迷仙踪。游兴未阑日将暮，归路茫茫裹红雾。相视大笑鬓发红，回头不辨红霞与红树。

（2000年10月，山西）

记吃蟹

中秋后一日，傍晚客来访。开门见侯君，含笑眉宇朗。携来胜芳蟹，吐沫吱吱响。而今横行族，身价高难仰。久乏持螯兴，感子奇珍饷。就座饮碧螺，开谈笑兼嚷。话旧多悲凉，枯鱼幸脱网。诙谐及民谣，玩偶视魍魉。小碟罗姜醋，长瓶泻佳酿。灼灼蟹壳红，热蟹盘中躺。黄膏似玉莹，白肉如雪爽。尝此一味鲜，百味俱失赏。无怪红楼宴，能受颦儿奖。戏和咏蟹诗，冷峭空依傍。笠翁著"闲情"，文笔颇酣畅。狂掷"买命钱"，佳处却难讲。侯君丹青癖，展纸忽技痒。我以诗题画，兴发如追抢。只疑盘中蟹，郭索缘纸上；又疑手中杯，酒化诗行淌。

掷笔相视笑，物我两相忘。世上孰最乐？知音有三两。他年视今宵，真情慰追想。飒飒夜风凉，嘈嘈百虫唱。长空浩如海，明月光晃漾。

（2000年10月）

韩祠断碑行

潮州韩文公祠里陈列着几块断碑的碎片，原是苏轼撰的"潮州韩文公庙碑"。苏书的碑早已失存，这碑是后人重写的，仍然受到州人的珍爱，置于苏亭。"文革"中被砸毁。我来谒韩祠，对之惨然，发为长歌。

韩江湛湛韩山春，万里来拜韩祠门。琳琅碑版嵌廊壁，一碑断裂讶犹存。玻璃罩护高台供，非金非玉伊何珍！细看书法颇端谨，断行缺字不成文。一叟相迎为我语，欲泣眼枯无泪痕：苏撰韩碑二美俱，巍巍岱华双峰尊。遗爱千载长护惜，山亭时覆垂天云。那年阴霾暗塞城，兰摧桂折旋飞蓬。高帽鸣锣长街走，满墙大字如刀丛。狂人汹汹破门入，口宣语录臂章红。斧斫锤砸碑立碎，狼牙虎爪无完形。夜深人寂独来吊，空亭月冷鸣哀蛩。一碑扑地吾足道，横流九域吾道穷。儒冠博带遭横扫，图画凌烟受炮轰。焚书无算逾秦火，横扫千古悲虚空。九死不图有今日，峨冠博带塑韩公。荔丹蕉绿足佳色，红牙铁板歌春风。我闻翁言忽哽咽，悲耶喜耶两纠结。老来荒梦渐如烟，不堪重温心胆裂。碑兮碑兮奈若何，愿示来人以残缺。呼天欲语听无声，断处渗渗尚流血。

【附记】蒙潮州市韩愈纪念馆馆长曾楚楠先生函告：苏轼手书的韩庙碑于宋崇宁二年被毁，后人所写韩庙碑不止一块。元至正年间潮州路总管王翰主持重刻一碑，"文革"中被毁。今陈列在庙内玻璃罩中的即此碑之碎片。

（2001年3月）

云锦杜鹃歌

燕山风雨度岁寒，红泥盆中看杜鹃。江南山行偶相遇，杜鹃成丛不成树。春风吹我上天台，拨云披雾看花来，攀缘四万八千丈，忽讶天地着花埋，杜鹃树高多逾丈，著花纷繁如锦幛。一树老干矫如龙，树龄已在千年上。悬肠百转陟苍崖，飞升信步入烟霞。云动千枝摇暗影，风吹两袖乱飞花。应是天帝大笑雷电烈，惊动天上花园无量数蝴蝶，如海如潮下大千，轻红粉白枝头歇。应是嫦娥寂寞习丹青，戏将彩笔乱染九天浩瀚之繁星，以指弹天星震动，纷纷坠落随天风。应是诗神漫游曾到此，狂歌如瀑直下三千尺，一枝一萼一句诗，题诗不用人间字。应是维摩天女散花如雨坠纷纷，散如徐回之舞袖，聚如凝定之停云。众生看花皆得大自在，除一切苦无烦心。我如吃了长生药，风前白发纷纷落。忘天忘地忘古今，忘老忘忧忘自我。我身非我竟为谁？化为万亿花片翩翩飞，花中有我花不觉，我中有花我不知。昔日刘郎天台逢仙女，今日刘郎天台赏花亦奇遇。但愿花开无谢时，人间遍是天台路。

（2001年5月，于天台）

红豆曲 并序

2001年访无锡，因得赏无锡红豆树。树传为梁昭明太子萧统手植，已一千多年。原为两树，后两干合抱，并为一树，上枝仍分为二。近处旧有文选楼，已圮无遗迹。时值岁寒，木叶尽脱，根柯盘结如虬龙。廊上悬有红豆树图片及前贤诗文，益我见闻。听老者讲昭明太子浪漫传说，哀艳动人，遂有写《红豆曲》之萌动，孕育多日，终于呼之欲出。2002年春节多暇，命笔成章。传说为我起兴，赋事任臆所之，真实不虚者只一情字。

南国红豆生处处，最数无锡红豆树，道是萧郎手自栽，红泪千年咽风雨。萧郎帝子人中龙，金蝉翠绶当华风，济贫苏困不自足，文选楼头夜烛红[①]。恰

刘征自选古风

是清明新雨后,信马青郊问花柳②,暂辞倦眼万飞鸦,难得清心一壶酒。当垆女儿傍前溪,杏红衫子绿杨枝,相逢却似曾相识,未曾相识已相思。素手捧杯奉公子,明眸含笑凝春水,不须丝竹伴清歌,天下流莺欲羞死。碧桃花下誓终生,阿侬小语许花听:"因爱红豆名红豆,不慕繁华只重情。"归来杜门耽笔砚,寝馈沉酣书万卷,碧玉未及破瓜时,待嫁移年应未晚。文选终成第一书,牙签锦轴聚琼琚③。凤笙龙管迎红豆,春风十里紫云车④。白头阿母吞声泣:"讵料一病终不起!欲寻红豆向何方?前溪一片埋愁地。朝占鹊噪暮灯昏,枫叶桃花秋复春,伶仃寸草寒家女,卑微无路叩金门。嘘气如丝泪成血,枕上声声犹唤君,叮嘱一物遗公子,锦帕包裹是儿心。"帕上鸳鸯女亲绣,鸳鸯帕裏双红豆,如闻红豆唤萧郎,红豆与郎永相守。悔因功业负佳人,恨我来迟卿已走,从今见豆如见卿,豆似明珠捧在手。一双红豆种楼前,春怜风雨夜怜寒,泪挽柔枝唯脉脉,月移树影望珊珊。香丝未尽春蚕死,红豆树长年复年,双树合抱成一树,双枝交叶绿含烟。黄鸟来歌白蝶舞,芝兰相伴幽篁护,彤管轻吹玫瑰风,情天漫洒金盘露⑤。梦里繁星坠地来,枝头红豆结无数,祝福天下有情人,欲启朱唇作低语。岁寒来访雪压枝,回廊图展令心怡,豆似丹霞花似雪,前修诗笔罗珠玑。树前闲话得小憩,秀眉老父道传奇,和泪翻成红豆曲,聊补摩诘相思诗。相争扰扰多仇怨,采撷休忘摩诘劝,安得播爱遍人间,婆娑红豆植伊甸。

注:①梁昭明太子萧统,不仅致力于文治,而且关心民瘼,"每霖雨积雪,遣腹心左右,周行闾巷,视贫困家有流离道路,密加赈赐""多作襦袴,冬月以施贫冻"。他享年仅仅31岁。金蝉、翠缕缨是梁朝太子服饰。见《梁书·萧统传》。

②花柳,指春天的自然景色,杜诗:"步屧随春风,村村自花柳。"

③《昭明文选》,是我国成书最早(约一千五百年前)、影响最大的综合性文学作品选集,为其后许多朝代士子的基本读物。

④唐杜牧《张好好诗》中有"聘之碧瑶佩,载以紫云车"的诗句。

⑤彤管,一种涂着红色漆的乐器。《诗经·静女》里写为恋爱的赠物。金盘露,汉宫以金盘承接天上的露水,认为是仙露。

(2002年3月)

"四绝"歌,赠林锴兄

闻有古贤称三绝,君比古贤多一绝,诗书画印一艺通,毛颖钢锋岂胡越?君画气格仰弥高,不似之似形神交,天高地迥收咫尺,山红涧碧纷妖娆。曾于君斋赏君画,百幅醉我中山醪,老矣游观苦难遍,陶然偃卧恣游遨。君诗清新蕴豪气,词华如绣刺如棘,龙吟激越凤吟清,云纹缥缈苔纹细。谓豪谓婉两难贱,非豪非婉别一体,欲问锴君诗何似?锴君之诗而已矣。融画融诗于书中,乃能秀逸融奇雄。偶一鼓刀娲石裂,秦权汉玺追青铜。何其多能无乃圣,牵萝不与娥眉竞。青衫白发涴京尘,蝴蝶栩栩方晓梦。南北东西风满楼,飘花舞絮何时休!为君大砚磨麟髓,长笺一扫古今愁。

(2002年4月)

换晶诗

余久为高度近视和白内障所苦,苦不堪言。今年三四月间,就医北京同仁医院,换置人工晶体。豁然现大光明,乐同再少,诗以为记。

眼耳鼻舌身,唯眼夙所苦。近视逾两千,白障复内阻。执笔不见颖,作字多乖误。亲朋对面逢,李四唤王五。出门须陪伴,行步畏颠仆。夜空不见星,晴日觉多雾。谓明已无明,谓瞽又非瞽。荷马罢行吟,盲翁慵负鼓①。乌云翳皓月,银海塞埃土。治本须清源,华扁探无术。聊斋写陆判,换头为友妇。久梦换双瞳,何由得神助?伟哉高科技,金篦能刮目。妙手易其晶,施治无痛楚。睁眼忽大明，四顾喜以惊，居室豁然朗，大气何澄清！微笑见蒙娜，仰壁读兰亭②，登阶捷步履，举箸辨炸烹。如儿目初开，母腹诞宁馨。如鸟出幽谷，高枝浴新晴。生途患多累，蜗背负山行。百忧挥之去，一乐冠平生。老伴笑近前，道贺复叮咛。白发丝丝颤，喜极转泪零。儿女共亲友，欢笑满客厅。争谋举庆宴，佳酿开几瓶。揽镜虽惆怅，见我老丑形。目明同再少，开襟肆豪情。梦中忽大笑，我笔化飞鸟。素云展长笺，横空作狂草。

注：①陆游诗："斜阳古柳赵家庄，负鼓盲翁正作场。"

②寒宅壁上悬有名画《蒙娜丽莎》复制品和《兰亭序》彩印本。

（2004 年 4 月）

石缘二首

海浪石歌

巨浪推石出海底，石卧沙滩醉不起。携来拭洗见真容，瘦透漏皱罕其匹。酷如快剪剪波涛，一霎风来尚动摇。腾拿迂曲纷异态，百孔千窍相连交。夜深枕石如枕海，星月迷离舞百怪。眼前疑梦又疑真，石化老人忽下拜。青铜为面雪为髯，云冠风袂飘飘仙。自言与海通灵气，身虽为石心非顽。波神与我长相守，雷转风回事雕镂。柔于丝缕利于刀，暮暮朝朝不离手。波翻浪卷赋石形，波神老去雕始成。为将至宝献人世，辞海来沐人间风。世人爱金不爱石，天荒地老无人识。白眼相投客去来，乌牛砺角犬遗矢。何期今日得逢君，君是人间爱石人。便欲从此从君去，共君忧乐共君吟。天涯一笑逢知己，我亦一石而已矣。怆然对坐我与君，青鲸背上风涛里。

卧虎石歌

海潮轻缓人行早，一路足音一路笑。老伴唤我快来看，俯拾潮头得一宝。

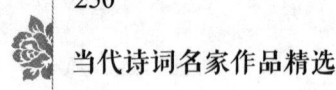

奇石水洗除泥沙，皓然而白莹无瑕。纹理纵横乱有致，遍身垂挂如披麻。却疑非石亦非玉，霹雳断裂珊珊树。厥形亦异非常形，酷似蜷身酣卧虎。"以君为虎兮，君不能啸踞山林称长雄，顾盼叱咤生云风，登崖跳涧草木偃，威慑狐兔臣罴熊。以君为石兮，又不能块然独卧南山下，草动风吹惊猎马，幻形威猛戏将军，鸣弓飞镞穿石罅。销声敛迹对寒潮，塌冗不异犬与猫。神怡心旷无愠色，问君何恃得逍遥？""我方吟诗君勿喧，吟《猛虎行》恰完篇。冥搜九地上九天，飞龙驰象驯可玩。粪土珠玉芥瑚琏，个中有乐不可言。云衾海枕醉欲眠，陶然一梦三千年。"

（2005 年 1 月，三亚）

题画像二首

老友逸民为我画像，巨帧油画，悬之斋壁，胜琼琚之赐，得诗二首赠逸民，并以致谢。

一

入室大惊异，有叟室中坐。何术分我身，居然又一我。混迹人海中，千面变冷热。见人不见己，见己翻如客。问君年几何？岁月一大摞。问君何所思？不知想什么。君发白如雪，长愁定相虐。白间杂黑丝，却也有欢乐。君面多皱纹，阅世定通彻。皱纹如乱麻，历久越多惑。但笑而不言，必当有新作。自推独轮车，不蹈陈年辙。说来真惭愧，作诗不解饿。想吃烹小鲜，味道颇不错。眉间多傻气，口角含幽默。秃笔不生花，柔肠偏忌恶。欲探生之谜，终老谜未破。不苦足下冰，不息心头火。风雪夜窗寒，相对不寂寞。

二

老友卜苍君，丹青迈群伦。春山云树远，妙笔写我真。少年曾共砚，国破潜悲辛。中岁遭动乱，生死隔音尘。晚景沐春阳，情愫得一申。逸园山寺畔，佳日每一临。秋月闲入座，西山青侍门。跳吠笼中犬，欢叫架上禽。嫂亦大画家，余暇爱耕耘。架上摘瓜豆，畦间采葱芹。开樽剥紫蟹，泼墨复高吟。欢笑隐繁忧，感叹相知深。晴窗展画布，敷彩何缤纷。精微到毫发，肖形兼传神。归悬前轩壁，惆怅乱主宾。轩窗忽大明，如月照黄昏。仰面笑盆花，窥窗驻行云。我笔痒欲动，我诗诵欲喷。妻见忽大笑，我夫有两人。

（2005 年 3 月）

题画梅

逸民更以巨幅墨梅相赠，曰："君名梅苑，宝剑赠烈士，其宜也。"忆少时与逸民同受业于小溪师，师赐艺名梅苑。今老矣，书画仍常署梅苑或老梅。

南游曾到大庾岭，万树梅枝弄疏影。三点五点乍开苞，雪肤犹怯山风冷。杭城来访处士庐，林家有妇今何如。翻红坠素残妆尽，莺飞草长孤山孤。北地冰霜梅不耐，罕有梅株植户外，化身千亿思放翁，何当一醉香雪海。侯君怜我梦难成，为我放笔扫长屏，冰姿铁骨横半壁，顿觉风动寒香生。寻梅不必江南走，梅自款门来问候。师锡嘉名名梅苑，画中座上两梅叟。都门三日雪漫天，撼屋狂风雪后寒。爱君老去饶春色，邀君入我咏梅篇。

（2005 年 3 月）

大运河砖砚歌

旧时，在古运河沉船中得一残砖，弃置已久。李开平君倩张杰君雕为巨砚，祝老夫八十寿，为制长歌。

运河滔滔走白烟，破浪钩沉得古砖。鱼龙作窟岁时久，磨砺鳞甲胶腥涎。

色如青铜坚如石，剥蚀点点虫蛀斑。营造缘何遗此物，惜哉材大长沉潜。李君抱砖授张子，适得其用逢机缘。雕砚以为梅翁寿，翁年虽耄笔犹酣。砉然奏刀娲石裂，龙纹鸟篆缪相盘。庞然巨宝鬼神骇，非金非玉非歙端。梅翁受砚忽狂喜，抚掌大笑声敲天。叩砚为君发浩歌，聊效老米铭砚山。砚兮砚兮，以汝作画，不画愁眉泪眼葬花女，须画金戈铁马鬼面而虬髯；以汝作字，不作婀娜婉媚簪花体，须作颠张狂素怪石崩坠枯藤缠；以汝作诗，不作有情芍药含春泪，须作乘风破浪、直济沧海扬云帆。书斋日暖飞柳绵，杂花乱落砚池间。我歌未阕醉欲眠，高卧枕砚春风前。

（2006 年 4 月）

新闻乐府二首

大玉叹

山中有美玉，厥大实寡伦。百炼未补天，飞来自昆仑。九凤为翼护，百怪为周巡。偶然露晶光，照夜月千轮。世人尚未晓，上官早知闻。

上官得报告，欣喜得讯早。美玉值万金，焉能弃野草。指示急下达，千夫修大道。迢迢几百里，五里一岗哨。一辆密封车，武装来送宝。大玉有大用，上官主意定。请来雕刻师，国际知名姓。借问何所雕？三问无人应。幕布严隔离，但闻刀斧动。

一不雕女娲，吾华人之母。黄土抟作人，羲黄尧舜禹。云霞如锦被，江河如母乳。吾土即吾民，吾民即吾土。不雕女娲像，无由拜始祖。二不雕夸父，光明之化身。逐日不停息，只要一息存。途中惜身死，不死逐日心。血脉化江河，骸骨化山林。手杖化桃树，开花万古春。不雕夸父像，难瞻逐日神。三不雕嫦娥，吾华之飞仙。身轻忽若絮，风吹上云端。舒袖如虹霓，双凫似飞船。手把丹桂花，飘飘登广寒。西方尚蒙昧，我已梦航天。不雕嫦娥像，神舟难溯源。

三事均不雕，所雕者何哉？上官来揭幕，观者皆惊呆。一尊大腹佛，眼眯笑颜开。佛冠七宝饰，袈裟锦绣裁。熏以龙涎香，黄金铸莲台。更造玉佛宫，红毡铺瑶阶。不为弘佛法，只为发佛财。乐队嗒嗒嘀，广告列长街。游客如云至，香火涨烟霾。南元阿弥陀，钞票多兮来。

大竹叹

大竹生深山，百尺青琅玕。临风挺高节，凌霜傲岁寒。枝头舞鸾凤，林下栖古贤。一日无此君，高士所不堪。一朝罹斤斧，车载出山去。出山向何方？林深不知处。

一不杀青简，忠义垂千古。二不树大旗，号令鸣金鼓。三不造长桥，以利江河渡。四不建竹楼，广延寒士住。所用究为何？一朝大暴露。江面压乌云，暴雨忽倾盆。白浪打江堤，狂如万兽奔。"此堤乃新筑，水泥加钢筋。浪大何足道，百姓请放心。"大堤忽崩塌，惊雷裂厚坤。滔滔洪水泻，顷刻失千村。察看堤溃处，脆弱知有因：支撑皆毛竹，钢筋无一根。

此事都知道，旧闻何须炒？旧闻何曾旧，此君尚烦恼。看一看，察一察，万间广厦，千河堤坝，犹有多少"豆腐渣"！

（2006 年 9 月，温榆河畔）

海棠花蹊行

京门元大都遗址公园沿小月河遍植海棠，中元杂树，名曰"海棠花蹊"，有碑记。今春开花特盛，游人如云。漫步其间，油然有诗。

何处寻花眼欲迷，名园千树海棠蹊。摇风卷地翻锦浪，娇红粉白压枝低。天光云影乍明暗，花间走线织雨丝。蛱蝶似花花似蝶，花飞蝶舞拂行衣。落花满地积盈寸，往来裙履不沾泥。游客如云怡然乐，中有一老笑扶妻。古今咏花之诗无量数，独爱龚子西郊落花诗。一洗千古儿女泪，翻红涌素饶生机。

龚诗启我开新境，天外奇想忽飞来。欲邀风伯醉以烈酒三百杯，令渠踉跄颠倒步难移。花气氤氲花影静，天清如洗无尘灰。欲喝春寒倒退三百里，霜刀雪剑融为饴。树梢晡翅鸟雀懒，青溪水暖花鲢肥。欲令落花飞起重向枝头住，永不褪色不离披。前花后花累相叠，人间到处锦绣堆。噫！风云变幻乌有是？如此茫想宁非痴。四围海棠纷纷向我点头笑，个中真趣花知之。

（2008 年 4 月）

新笋篇二首

一

我爱楼前竹，曾著绿竹篇。去冬大风雪，天地凛严寒。吁磋竹稚小，移栽未周年。入土根尚浅，立地欠牢坚。北风似刀割，冰雪似压铅。枯黄纷落叶，摧折仆高竿。一日三顾视，无力难相援。白日吝微温，惨淡悬冰团。鸟雀怯冬威，缩颈噤无言。诚恐春风来，哭竹泪空潸。却梦孤竹君，含笑拍我肩。

二

春日鸣鸧鹒，草木皆返青。不意摧竹地，群笋忽发萌。一日露尖角，出土如铁钉。三日已盈尺，蹲地如长瓶。旬日长比人，柔枝互旁生。半月形渐备，细叶漫摇风。转眼一月后，新竹已长成。凤尾丽晴日，琅玕指青冥。翩翩青衫影，泠泠紫箫声。喜看今胜昔，重叙故人情。乃知生命力，柔弱胜强横。乃知天地心，仁爱本好生。

（2009 年 7 月）

兰花咏叹调 并序

某处盛产兰花，香飘世界。于电视上看到。兰花品种繁多，各呈异姿，清高淡雅的风姿令人陶醉。花间有一种昆虫，名兰花螳螂。那颜色，那姿态，远看近看，都宛如兰花。可是有蝴蝶之类的飞虫经过，螳螂忽露狰狞，出大钳捕捉，飞虫立即成为螳螂的一餐美食。如此伪装，如此狡诈，颇叹原来昆虫界也如人世一般险恶，偌大的地球，竟无一寸安全的地带。

然而，让我喟叹的是，人间竟有一位兰花市长，堪称是那螳螂的哥们儿。从传媒得知此事，久想笔之于文以邀共赏。然而老而善忘。那市的名字，以及许多细节都忘记了，无关紧要。只说个大概，已足令读者瞠目而捧腹了。

这位市长标榜洁身自好，不收任何礼品，送礼者均遭严拒。而此公乃雅人一族，独癖兰花，有送兰花者，即使名贵品种身价以万计也笑纳不误。入其室，兰花兰叶，光风飘转，幽香四溢，真乃神仙洞府，一尘不染。此公起居其中，非天仙亦地仙也。

而无人知晓，此公却是一个"兰花螳螂"。他于后门将兰花运出、转卖所获颇丰。谓受贿乎，似非也；谓非受贿乎，又似非也。纪检自有处置。于老汉，则得一颇好的诗材，仿骚体，作咏叹调。

彼贪鄙之墨吏兮掩秽垢以芝兰。兰以孤高之丽质兮蒙不白之奇冤，洒坠露之清泪兮跪申诉而呼天。早已怒不可遏兮有爱芳草之屈原，倾汨罗之碧波兮滋九畹之新研。善画兰之老郑兮亦瞠眼而吹髯，令手中之湘管兮化为痛挞腐恶之长鞭。老汉独坐而沉思兮自默默而无言，忽引吭而悲歌兮若雷鸣而浪翻。驾宝马以风驰兮览光怪之大千，察大伪之百幻兮岂独一小吏而然。著论文而剽窃兮顶尊显之学衔。藏铜臭以书香兮沽美名于文坛。实官仓之硕鼠兮常行善而献捐。引鸡犬纷纷而升天兮自作一尘不染之神仙。凡此不可胜计兮有诡秘而难宣。旋词穷而笔倦兮置杰作于未完，袭羽绒之轻暖兮对雪窗而微鼾。梦银河之倒泻兮落滚滚之飞澜，涤荡一切污秽兮洗湛湛之青天。

（2010年开笔大吉）

苦竹篇

去冬度岁寒,曾悯新栽竹。且喜春风来,新笋忽破土。夏日小窗前,青青万叶舞。今冬寒特甚,百年实罕遇。连月大风雪,天地成冰窟。庭竹方复生,所遭一何酷。摧叶如快剪,伐柯如利斧。毁若遭丙丁,惨若逢狼虎。座中声凄厉,如听寒女诉。枕上声呜咽,如听湘灵哭。我欲罪真宰,理事何无目。恶木皆安然,弱质罹荼毒。晴日步中庭,来吊苦竹墓。坟墓在何方,瞿然大惊怵。万竿森森立,无一曾倒伏。竹叶俱在枝,无一堕而腐。通体变金黄,绝似黄金铸。仿佛诸勇士,临战待擂鼓。伟哉强者魂,虽死仍英武。俯首礼春神,默为新绿祝。

(2010 年 3 月)

大字草书歌

砚山耸峙墨海翻,净皮逾丈铺云烟。大字一气相钩连,非素师亦非张颠。或嗤以鼻或骇然,拍手大笑霜红龛[①]。先生挥笔如挥鞭,天马蹴踏无羁拦。崩崖坠石当空悬,摇风一线枯藤缠。香炉飞瀑尺三千,蜀道行曲云中盘。操蛇之神移百山,仙娥舞带回周天。先生运笔如游仙,挥斥八极呼吸间。人生苦多难一乐,得失纷纷自枷锁。铿然掷笔天地阔,仿佛置身千花万花间,潮飞浪卷风花簸。

注:①指傅山,他的大字草书,出神入化。

(2010 年 8 月)

刘征自选古风

香山红叶行

中年借榻香山住,百卷编修供庠序。春风彩蝶乱山花,长昼鸣蝉森夏木。最是高秋霜叶红,倾城赏叶车如龙。偕步缓歌来仕女,凌云豪唱笑元戎[1]。西风未紧凉未透,爽气已自改山容。青红黄绿灿如锦,剪裁交错烦神工。岩壑草枯渐秋肃,寒霜愈重红愈浓。二月烟花无颜色,万山摇动珊瑚风。香炉高峙白云上[2],蒸腾赤焰烧天宫。我居山中喜得便,朝夕能与红叶伴。开户分明小杜诗,临窗细点流红传。偷闲寻觅遍山行,佳丽三千求其冠。纸板封护密包藏,丽质常新期一验。揖别鱼鸟辞山居,尘世扰扰行崎岖。故交零散几存殁,抚今追昔一长吁。偶然开箧见红叶,如逢老友何欢愉。飞鸿留迹三十载,殷红犹似采摘初。人间乐事嗟难久,绝代风华化乌有。君看千载惜花人,有泪倾河难束手。心之所欲乃得遂,定知天意怜诗叟。又是香山红叶秋,如云游客山中走。

闭门我写红叶诗,天地悠悠一壶酒。

注:①指陈毅同志。

②香炉峰,俗称"鬼见愁"。

(2010年重阳)

群狮猎牛歌

草原万角奔群牛,黄尘涨天滚洪流。一牛掉队急追赶,孤危不敢稍停留。群狮窥伺伏荒草,神不知兮鬼不觉。暗中开眼放凶光,三尺腥涎垂嘴角。一狮疾走诡无声,横断前路阻牛行。牛急转身拟向后,一狮追来如旋风。狮扑牛身抱牛股,利爪入肉血如注。犹如鬼魅附牛身,百般踢跳甩不去。牛顾左右拟旁奔,左右两狮扑牛身。咬定牛喉不松口,犹如铁锁锁肺门。牛头仍昂腿不跪,眼喷怒火不流泪。轰然倾倒如颓山,伤口满身血满地。百虫悲歌呼苍天，百灵俯首噤无言。

群狮自奏欢乐颂，掀唇吐舌赴盛筵。转眼牛尸被撕碎，皮开肉裂出肝肺。老者伸爪掏牛心，强者贪肥嚼牛腿。群狮饱腹卧林荫，频频回味犹舐唇。或卧暖沙寻美梦，或默祈祷诵经文。鬣狗群来厉声叫，云端飞下秃鹫跳。骨间残肉已无多，你争我抢哄哄闹。浇愁不厌千杯多，停杯听我群狮猎牛歌。坐行八百览千河，世代更替悠悠过。文明大厦云天摩，惜哉强食弱肉不殊科。爪牙森森日夜磨，屠场白骨堆嵯峨。神悲圣叹可奈何！狮兮狮兮尔辈畜生比人远不及，不将面奶肤霜口红睫青粉白黛绿如是种种脸上抹，伪饰鬼面成仙娥。

〔补遗〕君酒未尽醉意熏，我歌未阕有强音。牛兮牛兮见狮何必慌张乱方寸，彼此不顾只顾奔。何不围成一圈如同铁桶头向外，四足如石地生根。千牛万牛成一牛，力大超过操蛇神。无数大角，如剑如刀如枪如戟指狮群。弱者变强强变弱，不图食肉图生存。

（2011 年 3 月）

《人小鬼大图》歌

老画师侯一民先生以近作《人小鬼大图》见赠。画境奇诡，惊心骇魄，为作长歌，实有韵之杂文也。

侯君赠我钟馗画，开卷视之大惊诧。天地颠倒日月藏，钟馗何小鬼何大！隐如乌云显如山，呼风唤雨指轻弹。阴阳两界称老大，捉妖律令掌中玩。上拜诸神贡百宝，下结鬼网相勾连。十万雷霆击不倒，老子有靠上指天。欲问钟馗在何处，大鬼脚边颓然伏。朱衣暗敝眼无光，长剑藏匣已锈腐。燃犀欲烛巨伞遮，追根难禁高墙阻。往日斩鬼如切瓜，往日鬼作盘中脯。往日神威安在哉，人小鬼大一何酷！风雨欲来雷撼窗，夜深鬼影摇灯光。对画沉思忽有会，放笔虽谐意则庄。人鬼消长关世运，如读千秋兴废章。人长鬼消喜昌盛，人消鬼长悲沦亡。历览古今同此律，贪腐之祸甚于鸩毒烂肝肠。斯画也，犹如一记警钟震天地，一声棒喝发聋聩，勇者观之欲裂眦，仁者观之宜战栗。侯君此画来自梦[①]，我有新梦继君梦。新梦与旧大不同，新梦必定与君共。钟馗钟馗，愿汝恒久伟岸而光辉，目光如电，虬髯如戟，口吐烈火，焚枯燎秽，俯视鬼魅，渺如虫蚁。轩然振袖舞天风，长剑尽殪一切鬼。彼时天清日朗纤尘无，请君更画人长鬼消图。

注：①君题画云，此画得自梦境。

（2011年7月）

拷问文明

剖山腹以求索兮得化石之累累。身躯何其硕大兮知恐龙之所遗。一亿五千万年一弹指兮扬历劫之飞灰。叩化石以驰想兮口欲言而嘘唏。君所处之空间兮即脚下茫茫之大地。君所处之时间兮尚莽莽洪荒之始辟。生命之泉喷涌而出兮遍天空与海底。千状万态不可名状兮惊叹造化之游戏。恐龙之出兮居顶尖之地位。就中有霸王兮乃龙中之魔鬼。食众生以自肥兮更自残其族类。其尾如赶山之鞭兮其齿如断喉之剑戟。剥皮以食肉兮碎骨而吸髓。腥风血雨兮神号鬼泣。我方欲责龙以邪恶兮又嘿然而自己。彼时古猿尚未出世兮何曾有丝毫之人气。无善无恶兮无是无非。无愚无智兮无丑无美。弱肉而强食兮乃生存之铁律。欲溯时隧而回游兮访恐龙于侏罗之纪。知其不可得兮望荒云而太息。

恐龙之魂兮附化石出于地壳。闻我之言兮拍天风而大笑。君欲访恐龙兮何须烦恼。即今之世兮也还不少。君且慢责恐龙兮作自身之检讨。人类文明何其伟大兮灵魂却又何渺小。飞天已登上帝之宫兮堕地却难拔泥犁之脚。弱肉强食之铁律兮仍如毒蛇将地球缠绕。掩颜面之丑陋兮画如花之美貌。掩号叫之野蛮兮诵慈悲之佛号，掩血腥之杀气兮涂芬兰之油膏，掩利爪之凶残兮戴洁白之手套。

夜鸟怪叫兮星月碰撞而铿锵。我醒似梦兮我梦荒唐。亿万年而后兮难卜人类之存亡。即或不存兮必有化石之埋藏。化石或为我骨兮出土见异色之阳光。新智能者执我化石兮研究缜密而周详。询及人类之文明兮目炯炯而发光。我如遭拷问兮受沉重之脊杖。我脸发烧,我心急跳欲遁走而无方。

〔附记〕读沈鹏先生《朝阳化石歌》有感,写了此诗,沈歌尊重大自然规律,采取严谨的科学态度。我诗是野狐禅,借题发挥,荒诞不经,嬉笑怒骂而已。楚骚"兮"字体,自由流转,容量较大,颇可借鉴。新诗界,郭小川借鉴"兮"字体写《甘蔗林——青纱帐》,获得成功。"兮"字,郭沫若考证,可读"啊"。

(2011年9月)

三晋壁画歌

武普敖先生公余寻访山西寺庙古壁画,拍照万余张,涵盖北魏隋唐至明清八个朝代的千余年。

三晋云山藏古寺,九朝壁画留真迹。风动千秋衣履香,壁展丹青风物志。画者为谁不知名,山村野店出绝艺。莫道人物画少成,待补民间美术史。万重风雨变沧桑,颓垣坏殿野草荒。惜哉墨妙委荆棘,泯没森木存毫芒。武君好古天下奇,公余寻访遍城乡。拍照留存累千万,钩沉显晦得重光。书史万卷徒文字,画中直睹古人面。如闻昵语诉相思,如闻丝竹歌幽怨。丽人含笑倚春风,佳期如梦月明中。虬髯长剑游侠士,痛饮狂歌气吐虹。蹄声嘚嘚秋霜重,千山啼鸟来相送。

欲收天地入诗囊,却恐塞驴驮不动。只疑置身烂柯山,松阴对弈兴悠然。一老举棋犹未定,世上日月已千年。飞天挟我汗漫游,飞上三十三天天上头。万片飞花拥玉楼,群仙来迓骑龙虬。天帝邀我共饮琼浆洒,同消天上人间万古愁。逸园老人叹精绝,手抈白须共欣赏。赏画之余读我诗,必定邀我八十八岁翁,乘风共作游仙想。

(2012年10月)

刘征自选古风

群　猫

院中有群猫，或奔或坐卧。或者白如雪，或者黑如墨。或者披虎纹，或者色杂错。一猫何肥腯，梳洗很光泽。俨然公主尊，傲视往来客。忽而咪咪叫，姣好而柔弱。原来主人到，抱起膝上坐。其余流浪猫，退避何冷漠。叫声很刺耳，目光如箭射。

（2013年4月）

凤凰岭

轻车沐晨光，来访凤凰岭。山容幻百态，掩映变光影。横如卧蛟龙，麟动脊高耸。纵如立魔怪，云日摩尖顶。姣若振裙衫，仙娥瞰尘境。懒若佛卧云，千劫鼾未醒。叠若书万卷，文字无人省。利若剑刺天，翠滴血花冷。风来草木摇，忽觉天地动。物我两皆忘，唯有诗思涌。日午饥思饭，野店杯盘净。妻儿坐一桌，无酒也高兴。大嚼烤羊排，佐以葱花饼。

（2013年4月）

怪石咏

朔方大漠望无边，流沙莽莽黄入天，杳无鸟迹无人烟。块然片石来何缘？万古孤卧黄沙间。苍龙坠地留片甲，云中落珮遗飞仙。客偶见之大惊异，千里携来归蓟轩。非金非玉人不贵，色非红紫与时背。扭曲欹斜不成器，棱角森森令人畏，百无一用合废弃。盐车莫怪老骅骝，伯乐纵有知何求。我得怪石心大喜，摩不离手如琳璆。天然笔架难寻觅，紫端侧畔置案头。鼠须健劲羊毫柔，架上昂首如龙虬。纵情挥洒放且收。助我大漠风沙气，神行八表恣

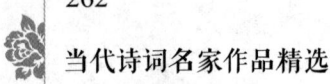

遨游。

（2013年8月）

题画《慰安妇》

慰安妇，含冤百年吞声哭。血泪涨海难申诉。谁无姐妹谁无母？谁无心爱珍如玉？人为刀俎我鱼肉，践踏人权如粪土。风刀霜剑损群芳，天崩石破雷霆怒。画师老矣未臻颓，濡染大笔驰风雷，借问画此意何为？言辞如火愤以悲。君不见甲级战犯坐神坛，子孙拜鬼如朝天，招魂献祭年复年。君不见，摇头瞪眼说否否。慰安妇事何曾有，"王道乐土"无此丑。君不见，风云诡谲搅东溟，滔滔白浪撒长鲸。悚闻霍霍磨刀声。

（2014年10月）

雄风扫霾歌

日复一日年复年，雾霾袭扰如鬼缠。漫如尘沙昏覆地，腐如败絮胀塞天。莫谓易戳破，不泼不进针难穿。莫谓易吹散，千丝万缕相勾连。莫谓无支撑，高墙铁壁护相环。莫谓有止境，如洪泛滥无遮拦。着花花凋谢，万般红紫失芳鲜。着草草不绿，如当秋肃严霜残。黑发怒目白发叹，堆积日久扫除难。歘然撼地雄风吹，劲如巨帚声如雷，摧枯拉朽如飞灰，何处藏匿斥尔霾。青天朗朗乌云开，大地荡荡清无埃。快哉风，风快哉，明老眼，畅胸怀。诗如警钟风吹来，雄风扫霾殊未已，我愿雄风长不息。

（2014年12月）

记客言

　　数日留山阴，里巷问民俗。久慕徐渭名，因访青藤屋。南问但摇头，北问不知处。西问说不清，东问恍然悟。悟者一少女，时装颇暴露。有青藤舞厅，就在前马路。顺指向前行，果然有舞厅。当门虹霓闪，大字标青藤。也入人拥挤，华车路边停。音乐甚刺耳，歌舞正喧腾。近旁有小巷，巷里冷清清。木牌悬巷口，书屋名青藤。走进纪念馆，冷落寡人声。展品皆复制，转面忽眼明。一颗老藤树，布叶正青青。枝干蛟龙缠，日影动谣风。抚藤良久立，动我怀古情。老翁一旁笑，说君怎知晓。书屋旧青藤，浩劫中砍掉。此是后移栽，虽好是假冒。闻此仰天叹，幽思何渺渺。

（2015年3月）

嫁书辞

　　余年逾九十，散所存图书，分赠几个单位，作嫁书辞，用楚骚体。

　　北风凄兮雨雪霏，送君行兮不言归。看书箱之启运兮，倚室门而依依。百感交于中心兮，非喜非悲。欲久聚而不散兮，知君去得其所，谓乐送君去兮，却肠牵而九回。听车声之渐远兮，眼含笑而泪垂。

　　忆君之来兮积有岁年。少小即跑遍兮书肆书摊。遇所爱而囊羞涩兮，宁节缩数日之午餐。年既长而嗜弥笃兮，终结生之书缘。列高橱于书斋兮，积充栋之书函。随世事之变易兮，书聚散曾多番。拾此劫余兮慰晚晴以简编。恒披阅以求索兮，如吸水之海绵。

　　知我引吭而长吟兮，应风雨之吹打。知我掩卷而沉思兮，久兀坐而如傻。知我愤怒而击案兮，震杯倾而洒洒。知我展眉而微笑兮，诗神飘飘而来下。叹俯仰而为陈迹兮，搔丝丝之白发。

　　送君去兮君去何方？时彦之所集兮琅环之乡。交流不息兮流惠四方。君

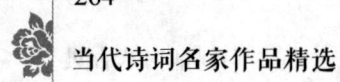

之用兮绵绵而长。瞻彼行云兮聚散无常。聚为时雨兮萌万绿于春阳。散而睹青天兮照大地以阳光。书为公器兮涵智海之汪洋。聚难恒久兮散乃其祥。送君如母之嫁女兮，含欣慰于感伤。去兮去兮放歌举觞。

（2016年12月）

刘征自选诗论

大气磅礴的战歌
——读毛泽东同志《渔家傲·反第一次大"围剿"》

这首《渔家傲》题为反第一次大"围剿",是毛泽东同志于1931年春写的,正当反第一次大"围剿"胜利之后,反第二次大"围剿"之前。

1930年9月间,党的六届三中全会纠正了李立三的"左"倾路线之后,在毛泽东同志正确路线的指引下,革命根据地和工农红军迅速发展壮大。同年12月,国民党反动派纠集10万兵力,由鲁涤平任总司令,张辉瓒任前线总指挥,由北向南分八路纵队向我中央根据地大举进犯。在敌强我弱的情势下,毛泽东同志采取了诱敌深入、聚歼敌军于根据地之内的战略方针。第一仗就打垮了张辉瓒的两个师部,师长张辉瓒和敌军9000人全部被俘。我军乘胜追击,5天内连打胜仗,各路敌军畏打,纷纷撤退。反第一次大"围剿"就这样取得了胜利。

"万木霜天红烂漫,天兵怒气冲霄汉",开头写奋起迎敌的红军"气吞万里如虎"的威势。秋,在我国传统诗文中,历来取为凄凉哀怨的象征。《诗经》里的"蒹葭苍苍,白露为霜",《楚辞》里的"悲哉秋之为气也",都来由非常久远。毛泽东同志的诗词里多次写到秋,写到霜天的红叶,却赋予全新的象征意义。这次战斗是在12月间,赣南一带还是深秋景象。"万木霜天红烂漫",是写实景,也是写豪情,以万山霜叶的绚丽色彩渲染革命军民的昂扬斗志。"烂漫"用得好,形容红得火炽,红得生气勃勃,真是"霜叶红于二月花"了。"天兵怒气冲霄汉",从正面着笔,与起句相辉映,写工农红军的士气。"天兵"这个词,在传统诗文中用来称道代表国家正统军队,如扬雄的《长扬赋》写"天兵四临,幽都先加"。我以为,这里的"天兵"

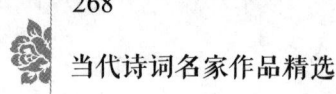

可取此义。与国民党反动派恰好相反，称工农红军为代表国家正统的军队。

接着写这次反"围剿"的主要战役——龙冈战役。有关回忆录是这样记述的。12月27日，我军准备围歼谭道源师进入龙冈。龙冈山岭重叠，十分险要。29日，张师进入我军包围圈。30日凌晨下起蒙蒙细雨。上午10时，我军发出总攻击令。至下午2时，该师连同师长在内全部被俘。"雾满龙冈千嶂暗"，既是写实景，又是写战场气氛。我军埋伏于深山密林之中，加以云雾缭绕，犹如藏龙隐豹，令人莫测。接着略去繁复的战斗描写，直接地写张辉瓒的被捉。"齐声唤"先是听到先行的战士齐声高喊。怎么回事？"前头捉了张辉瓒"，啊，原来是捉住了敌军的头子！诗人是在马上从战士的传呼中听到这个捷报的。不仅写出广大战士的兴奋鼓舞，而且写出在疾速行军中的行动特征。词，便于抒情，不便于记事，前人以词记事的很少。这么一次规模很大又很复杂的战役，诗人只用了27个字就写得有声有色。抓住特征，大胆取舍，不须着墨处惜墨如金，须着墨处淋漓泼洒，真是足以驱山断河的大手笔。

词的下片写反第一次大"围剿"胜利后，反第二次大"围剿"即将来临的情势，预示革命的必胜。第一次"围剿"被粉碎后，国民党反动派集结20万军队发动第二次"围剿"，我军则乘胜开展工作，在广昌、宁都一带发动群众，巩固扩大革命根据地，在广大游击区和新解放区建立了红色政权和地方武装，为粉碎敌军新的进犯进行了充分准备。

一波才平，一波又起。"二十万军重入赣，风烟滚滚来天半"，大批敌军袭来，荡起涨天的尘土，来势猛恶。"重"字点出敌军是卷土重来，与上片贯接。"唤起工农千百万，同心干，不周山下红旗乱"，写广大革命军民奋起抗敌，声势浩大，斗志昂扬，显示了人民战争战无不胜的威力。诗人虽然不可能写出这次反"围剿"胜利的结局，却已经预示那胜利是必然的了。

古人说，一篇作品要具有"豹尾"，结句"不周山下红旗乱"极大地拓展了词的意境，俨然包藏天地；深化了词的思想，由一次具体的战役引向整个革命的必然胜利。如果没有这个结尾，全词会为之黯然失色。

毛泽东同志在注文里列举了关于共工神话的大量资料，说法不一。他的按语说："诸说不同。我取《淮南子·天文训》，共工是胜利的英雄。你看，'怒而触不周之山，天柱折，地维绝。天倾西北，故日月星辰移焉；地不满东南，故水潦尘埃归焉。'他死了没有呢？没有死。看来是没有死，共工是确实胜利了。"诗人赋予这个神话以全新的意义，把共工看作是力能旋转乾坤的英雄。面对红军奋勇歼敌的壮烈场面，眼前幻出一个更为宏阔的神话世界。那里有一位大英雄，触倒天柱，断裂地维，挺立于宇宙之间。这是无产阶级集体英雄的形象，是何等雄奇伟大的气魄！"乱"字，有人认为应反训见义，解为"齐整"，有人认为可以直接解为"参差错落"，两解均可。

细味全词，要问它最鲜明的特色是什么，我以为是它那一泻千里、吐纳大千的气势。气势是难以言传的，只能在吟味中去感受；但又是可以捉摸的，有其形成的原委。这气势的由来，不仅因为选用了一些具有雄强色彩的词语，而且因为音调铿锵，节奏响亮，其更深层的本源则是红军压倒一切强敌的士气，这首词的气势正是红军士气的升华。顺便提一下，《渔家傲》这首词的体式，句句押韵，全押仄韵，各句紧紧相衔，且有短句相间，读起来如马蹄疾走，得得有声，用来表现这种气势是十分恰当的（当然并非说这个词牌不便于表达别种情绪）。

从北宋到南宋，词的风格不断嬗变发展，与婉约派并秀同，逐渐出现并形成了豪放派。豪放派一出来，有些词家不承认，连大词人李易安也囿于对词的固定看法，认为"词别是一家"，那不过是"句读不葺之诗尔"。这种看法未能遏止豪放派词风的发展，以及广大读者对豪放派的肯定和欢迎。毛泽东同志的词在全新的生活和思想的基础上，把豪放派的词风加以发展变化向前推进了。诚然，毛泽东同志的词不仅不等同于任何词派，而且也不同于文人笔下的作品，是迄今为止古今词坛上独一无二的。但，这正是它得以"不废江河万古流"的真正的价值。

今而后，如果词仍然活下去，那么它的生命就在于推陈出新。关于词的推陈出新，毛词虽然做了光辉的示范，我却不认为路只有这一条，词苑的新葩也应是千姿百态的。有一点非常清楚：如果不追求创新，只搞古董的复制品，虽然搞得竟能乱真，词却会因失掉新的生命而香消玉殒。

形象·意境·韵味
——毛泽东诗词与当代诗词的革新

适应新的时代，诗词的复兴需要革新，对于这一点，大家的认识是一致的。但是如何革新，却是见仁见智。在探索的过程中，见仁见智是正常的，没有多方探求，就不可能日趋完善。

大家都讲革新，但着重点不同，有的着重于"唯陈言之务去"，尝试采纳现代语汇入诗。有的着重于突破传统格律，不拘守旧韵，格律也因表意的需要时有变通。有的完全抛弃传统格律，只取旧体诗的模样，求大体的和谐。有的以旧体为参照，致力于创制新的诗体。凡此种种，都使旧体诗的面貌有所改变，都为革新积累了经验，其中也不乏佳作。但是，我以为革新还有待深入，还要作进一步思考。

木有本，水有源，革新要抓住本源，本源何在呢？这不是一个简单的问题，不妨先研究一番毛泽东诗词在革新方面提供的启示。

毛泽东同志的诗词，总的说是遵守传统格律的，虽然用韵比较自由，格律偶有变通，但看来并非由革新着想，只是因表意的需要。可是，毛诗不能算是旧诗，而是用传统的诗体写的新诗。它反映了当代中国革命震撼世界的足音，表达了当代中国最先进的思想感情，充满新鲜的诗意。

从革新的角度来看，毛诗艺术的精髓在于创造性地运用传统诗艺，和谐地塑造新的形象，描绘新的意境，融冶新的韵味。

一

毛诗里创造了许多光彩夺目的形象，或开阔高远，或惊心动魄，或风华朗丽，或情深似海，都是以传统的桂花为原料酿造出来的新味桂花酒。且举几例。

《渔家傲·反第一次大"围剿"》中写道："唤起工农千百万，同心干，不周山下红旗乱。"运用了《淮南子》里共工怒触不周山的神话，并加了一个很长的注释。在词里出现了共工，不同于神话里的共工，被赋予新的品质，他是千百万工农的具象，不周山也非神话里的那座山，而是旧世界的象征。不周山触倒，山下红旗飞舞，诗人说："共工是确实胜利了。"这一形象，在读者面前树立起一个顶天立地的巨人，使人感到神奇、力量和乐观精神。传统神话故事本来是同我们的民族血肉相连的，运用这样的故事，很容易跟民族感情亲和，在人们的内心世界卷起风暴，使人感受到一种极为壮丽的诗美。

《蝶恋花·游仙》（《赠李淑一》）则是另一个样子。革命的深情和火热的爱情、生离死别的悲痛和斗争胜利的欢乐交织在一起，如果用日常的语言诉说，千言万语也说不尽。诗人把如此深沉的复杂的感情纳入一个诗的形象——月宫里的一次聚会。诗人想象忠魂遨游仙境，受到月宫的欢迎。吴刚捧酒，嫦娥起舞，忽然传来胜利消息，大家痛哭，泪飞如雨。明明是大的悲痛，却不忍说悲痛，反而写神仙世界的欢乐，这欢乐里即隐含着大的悲痛。嫦娥在万里长宫中舞动广袖，欢乐极了，也悲痛极了。人间伏虎，明明是大的欢乐，却偏偏正面写痛哭，泪作天地间一场倾盆大雨，悲痛极了，也欢乐极了。诗人将血与火的历史通过美丽的形象加以诗化。

《七律·答友人》里塑造了一个无比美丽的形象。在中国发生的由苦难到欢乐，从凋敝到繁荣的历史巨变，那时的人们津津乐道，已谈得很多，这一巨变如何在诗里得到最简洁、最动人的新颖表现，诗人可谓匠心独运，古代传说舜帝死在苍梧，娥皇、女英二妃相从不及，泪洒竹枝，成为斑竹。诗运用这个传说塑造出新形象。诗中写帝子乘着白云重返人间，"斑竹一枝千

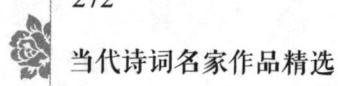

滴泪，红霞万朵百重衣"。看这幅画面，那形象，那色彩，那光辉，那风韵，美到了极点。而其背后，则隐含着一部中国现代史，一个汹涌着百年悲欢的巨海。在古人的诗里，即使是大诗人的名作里，有类似的诗句吗？没有。在今人的诗里，即使是大诗人的名作里，有堪与匹敌的诗句吗？也没有。而这种古今绝唱，在毛诗中并非仅见。

二

毛泽东同志马上哼诗，未必想到诗词的革新。可是，他确实给当代诗词的革新提供了宝贵的启示。有志于诗词的创作，却鄙薄毛诗，认为不值一顾，无异于夜行而弃灯火，饥饿而拒珍馐。

当然，毛诗的革新并非已达诗词革新的极顶，相反，从长远看，可以说还刚刚起步，由此向前的漫漫修远的路，要我们一代一代的人自行开拓。同时，毛诗的成就并不妨碍我国诗词多样的发展。偌大的诗园，要开放许多种形、香、色各异的花，才能与我们这个气象万千的新时代相适应。

诗词讲求革新，决非抛弃传统。相反，要非常尊重我国诗歌的伟大传统，并认真向传统学习。只有深入其中才能掉臂而出。不登堂入室，就谈不到出的问题。可是，如果深入其中却不愿或不能掉臂而出，也是不会有生命力的。传统诗歌是琼楼也是迷宫，进去了很容易迷醉，走不出来。

革新不仅是形式问题，更重要的是内容问题。可是，有了好的内容并具备诗的形式，还未必是诗。形象，意境和韵味乃是诗艺的生命。所谓诗的构思，主要指如何使自己要表达的思想感情获得诗的形象、诗的意境和诗的韵味，努力作到前无古人，旁无今人，毫发无憾。这是灵魂的探险，是向诗艺高峰的突进。古人的"两句三年得"，"拈断数根髭"，都说的是这一步。即使是妙手偶得，那先行的积累也是一个辛劳的大海。本文谈毛诗在革新方面的贡献主要谈了这一点。在我看来，这是至关重要的。这么说，并非认为可以忽视形式的革新，形式和内容是相应的。

毛泽东同志是余事作诗的人，他的诗为数不多，大都反映历史的重大行踪，是为政治服务的。我们处于历史的新时期，应该也有条件对于"新"字作宽泛的理解。以吐属时代的强音为主，也包括抒写时代的涟漪和耳语。以歌唱时代的光明为主，也包括反映时代的忧患和揭露社会的黑暗面。还有一种，大都属于个人生活范围。人们日常的生活，日常的悲欢离合、七情六欲，许多带有时代的色彩，但也有一部分与时代没有多少关系，甚至难分古今，混同中外，是人类所共有。这一类，只要道人之所未道，没有陈旧的气味，也配得上一个"新"字。

《文心雕龙》"通变"一章讲得很有道理。"通变则久"，革新才能站得住脚，才有竞争力，才有生命力。"譬诸草木，根干丽土而同性，臭味晞阳而异品。"传统是泥土，时代是阳光，植根泥土，沐浴阳光，才能开出珍异的新花。

三

毛诗中还创造了许多诗味浓郁的新意境。

《十六字令三首》写山，给人以一切皆动的感觉。战马在飞跑，山也如巨澜一般飞腾翻卷。写山如长剑，也并非静态的剑。那剑擎住将坠落的天，剑与天在抗争。诗人把山化入诗中，那山已经不是自然状态的山，而是诗人印象中的山，是疾速行军中所见的山，是在马背上所见的山，马即是马，在并辔高驰，构成一幅非实有的、迷离恍惚的动的图画。那山，是诗人的内在精神的外化，是革命伟力的具象。

《沁园春·雪》构成的意境也是超绝古今的。诗人居高临下，纵览九州，傲视千古，创作出一幅无比宏大的瑞雪图。不论是系马阆风的屈原还是挥斥八极的李白，都没有见过这样的图画，他们的视野还是受到历史的局限。在这幅图画上，北见长城，南见黄河，原驰山舞，一切洁白明丽，雄奇飞动，充满勃勃的生机。"忽如一夜春风来，千树万树梨花开"，略输健劲，"千山鸟飞绝，万径人踪灭"，又太冷清了。词的下片论史抒情，不是游离于"瑞

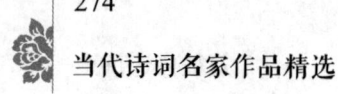

雪图"之外，而是将意境纵向拓展，使之立体化。将今朝的英雄人物置于历史的峰巅，与瑞雪图是相应相融的。

还要提到《七律·和周世钊同志》。诗中写道："风起绿洲吹浪去，雨从青野上山来。"这两句诗构成的意境，是毛诗中最具传统风味的。清新淡远，仿佛风和雨都有灵性，应和诗人的雅兴翩翩而来，又袅袅而去。依然是充满生气，毫无陈旧的感觉。

诗有了优美的形象和意境，自然就有耐人寻思的韵味。可是提到韵味，不能不谈谈《忆秦娥·娄山关》。上片写侵晓行军，寥寥数笔，略于绘形却精于绘神，令人读来，如见霜晨的落月，如闻长空的雁叫，如闻军号的低吟，如闻马蹄的得得，终是听不到人语。千军万马，行动神速，军容整肃。结句"苍山如海，残阳如血"，与其说是摹写自然，不如说是摹写一种至悲、至乐、至深、至厚的情感，一种在血海中长出来的、挺立于天地之间的伟大精神。这八个字涵盖的东西太多了。我曾访娄山关，低徊于"忆秦娥诗碑"之旁，心中默诵，悠然遐想，抚今追昔，感慨万千。

毛诗不仅产生于革命洪流之中，而且是以司令台为观察点。毛泽东同志本人，不仅有横空出世的革命气魄，而且有深厚的文化素养；不仅有深刻冷峻的哲人头脑，而且有浪漫的诗人气质。如此多种条件，熔铸了毛诗。不仅是空前的，而且很可能是绝后的。诗史当为之开辟一个光辉的崭新篇章。

诗词要把表达的需要放在第一位
——在中华诗词发展与创新暨《心声集》出版座谈会上的发言

我没有准备，听了袁先生和几位的发言，觉得非常精彩，对我很有启发。我要谈的第一点是《心声集》。跟马凯同志多次接触，感到马凯同志第一大特色是没有官气,他这个同志给我的感觉就是非常谦虚、谨慎、温文尔雅的一个诗友,所以跟他接触讲话没什么顾虑,他谦虚到让人感觉是学生到面前似的,这还了得吗?实在不敢当。他的勤奋也是达到非常难得的程度。他曾经跟我说过抗震诗词的写作,我问他:"这个抗震的诗什么时候写呀?"他说:"先要跟着总理开会,开到半夜一两点钟,然后才是写作的时间。"这太辛苦了!所以他这种勤奋是一般人都赶不上的。他作品的认真,比如说《满江红》这三首词呀,改了不知有多少遍,他征求我们的意见,我们给提了意见,有哪个字大家提出来不合适又反复地来推敲,这都是很难得了。我也同意袁先生的说法,他的诗里面我觉得最感动人的是两个"抗"——抗洪斗争的诗、抗震斗争的诗。他的诗的特点就在于他的岗位不同,所以身居要职写诗,也有他的方便处。他可以看到很多这种斗争的材料,掌握很全面,他又亲身参加进去了。他的诗让人非常感动,很厚实。他的诗词表现的东西我说整个儿是爱,但是他是大爱,因为他身居要职,考虑的都是国家大事,所以他大气,表现的是大爱。他刚出了一部书《马凯诗词存稿》,又出了一部书《心声集》,所以表示祝贺。他的诗,我说,由于他的思想角度新,视角高,又勤奋,进步非常快。这个诗官,做官而写诗,这也是中国诗坛的一个特色吧!不用远说,从唐朝说吧,布衣诗人是很少的,布衣诗人的诗也很难传下来,有诗僧,但不是官,是僧,其他诗人全是身有官阶的。毛主席说"秦皇汉武,略输文采;唐宗宋祖,稍逊风骚",他认为他们都是建立功业的,但是从文采方面,从风骚方面,还差一点儿,所以他还是很赞成居要位的应该有点文采。他本人呢,是大有风骚的。我想,像马凯同志这样的诗歌现象是诗坛宝贵的收获,希望更多身居要职的同志,能够喜欢诗词,写就更好,能够多关心,多支持诗歌的发展,这是我们诗歌的福气。

  诗歌的继承和发展我说不出什么东西来,因为我就是写诗,我不大研究什么。但是我觉得现在有些例子,可用来总结我们怎么样去创新。毛主席的诗词就是个例子,鲁迅的诗词是个例子,乃至南社那些人,大部分是表现当时的风物的，也还可以作例子。首先是毛主席的例子，他的诗总不能说是旧诗吧？它是完全新的东西。他利用旧的形式新的东西，那就是新诗，所以他已经有三十多首例子了，范本了，研究研究他是怎么创新的，对我们大有好处。总结毛主席的诗词就可以看出来，刚才说的那个意思，就是他的新思想，新感情是主要的，他的诗的形式并不是主要的东西。毛主席经常有主要的突破，他的突破是他并不是故意去创新，比如《蝶恋花》，他用韵大概至少用两个韵了吧？那么你读诗的时候并没有这个感觉呀。后来人指出来我才觉得是，但当时读的时候没这个感觉。那这样许不许呢，当然许了。我不是说毛主席的创新，就至矣尽矣了，不是这意思，还可以进一步去创新。他没有创出新诗体来，新的诗体也是可以创的，但是我们第一步要做的，如果做到跟毛主席学习，也就很不错了。这个创新谈何容易呀！中国的诗词背后背的是几千年的遗产，其中是大家辈出，从这里面再创出新的来，是不容易的，很不容易。马凯同志说"求正容变"，"求正"他用得好，"求"字用得很好，你得去"求"啊！有的同志"正"还没"求"呢，他就想"变"，看起来很不像样子啊！所以还是不要浮躁，要静下心来，老老实实来写诗，用这种形式来表现你的真实的思想感情。你是新人，你是当代的人，你表现出来不会是旧的。那你把形式放在第一位，那就不行了，形式是第二位的。咱们再说合掌是两个句子好像有点重复，这不大好，仅此而已，但绝不是任何地方都不好。还有另外一些，像"孤平"，等等，也没有什么大问题，我就跟青年同志讲，不用管那个，你就写你的诗就是了，写到一定程度你再说，哦，这不大合适，调调就是了嘛。毛主席的一首诗，说是"独有英雄驱虎豹，更无豪杰怕熊罴"，这个是重复，这个重复是加重语气，一点也不显得多余，而是必要的；"雪压冬云白絮飞，万花纷谢一时稀。高天滚滚寒流急，大地微微暖气吹"，这个形象已经很低潮了，下面异峰突起——"独有英雄驱虎豹"，不够，再来一句——"更无豪杰怕熊罴"。他就把那个气儿振起来了，这两句重复有什么不好呢？一定说你合掌你不能用，这就太——怎么说呢——太学究气了。

这个诗人最怕学究气，不要沾这个东西。"吴宫花草埋幽径，晋代衣冠成古丘"，他写的是两个时代，吴国那个样，晋朝也接着这样，这样能算重复吗？所以我不主张完全从技巧出发来说他对不对，必须看你想表达的那个"肯节儿"上要不要，那个"肯节儿"要就得用！第一个我们创新，还是找几个典范研究研究，第二个就是决不能把技巧放在第一位，就是刚才伯农说的那个，不能把规则放在第一位，一定要把表达的需要放在第一位。杜甫也有好多好多诗，突破了旧的形式啊，他似乎有一些个句子很怪，"呜呼一歌兮歌已哀，悲风为我从天来"，七歌每一句都是这样子，那么他就很好嘛。好像看京戏那样，梅兰芳扮出来当然很美，那裘盛戎扮窦尔敦他也很美啊，花脸有花脸的美嘛。所以，我最不赞成这样一种从技巧出发来讲诗，四声八病，大部分是唐朝人所摒弃的，我的说法是写诗你就写，把那诗词格律大概看一看，不要犯大规则，写熟了你就觉得这样是不合适的，那样就合适的了，把你一腔所要说的话、感情，都喷出来，这样才是诗，否则倒过来呢，就不大行了。我有那么四五首词，被一位老先生看到了，他说："你的词啊押韵都不行，我给你改一改吧！"每首词都改了一遍，结果回来一看，是，确实押韵了，但是我那词味儿好像少了点儿。我并不是说我写得很好，因为现在押韵是最怪了，什么"平水韵"？现在人还搞什么"平水韵"！我们现在说话不是韵吗？声母、韵母，韵母一样的不就是押韵了吗？那么在"平水韵"以前，诗三百乃至于楚辞，还没有"平水韵"呢，它怎么办？不是照常写很好的诗吗？所以我主张用韵就用现在口语，但是这个是我一人的主张，大家愿意用哪个韵就用哪个韵。这个用韵是很复杂的事情，有些个不大习惯说普通话，你怎么办？那还有"平水韵"呢。有这个问题，既然复杂嘛，就各行其是好了。

再说一点，诗词这个东西，不是说国宝吗？是国宝中之国宝。几千年的文学史大体上被诗史占了大部分去，这是中华民族一大特色，但是现在把它复兴起来还是很有困难的。什么原因呢？就是它不够通俗。京剧才二百年，但是大家觉得，哦，这是国粹。就因为它是通俗文艺，它借助于视听传达到广大群众中去。我们诗不行啊，诗在书上读得多啊，真正要让广大群众来接受那很不容易啊，所以我想，看这个《心声集》前面有几个谱子，有几首诗谱成歌曲了。所以我想我们的诗，还要插上音乐的翅膀，像唐朝的歌妓都会唱"黄河远上白云间"啊，唱白居易的《长恨歌》啊，它都能变成当时的流行歌曲啦，我们就没有这样，我们的诗很难进入音乐领域。我们能不能找音乐家，把律诗、绝句、五言、七言先搞出这几个，给谱一个既符合古代音律，又好听，容易学的那么一种规范的调子。唱哪一首诗都能用这个调子。比如七言律诗，我谱它三个四个，经过大家审查，觉得这样可以了，这样我要拿来我就可以唱了，我现在想唱唱不出来啊，因为我那调子大家不爱听，那么要有这样一个范本呢，有了诗词我就可以拿来唱，搞一个大家通用的几个谱子。唱律诗，平起仄起，有几个调子；唱绝句，有几个调子。这样给大家便于拿起来就唱，并不要每一首诗谱一个曲子，这样可能方便一点。现在唱起来是比较难的。唐人唱唐诗，他怎么唱，咱不知道，恐怕也是很简便的，不会是《长恨歌》都谱出来他再唱，不会是这样的；宋词它有固定的唱法了，它一个词牌就一个唱法，拿起来就可以唱。我们搞点这种简便的东西，便于青年人来接受，便于广泛地来推广。还可以大量地利用书法，诗词写成书法展览，让大家看。新诗没有这个方便，新诗前一阵也搞了一个叫"用书法写出来"，也找我来写了，我就没写，就写不出来，因为那长长短短的句子，你必须一句一行，那就难了，就一个字，你也得写一行，都连着写就不像诗了呀，所以就比较困难。咱们这个连着写也不要紧，这方面也可以推广一下，找那个大家来写一些，展览一下，这也是个推广。所以总要借助其他的艺术品种，把我们诗词推出去。

还有一个想法就是，选词，选小令100首，诗，先选绝句100首，再收律诗100首，弄得很简便，大家可以读的，加上解说，配上图画，印出简单的本子，不要这样的书（指手里的线装书），要现代很容易翻的书，要到儿童中间去的，到一般的工作人员当中去的。这样选出100首明白如话的诗不难，现在这种诗很多的。选出来把它印得很讲究，配上画儿，这样一下就普及了。我们写得很好、写得很长，他就不容易读啊。咱们可以读，老百姓就不好读啊。这样一些个想法，随便一想就是了。

当代诗词的生命在革新

同吾先生如晤：

您的来信，实际上是一篇充满诗韵的论文，读来如同细品一杯清醇的花雕，感到心畅神怡。您对我的诗词作了积极的评价，答以"不敢当"或"谢谢"一类的客套是不合适的。我把您的赞许看作是对我的策励。我一向只是埋头写作，觉得怎么写着舒坦就怎么写，很少想理论问题。您对新诗和旧体诗短长的剖析，站得高，看得远，想得深，对我颇多启迪。杜甫说："百年歌自苦，未见有知音。"我的运气比起杜老先生来好多了。

我十几岁到二十岁在沦陷的北平读书，曾从两位老师习作旧体诗。后来，走进革命队伍，来了个自我否定，弃旧而图新，旧体诗一搁笔就是二十多年。直到"史无前例"狂潮结束，我在万分欣喜的情绪中才重理旧业。这一回竟如揭去五行山上的天符，山底下跳出个泼猴子，这是连我自己也没想到的。

作旧体诗，如果只是弄着玩玩，为修身养性，为延年益寿，为祝贺应酬，本无所谓。如果认真一点就不难发现，在旧体诗的后面拖着一个又悠长又沉重的传统，在两千年的漫长岁月里，古人已经构筑了"辉煌的诗歌殿堂"，已经酿造了无与伦比的"玉液琼浆"。且不必说那些接踵而出的巨匠，他们在诗史上涌起一个又一个高峰，令人仰望惊叹，就是无名之辈的作品也不乏珠玉。近日借得晚清某人的几本诗稿手迹。此人于诗坛或宦场都没有留下名字，可见是个小人物，但那诗作表现的功力，今人殊不可及。这几本手稿不免令人气短,似乎包涵着一个耐人寻味的问题,很有意思,暂时还在我手里。您如有兴趣,请来一赏。楼高气爽,时果清茶,也来雅他一番。

旧体诗跟新诗不同。新诗前无古人,旧体诗是在古人走过的光辉道路的尽头接着向前走的。提超过古人,既不可能也不科学。宋词之于唐诗,元曲之于宋词,不是后者超过前者的问题。但既然是向前走,就不能如推磨那样原地打转,就要以新的步姿走出个柳暗花明的新境界,否则怕只是镜花水月,难以有生命力。我以为,当代诗词的唯一出路是革新,古韵出新声。具体地说,是以旧体诗的基本体式和谐而富于诗味地摹写新人物,反映新生活,表现新时代。诚如您所言,旧体诗反映新生活有一定的局限,也有独特的魅力。旧体诗和新诗,好比同是肉,一个是红烧肉,一个是炸猪排;同是酒,一个是老白干,一个是白兰地,适应不同的胃口,都是筵席上不可缺少的,两者都理应以不同的丽质并秀于诗坛。

但革新又谈何容易!

诗词曲等各种体式已经成熟到凝固的程度,牵一发而动全身,是定而不可移。这一点有些像京剧。京剧改革何等艰难。且不说让萧恩不着戏装,光着脚板走台步,弄得啼笑皆非,就是改得较好的那几出,有些地方仍似乎不怎么够味儿。同时,习作诗词必须研习大量的古典诗词,涵泳其中,烂熟于心,才能写出像样的东西来。古典诗词反映的是古人古事古情古趣,古人的审美心理。在学习中受到潜移默化,认为旧体诗就该是这个味道。有些像画中国山水画,看山听泉泛舟垂钓,要画古装人物。其实而今的旅游者,不论是小姐还是先生,没有一个着古装的。

当前,胡适和刘半农指责的那种反映虚伪道德的假诗虽已罕见,而旧词句与新生活的不调协却比比皆是。比如,有所动作前先向手心吐唾沫表示"加油",是一种不文明、不卫生的坏习惯,人们早已不这么做了,诗词里却仍用"唾手"。夜间照明用电灯,少数尚不通电之处用煤油灯,蜡烛早已不用了,诗词里却仍用"剪烛"。妇女发式早无髻鬟,多是披肩发,诗词里形容秀丽的峰峦却仍用"螺髻",似乎不如此就显得不雅。凡此种种,还不能算是革新面临的主要问题。

清朝末年曾有提倡诗界革命,但似乎只是在旧诗里嵌进一些新名词,无大变化。近来以旧体写新思想的诗不少,祝贺节日、大会感言之类,那思想自然是新的,那作品却只是用勉强凑成的韵语发表直白的议论,还不能算是诗。我以为旧体诗的革新,最终谋求的应是熔炼一种独特的诗美,既有旧体诗的神韵又有浓郁的新鲜气息。人们熟悉它,似曾相识;却又如遇新知,一见钟情。这样的诗美,我不是凭空设想的。前辈巨匠如鲁迅、毛泽东等已经创出良好的开端,"横眉冷对千夫指,俯首甘为孺子牛""斑竹一枝千滴泪,红霞万朵百重衣"等佳句,就体现了这种诗美。

圣人门前卖百姓家。在您面前我竟唠叨了这许多。评论家和作家是一家人,倾吐心曲原不必拘形迹的。我不长于研究理论,还是要默默地耕耘下去。我理解,艺术的生命在于创造,在于拓进,在于冒险,在于创新。这之中自然抵消一切寂寞和忧愁的大欢喜。诗词革新的道路是很长的。假定有一百步,我才走了一步,而且殚毕生之力也许只能走一两步。我是个笨人,往往事倍功半。好在有许多诗友比我强,他们的脚步会快得多。

我非常珍重您的来信,不仅视为对我的鼓励,而且视为评论界对诗词创作的关注。这是一个吉祥的信号。只有在大家的关注下,诗词才能通过革新翻开新的史页。

即颂

笔健!

刘　征

一九九五年八月二十日

我和民族传统诗歌

我从小就喜欢读古典诗词，记得在中学的时候，有一位美术老师，山水画画得极好，诗词创作也有很深的造诣。我课余跟他学画，也开始学习诗词。在中学的六年间，我读了许多诗词，读得最多最熟的有《诗经》的"国风"，屈原的《离骚》，杜甫、李白、韩愈、苏轼的诗和辛稼轩、李清照等人的词。浏览也比较广泛，当时能找到的选本都翻过，大型选本如《十八家诗钞》，看了许多遍。一边读，边学着写，到中学毕业，积起来写了几百首（至今还留有几十首）。后来，投身革命，开始学习新文学，写新诗，很后悔自己竟曾把那么多时间用于学习"老古董"，对自己往昔所学来了个简单的否定。从二十岁到四十岁这段时间，主要是从事新诗的创作，诗词如秋扇见捐了。"十年动乱"期间，心情十分郁闷，才又偷偷读起来，有时候也写一点。那时候我已下决心不发表任何作品，"不留一字在人间"了。连自己也没想到，粉碎"四人帮"以后，我的笔竟如新钻出的油井那样，喷出各种各样的文字来，大有欲罢不能之势，诗词也在我的笔下复活了。最初写了一点，得到师友的赏识，这增加了我写诗词的豪兴。几年间，诗词竟写了一百多首，结为一集，命曰《山海楼诗词》，算是我写诗词的一个小结。

前些时，读到了周汝昌先生写的一篇文章，他说，"诗词"加上"旧体"或者"古典"的限制语都不恰当，应该称为"民族传统诗歌"，我很叹服他的见解。说"旧体"，是指诗词为陈旧的东西，有贬义，说"古典"，不能包括新创作的诗词。这里有一个如何看待有几千年悠久历史的我们民族的诗歌遗产的问题。诗歌这种文学样式比起其他文学样式来，要更多地乞灵于语言的美。语言是民族的，诗歌也自然而然地带着民族特色。我们的新诗有很大成绩，但是也有不足之处。我以为，还没有能够深深植根于我们民族传统诗歌艺术的土壤里，是一个有待解决的重要问题。一个诗人，尽管你写的是新诗，也不妨认真学习一下我们民族的传统诗歌。有的人认为只有西方的东西才是现代的，才是代表未来，而我们自己的传统则是落后的，只能代表过去，这种看法不全面。向传统学习与向外国学习，两者相辅相成，并不矛盾。而且应以学习自己民族的传统为立足点。我写新诗也写旧诗，感到两者互有有益的影响，但在写新诗如何借鉴民族传统诗歌艺术这个问题上，却始终没能做出一点像样的尝试。我相信这个方向是对头的，这方面所做的努力都不会是白费的。

　　写诗，总的说来，自然应该以写新诗为主，诗词也可以写一些。但就每个诗人说来，则应该是使枪使棒，悉听尊便，不必考虑以什么为主的问题。有些同志，只肯定诗词，不肯定新诗，认为新诗搞了几十年了，还不像诗的样子，没有什么成绩，这种看法是不对的。也有些同志只肯定新诗，不肯定旧诗，一看见有人写旧诗就摇头，认为是在搞复古，这也是不对的。花园里开的花，有牡丹、蔷薇，也有几千年前的古莲子开出的新花。花园并不因此减色，反而更加光彩了。大千世界是多样的，艺术的世界、诗歌的世界更要求多样。不应该把写新诗和写诗词对立起来，应该把它们看成比翼鸟、连理枝，让它们相映生辉，和谐地发展。哪个发展，哪个萎缩，不是一声令下就可以办到的，只有在广大读者中接受检验。今人写诗词应该怎样写呢？我以为，应为力求以传统的艺术形式表现新时代的思想风貌，求一个"新"字。如果不这样，而是以传统的形式写陈旧的思想感情，写得再好，甚至放在古人的作品中可以乱真，那也不过是"唐三彩"的复制品，是没有多少生命力的。许多老一辈革命家的诗词，以及许多革命文学家（如鲁迅、郁达夫、田汉、郭沫若）的诗词，已经开创了这一条诗词创作的新道路，我们应该接着走下去。

　　大多数读者要知道的，不是怎样写，而是怎样读。再谈一谈我阅读和欣赏古典诗词的几点体会。

第一，要着重读名家名著。古代的诗歌，从《诗经》算起到晚清，这几千年间的作品真是浩如烟海，乐于来问津的人应该读哪一些呢？我以为，要以文学史为线索，首先读每个时代的名家名著。名家名著也太多，还要首先读名家名著中的佼佼者，这就不那么多了。比如，周秦时代，读《诗经》的"国风"和屈原的作品，唐代诗李白、杜甫、白居易、韩愈、李商隐等人的作品。总之，先拣那些尖子读，其次再遍及各家，大量浏览。这样说，并不是可以忽视某一时代的众多作者和作品，其中有些杰作往往是名家也望尘莫及的，但毕竟是少数。而且由名家入门，如同游泰山先登岱顶，其他的景物依次看下去就比较容易了。

第二，要知人论事。读古典诗词，文字的索解自然十分必要，更重要的是要弄清是在什么时代，什么样的作家针对什么问题来写的作品。对古典诗词要用历史的眼光来鉴赏，如不知人论事，不仅难以探知其中的真趣，甚至会出差错。比如朱熹的有些诗，表面是写景，实际是写他领悟圣道的感受的，如果只就文字去领会，看成是写景诗，就错了。

第三，不要只读选本。要读一些好的选本，还要读一些全集。过去的选本有好有坏，像很流行的《唐诗三百首》《千家诗》之类，我以为就不大靠得住。眼下的新选本，有一些是好的，也有一些相当粗糙，要慎重择取。至于名家中的佼佼者，最好看看他们的全集，而且兼及关于他们的评论文章。读全集要比读选集还更有味道，不信可以试试看。

第四，不要过分相信"赏析"之类。诗无达诂，而且诗的真正的妙处是说不出来的，只能意会，不能言传。好的赏析文字也只能给读者造成一些错觉。比如有些赏析文字说不到点子上，还有些赏析文字把分析的作品说得过分好，连作者不经意之笔也要找出其中的微言大义，读这样的文字都不会有很多补益。总之，欣赏古典诗词，主要是凭自己在反复阅读吟咏中去体味。我有这样的经验，读一首好诗，未必一下子就能体会到它的妙处，读多了久了，往往由于一个偶然的机会尝到了它真正的味道。那时，简直可以说是心花怒放，其乐无穷，但是要我说出来，至多也只能说出十分之二三。

第五，要以读诗为乐。欣赏古典诗歌是一种高尚的娱乐，是一种高水平的美的享受，可以陶冶性情，可以净化心灵。因此，我以为不仅专搞文学的同志要读，其他行业的同志，如果有兴趣，也不必因其远离自己的专业而不加闻问。读，有两种方式。一是蜜蜂式的，有固定的方式，目的是为了获得"蜜糖"。二是蝴蝶式的，没有固定的程序，没有固定的方式，也没有固定的目的，只是随着春风的吹拂，飞来飞去，这里停一下，那里尝几口。需要不同，欣赏的方式自然也各异。我倒很乐意用蝴蝶式的读诗法。为了读诗，如梦中的庄周老先生那样变成蝴蝶，倒也是蛮惬意的。

不知我上面所说的，是不是有一点道理。

一九八六年五月

图书在版编目（CIP）数据

当代诗词名家作品精选 / 中华诗词研究院编. —北京：中国书籍出版社，2017.5
ISBN 978-7-5068-6184-7

Ⅰ.①当… Ⅱ.①中… Ⅲ.①诗词—作品集—中国—当代 Ⅳ.①I227

中国版本图书馆CIP数据核字（2017）第112281号

当代诗词名家作品精选
中华诗词研究院　编

责任编辑	许艳辉　刘香兰
责任印制	孙马飞　马　芝
封面设计	朱镜霖
出版发行	中国书籍出版社
地　　址	北京市丰台区三路居路 97 号（邮编：100073）
电　　话	（010）52257143（总编室）（010）52257140（发行部）
电子邮箱	eo@chinabp.com.cn
经　　销	全国新华书店
印　　刷	三河市顺兴印务有限公司
开　　本	710 毫米×1000 毫米　1/16
字　　数	254千字
印　　张	18.5
版　　次	2017 年 6 月第 1 版　2017 年 6 月第 1 次印刷
书　　号	ISBN 978-7-5068-6184-7
定　　价	55.00 元

版权所有　翻印必究